君知るや

――シェオル（陰府《よみ》）の白いユリ

坂口 麻里亜
SAKAGUCHI Maria

文芸社

黄色いノート（草子）

夕べに、あしたに、真昼に
わたしが嘆き呻けば、
主は
わたしの声を聞かれます。

旧約聖書・詩編より

青いノート（陶子）

どこにいらっしゃるのでしょうか
わたしの造り主なる神
夜、歌を与えて下さる方
地の獣によって教え、
空の鳥によって
知恵を授けて下さる方は……

旧約聖書・ヨブ記より

目次

一、草々の花・ノワール（夜）

その夜、水島は悪酔いしていた。取引先の部長である鹿島陸に呼び出されて、行きつけのクラブ「美奈」に行ったのであったが、鹿島は「美奈」のママ美月奈保に変な様にからみ、そのからみ方は、単なる執心を超えていたのだ。

その上、鹿島の話題は、今建築中のマンションに納入する予定の、材料費の引き下げの事だった。引き下げというよりは、バックマージンの要求としか取れない鹿島の要求に、一応は応じた振りを見せながら、「検討してみます」と言わされた屈辱感に、水島はつい悪い酒の飲み方をしてしまった、という訳なのだった。

応じられない金額という訳ではなかった。けれど、応じるのが嫌であった。

鹿島はそのようにして、あちらこちらの中小企業（つまり、立場が弱い）に対して、時折無茶な要求をしてきたからである。水島は、尚も「美奈」のママ、奈保に執こく言い寄ろうとしていた鹿島を追い立てるようにして、クラブ「美奈」を後にして来たのであった。

奈保は、水島の恋人に近い愛人で、愛人ではあったが、二人の間には金銭関係はなかった。只、時々冗談のようにして「ねえ。奥様と別れて、あたしと一緒になってくれない？損はさせないわ」等と言って奈保が迫りはするのだが、二人共酔っているので、どこ迄が本気であるのか、男には分かりなどしなかった。奈保の方でも、水島が離婚して結婚してくれる等と本気で信じている風ではなかったし、水島は妻の草子と別れる事など、考えた事もなかった。草子は口数の少ない温和な女で、はっきり言えば邪魔にならなかったからである。

そうは言っても、自分の愛人にからむ、物欲し気な鹿島の態度は、見ているだけでも腹立たしいものであったので、水島の腹の中は苦々しかった。ひと言で言うならば「忌々しい」、としか言えない気持が、水島の飲む酒を悪くしてしまったのである。「クソ忌々しい奴」水島の想いが、鹿島のような男に通じる筈もなく、二人は別れた。

奈保は「後で部屋に行く」とも言わずに、帰って行ってしまった水島の、背の高い後ろ姿を見送っていて舌打ちしたい気分にさせられていた。

何よ。緑也のバカ。あんな男を連れて来るくらいなら、一人で来た方が百倍も良いのが分からないの？　売り上げなんて目じゃない。あたしがどの位稼いでいるか知ったら、あんたの方から結婚してくれって泣いて頼む程稼いでいるのよ。器量だって良いし、煩《うるさ》い事も言いやしない。あんた、バカだわよ。

奈保が見送っていた男の後ろ姿は、確かに背は高く体格もスッキリとしていて、風にはためいているコートの裾も格好良く見える程に、若々しくはあった。けれども、今夜はその事すらも小憎らしい。店の入り口を入りかけた奈保は、未練気に振り向いては見たが、水島の方では振り向く事もしなかった。

　奈保は肌の白い、ぽってりとしたふくよかな面立ちをしていて、眉は細く、目は奥二重でスッキリと黒く、鼻筋が通ってぷっくりとした唇をしていた。日本人形と迄は言えなかったとしても、日本的な美人である事に間違いはなく、淡紫の着物姿が人目を惹きつけて、振り返らさせるのには十分な程だった。年は二十九歳。水島とは十歳違いの現実的な、六年選手の中堅ママであったのだ。

　吹き抜けて行く風に、フルッと身を震わせて奈保は店に戻ろうとした。酔いの回った体には、少し位冷たい風は、むしろ心地良い。心地が悪いのは水島の帰り方と、今夜接待した客の、鹿島陸という男の態度の方だった。

　フン。あんな奴。自分を小利口だと思っている男ほどバカなものなのよね……。奈保は唇を尖らせた。緑也だってそうだわ。どこかの大学を出て家に居て、良妻賢母でございます、なんていう顔をしていて。その実何も出来ない女の、どこが良いと言うのよ。水商売の女だからって、あたしを甘く見たりしないでよね。あたしの方が女としても何にしても、数段上だと解らないなんて、バカな人。それでも、男前だし。マァネ、今の所は許してあげる。でも、今の所だけだから、肝に銘じていてよ。

　奈保の胸中の芯の部分（つまりは本音）を、水島は知らないままでいた。それに、例え知りたいと思ったとしても、水島にはその方法が、永遠に分からない事だと思われた。女の心を知りたく、得たく思うのならば、まず男の方がその心を開いて、紅く滴る血の通う、愛情という名の心臓を見せる必要がある、という事であるとか。言うに言えない情で惹かれ合い、お互いに離れられなくなる、という様な事であるとか、という事々の、どの一つも水島には分かっていなかった。そうして、その事が、人間離れをした「冷たさ」であるとも、水島は知っていなかった。水島は四十歳を迎えようとしているというのに、本物の愛情を持った事もなく、そうする必要も感じないで生きて来られた種類の、至極幸運な（本当を言えば不幸な）人種の、一人だったのである。

勿論の事だが、そんな水島にも、全く心というものが無かった訳ではないのだ。胸の芯の芯迄は届かない、浅い根のような、水のような温もりや、通り一遍の思いやりめいた心、小動物を愛玩するような、一種の心情程度を持って、妻の草子に接して来たし、奈保にはもう少しマシな心情を持ってはいたのだろう。だが、幸か不幸か水島に、その辺りの自覚も区別もなく、そうした物がある事さえも、想像だにしていなかったというだけだった。女性に対してこうなのだから、他は推して知るべしで、水島の人間関係は極めて薄いものだった。それこそ薄くて、「薄情な奴め」と毒づいてくれる様な親友の一人も持たないままに、水島は年を重ねて来てしまったのである。それで、別に不自由はしない。そんな水島が、意外に人から煙たがられたりせず、逆に好意的に受け止められているのは、意外と言えば意外なのだろうが、良く考える迄もなく、当たり前の方の部類に入る。何にも淡々としている水島は、有難い社長であり、上司であり、取引先であったからに他ならなかったから。

水島は、そうした理由で深く好かれもしなく、嫌悪されるという事もなく、むしろ重宝であったり貴重であったりする、便利屋のように思われて来たのだが、本人が知らなければ、それはそれで問題でも何でもなく、周囲の者達の方でも、自分達の胸中を「探って」みたりした、という訳ではなかったから、後ろめたい思いも、したりしていなかっただけであった。

では、水島は幸運だったのか？　不運だったのか？　それを知っているのは、今はまだ天だけであるのだろうし、これから先もそうなのだろう。

希薄な心と生き方の、男の先の事等、誰にも分かりもしはしない。今、分からないものが、いつ解るのかも分からないように……。

人は皆、自分一人の事すら、本当には理解できているとは言えないのだから、水島が格別に人より劣っているとは言えなかった。けれど。人より優れているとも言えず、まして や賢い、良い生き方をしているのだとも、言い難い。

その、当の水島緑也は、ムッツリとした顔のまま、帰り道を歩いていた。心の中が、そのまま表に出てしまう。これも又、幸なのか不幸であるのか？　少なくとも、賢い遣り方ではないと思われるのだが、水島にはそんな事は関係がない。只、今はタクシーを拾いたかった。

まだ十一月の末にもならないのに、吹き過ぎる風というよりも、夜気自体が冷たく感じられるような夜であったから。同じ思いの人間が多いのだろう。夜はまだ早いのに、空車が一台も通らないのだ。

水島は舌打ちでもしたい気分になって来て、早くも自分勝手な思いを巡らし始めようとしていた。つまり、勤務時間外であるのにも係わらず、秘書兼運転手の青山紫苑を呼び付けようかどうか、という様な身勝手な事を、思い始めたのである。青山は、水島の癖には慣らされているから、社長から呼び出されれば、嫌でも車を暖かくして、迎えに遣って来るのに違いなかった。

だから、すぐにでも今の水島は、青山を呼び付けて、ゆったりとくつろいで家に帰りたくなった。それを実行しなかったのは只、水島の青山への青い面子《めんつ》のようなものかも知れなかった。良い顔をしていたい、という勝手さ、面倒臭いのは嫌だ、というような部類の面子が、辛うじて水島を止めていた。だが、それも長くは続けられなかったのだ。

水島は、青山に呼び出しをかけようとして、その一歩手前で、漸くタクシーを一台、捕まえられた。銀座からだと、車で三十分程も走れば、水島の高層アパートに辿り着ける。

水島は目を閉じて、後部シートにゆるゆると、体を預けていたのだった。そして、タクシーが比較的ゆったりとした下町の住宅街に入りかけた時、何かに押されたように、目を開けてしまった。まだ都営の公園のある、高層マンション街には、車は近付いていなく、大きな河を渡る手前で、戸建ての大きな家の方が多い地区での事だった。昔は大川と呼ばれていた隅田川の両岸は、桜並木のある自然歩道に整備されていて、幾つもの橋が架けられている。そして橋の向こうにもこちら側にも、新旧の中高層マンションや仕舞た屋が、びっしりと建ち並んでいるのだ。水島の住む高層マンション群は、その中でも新参であり、独特の存在感をもって、そびえ立っているのだった。

まだ家じゃないな、と水島は考えて、再び目を瞑ろうとしかけたのだが、何かが彼の注意を引いた。それは、大きな仕舞た屋の前に居た一群の人々であり、とりわけその中の一人の女の姿だったのだ。水島は、その仕舞た屋を知っていた。其処が何をする所で、其処の社長が何という男であるのかという事迄も、良く知っていたのだった。

一見、小粋な民家にしか見えないその家は、「ノワール」というサパークラブで、社長は福田弦《げん》という。福田は水島とは同郷の、同じ大学出の同級生であり、商才というのか、音才に長けた、男振りの良い男であった。気風が良くて酒が強くて、音学と商才に恵まれていて、姿形も程々に良い、となれば……。後は、相場が決まっているものだ。福田はその妻野々花の父親に見込まれて、早々に野々花の婿というのか、夫に納まる事になってしまった。姓迄は変えなくて良い。只、後継者になってくれないか、と口説かれて「嫌」という者は少ないだろう。そういう理由で福田は、サパークラブ「ノワール」の他にも、幾つか店を構えているらしいのだが、それこそ水島の知った事ではない事柄だった。

水島には、福田の幸運も、然程羨ましい訳ではなかったからである。「あいつはあいつ、俺は俺だからな」そう言ってしまえる水島を、福田の方は好いていたのかも知れない。時々、遊びに来いよ等という電話やメールを寄こすのだが、水島は気が向いた時に、気が向いた様にしか、福田に会いに行かなかった。

その、福田の「ノワール」の入り口前に、数人の男女が立ったままで、談笑をしていたのだ。ひと目で見て取れたのは、客らしい上機嫌の三、四人連れと福田、その妻野々花とホステスらしい若い女達で、上客の見送りにでも出て来て、挨拶がてら何やら話している所らしかった。

だから水島は、そのまま車でその傍を、走り過ぎて行ってしまえば良かったのだが、行けなかったのだ。

「草子？」

水島は呟いたのだった。

草子。妻の草子がこんな夜に、ベルベットの黒いロングドレスを着て、鮮やかな花柄のショールを肩に羽織り、その一団から少し離れた所に立っているのが見えた。草子の奴め。何を考えているんだ？　こんな店に一人でいつも通って来ていたのか？　それとも急用か？　水島は考えて、車を停止させてしまっていた。運転手は無言のままだ。

俺の、ソウ。草子。草子がこんな店に急用だって？　馬鹿な。そんなものがある筈はなかったし、第一、福田夫妻と草子は、顔見知りではあったが、それこそ親しいという程の仲ではない。それとも、そうなのか？　草子と福田が親しくて、自分が遅い夜等には妻は、クラブで遊んだりしていたのだろうか？

水島の目に草子は、その一群と馴染んで見えた。

「行きますかね、どうしますかね？　お客さん」

車の運転手が、感情のない声で確認していた。

水島のしかめ面が気に喰わなかったにしても、少しばかり長く車を停止させていたのが嫌だったとしても、感情を一切表に出してはいない。彼としては、客の事情に首を突っ込む気等、毛頭なかったのだろうが、水島はそれで我に返ったのだった。

「ああ。悪いが君、俺は此処で降りるよ。幾らだ？」

車を降りた水島が早足に近付いて行く頃には「ノワール」の前の一群の人々も、ばらけようとしていた。客達は満足気に大通りの方に足を向け、福田達は店に戻ろうと仕掛けていて、それでもまだ何かを話していたのだ。誰も、水島に気付いていなかった。勿論の事に、妻の草子本人も……。

水島は足早に草子に近付いて行き、一行の一番後ろを歩いていた女の肩を摑んで、強く言った。

「何をしているんだ、草子。馬鹿は止めろよな」

つい先程迄、愛人の奈保の店で飲んでいた自分の事は棚に上げて、水島は怒りを含んだ声で言ってしまっていた。当然ながら、その手に不必要な力が加えられてしまっていたのも、仕方がない。

「放してよ。痛いじゃないですか」

草子が言った。

「それに、わたしは陶子よ。草子なんて名前じゃないわ」

「白ばっくれる積りか？　草子。一体これは何の真似だ。ジャラジャラしたドレスなんか着て、夜遊びとはな」

水島は、次第に本当に腹立たしくなってきていた。その一方で、嫌な予感もしていたのだった。

ソウ。ソウ……。草子に、間違いはないこの女は、一体誰なんだ？　夫の自分を、知らないという度胸等、あの温和《おとな》しい草子に、ある訳がないのだ。それとも、あったのか？

水島が肩を摑んでいた女は、どこからどう見ても、妻の草子に間違いはないというのに、その落ち着き払った開き直り様は、全く他人の様だった。それでいながら、強い光を放っている女の瞳からは「水島草子なら知っているけど。わたしは何にも言いたくないのよ」、とでも言っているような心の中が、透けて見えてきている様だった。夫が知らない妻が、其処にいる？　嫌、それとも異なる。夫が知らないだけで、妻が二人居る、とでも言う様な奇妙な感じに、水島は怒った。怒るというよりは焦り焦りとしてきたのだ。

「来い、馬鹿め。帰るぞ。話はそれからだ」

「話なんかありませんわよ。執こい方ね」

水島の手を振り払おうとして体を捻った女の体からは、微かにディオールのディオリシモの香りがしてきたのだった。草子なら、例え何であれ香水等は使わない。「使え」と言っても拒むのが、草子なのだ。

「贅沢だわ。それにわたしは、自然の香りが好きですもの。頂き物なら頂いて飾っておきますけど。香水瓶て、本当に色々あって可愛らしいですものね。あなた、それで良いかしら？」

等と、やんわりとした口調で、嫌とは言わずに「嫌」と言う。

水島は混乱した頭で、ぼんやりとそのディオリシモの香りを嗅いでいたのだった。

ホステス達は、とっくに店に戻って行ってしまっていたが、福田と野々花が二人の様子に気付いていて、傍に来て立っていた。福田も野々花も微笑っていたが、野々花の方は福田よりももっと、水島を知らない。

「今晩は。水島さん。今お帰りですの？」

野々花は、伸びやかな声で言った。

「寒いし、まだそれ程遅くもないので、少しお寄りになって行って下さいませな。しばらくお見えになりませんでしたしね。店の子達は相変わらずですけれど。何ですか、あの、ウチの陶子ちゃんが、失礼でも致しましたか」

「陶子？　ママ。福田。こんな女、いつから雇ったんだ？」

福田は目を細めて、面白そうに笑って言った。

「こんな女とは、言ってくれるじゃないか。ホレ、水島。陶子ちゃんの方では、すっかり御冠《おかんむり》みたいだぞ。何を言えばこんな風に、美人を怒らせられるのかねえ。マア。原因は、言わなくても分かる気がするがな。改めて紹介するから、まずは店に入ろう。こう寒くては堪ったものじゃないだろう。飲んで行けよ」

嫌、結構だ。帰る。そう言いたい所だったが、水島はぐっとそれを堪えた。草子を置いては帰れない。妻の「草子に良く似た女だ」、等という言い訳も聞きたくないし、納得もできなかったが。ディオリシモの甘い、それでいて涼やかな香りの謎が解ける迄は、帰れたりもしなかった。それで彼は渋々と、福田の「ノワール」の店内に入って行ってしまったのであった。まるで魔窟か魔境にでも、迷い込んだ心持ちのままで……。

「ノワール」の店内は、半年前とそれ程変わっていなかった。魔境どころか、桃源郷のように暖かくて、仄かに暗くて、心地が良い。程の良い混み方をしている店内の隅にはピアノが置かれていて、今は静かに、春野緑り子というピアノ弾きが、クラシックの曲等を奏でている所だった。もうそれ程若くはないそのピアノ弾きに、水島は昔一杯おごった事がある。同じ「緑」を名前に持つ者同士として、というよりも「緑り子」等という変わった名前に興味を引かれた所為だったように、その時は思った。

「春野緑り子だなんて、思い切った芸名、嫌、源氏名なのかな。変わり過ぎているのか、ふざけているのか分からないけど。緑り子の名前に、乾杯」

「あら嫌だ。名前ではなくて、この白い指に乾杯をして下さいな。そうすればあたし、水島社長さんの事がもっと好きになるかも知れませんもの。指は、ピアニストにとっての全てなの。だからそうして。乾杯の仕切り直しにしましょうよ」

そう切り返してきた緑り子の髪は黒く、まるでクレオパトラのような形に整えられていた。白く丸い肩に掛かるその髪と、パツン、と切ったかのような前髪の間に、化粧気の濃い眉と瞳と、紅い唇が収まり、際立って妖しく見えたものだった。体付きは中肉中背で、年は五十に近い方なのか、四十歳に近い方なのかも、良く分からない。

「君の指先は器用だし、良い音で弾くのは知っているがね、緑り子君。俺にとっては、春の野の緑り子という名の方が、忘れ難い気がしてな。君だって、それを狙って緑り子なんて呼び名にしたんじゃないのかい？　緑り子の方に乾杯だ」

止めて下さいな、と緑り子は少し白けて返事をしたものだった。紅い唇が、尖って見えた。

「これは、芸名でも源氏名でもありやしません。れっきとした本名で、あたしはこの名前のためにどれ程嫌な思いをしてきたか。社長さんには分からないでしょうよね。ふざけた親の気紛れで、緑り子だなんて。冗談を通り越していて、無責任なのよ。それで自慢をするの。馬鹿らしいったら」

「自慢なら、俺でもするかも知れないな。何せ、一度聞いたら、絶対に忘れられないものな、緑り子なんて」

「アラ、嫌ね。意外に意地が悪かったなんて。社長さんの唐変木。あたしだって、あなたみたいに普通に、緑だとかそこらでいたかったのよ。緑也さんなんて、普通の名前を親から貰った人には、分からないでしょ」

分かるような分からないような、と水島は答えた気がする。一般人ではなく、夜の世界にいるのだから、名前は一度で覚えて貰った方が良いとも言えるし、変わり過ぎていて、悪いとも言えるのか？

どっちだって良い事じゃないか。たかが名前だ、と言い切れない所に、水島緑也の弱味があった。二人切りの時は勿論、気分次第で彼は、妻の草子を「草子」とは呼ばずに、「ソウ」という愛称で呼んでいたからだった。草子の方では、それを嫌がっているのを、承知の上で……。

「親から貰った草子という名前が、本当の名前ですもの。草子と呼んで下さらない？ ソウなんて縮められてしまうと、十五、六歳の少女に返ってしまうような気がするの。もう三十五歳になったというのに。あなただって呼び辛いでしょう？」

そう言った草子の柔らかな指摘を、水島は無視してきた。昔の映画だか流行り歌だったかで、愛し合う恋人同士がお互いをそう呼び合っていたからだ。愛称で……。恋人同士や夫と妻は、そのように呼び合うものか、と納得してしまった水島の例の癖で、草子は「ソウ」に、緑也は「リョク」に、改名されてしまって、もう十年も経ってしまっていたし、これから先も一生、この呼び方が変わる事はない。水島は妻に自分を「リョク」と呼ばせる事で、二人の間に特別な愛情の発露がある、と勘違いをしていたのだった。三十五歳と三十九歳の妻と夫が、互いを愛称で呼び合う事は、悪いとは言えなかっただろうが。ソウとリョクといつ迄も呼び合うのは、どこか悪趣味だ、と彼には解らない。一度決めた事を変えないのが、余り良い趣味だとも言えない事にも、水島は気付かないでいた。つまり、何にも感じていなかったのだ。

草子の示す、微かだが抑えた嫌悪感や、拒絶感の何一つとして、水島に伝わっている事はなかった。彼は、妻が今の生活、今の二人に満足していて、「幸福である筈だ」と決めつけるのに、疑問を持ちはしなかったし、想像をしてみる事もなかったから。

春野緑り子のピアノは、続いていた。

　飲食を楽しんでいる客達の、邪魔にならない程度に、軽やかに曲が店内を流れていく。水島の席にはホステス達は付けられていなく、代りに福田弦と野々花が、酒の相手になった。

「半年振りだなんてなァ。怒るぞ、緑也。友達の店にぐらい、もう少し顔を出せよな」

「主人の言う通りですわよ、水島さん。お友達は、大事にしませんといけませんもの。後が怖いのは、女性ばかりじゃありませんわね。男性だって、結構ヤキモチ焼きみたいですから。現にウチの人だって……」

「ヤキモチなんて焼いちゃいないさ。野々花のバカタレ。生きているのか死んでいるのかも知らせて来ないような奴には、大目玉を喰らわせてやりたいだけだ」

　福田と、旧姓小笹野々花は「親の言いなり婚」にしては仲が良く、二人も水島達と同じく、子供を授かっていなかった。その代りのようにして弦と野々花は、自宅で四匹もの猫を飼育している。尤も二人に言わせれば、

「猫達の方が、わたし達を飼っているんですわよ」

　だとか、

「猫達に飼われてみると良いぞ、水島。それはそれは愛情濃やかな生き物だからな。草子さんもおまえも、もっと人生が楽しくなるだろうさ」

　等という、馬鹿気た話になるのが落ちであった。

水島は、二人の苦言を無視して、目を泳がせていた。陶子と名乗っていた女の姿が、どこにもない。悪く勘ぐれば、福田と野々花が「草子」が逃げられるように、時間稼ぎでもしていたのか、と思えるくらいに、「ノワール」の店内に陶子の姿が見えないのである。ソウ。ソウ。水島は呻くようにして、草子を探していた。自分だけの、胸の中の草子である「ソウ」を……。

「店に入れば、草子を紹介すると言っていたんじゃなかったのか、福田。一生に一度で良いから、お前も奥さんに紹介されてみると良いだろうさ。世間話なんかしているような、呑気な気分じゃないんでね。早く俺に、俺のワイフを紹介してくれないか」

福田弦と野々花はそれを聞いて、吹き出しそうな顔になったが、水島の強張った表情を見て、止めた。

「馬鹿だな緑也。お前、まだ陶子君の事を、草子さんだと思い込んだりしていたのか？ヤレヤレだ」

「ヤレヤレだと言いたいのは、こっちの方だぞ弦。ウチの草子を、良くもこんな店に引っ張り込んでくれたな」

「こんな店で悪かったな緑也。だからさっきから言っているだろうが。陶子君と草子さんは良く似ているけれどな。只の他人の空似だよ」

「そうよ。水島さん。陶子ちゃんは陶子ちゃんで、草子さんは草子さん。まあねえ。あれだけ雰囲気が似ていると、初めは吃驚するでしょうけど。あたし達だって驚かされた口だったんですから、無理もありませんけどね。あの子、瀬川陶子ちゃんといって、年は三十五歳だったかしら。草子さんと同い年くらいだけれど気の毒に、あの年でもう天涯孤独なの。詳しい事情は知らないけれど、可哀想な子よ」

「そういう理由だからな、水島よ。余り陶子君には、構わないでいてやってくれないか？　幾らお前が草子さんを愛しているにしてもだぞ、陶子君は陶子君だ。誰にだって、言いたくない事の一つや二つはあるものだろうが。そっとしておいてやれよ」

水島は、むっつりと黙り込んで、二人の話を聞いていた。「尋《き》くな」と言われれば、余計尋きたくなるものだ。それも、妻についてなんだぞと思うと、腹立たしくもなるだろう。偽他人に、自分の妻の事を尋くなんて、面子丸潰れの上に、恥の上塗りも良い所だろう。偽名を使って遊んでいたというのも気に喰わないし、この期に及んでも、隠れているのも、気に喰わない。草子の奴。ソウの奴の、バカヤロウ。

水島は陶子という女の事等、丸きり信じていなかった。香水を付けた草子を、信じていなかったように。

「分かったよ。それだけ二人で俺を虚仮《こけ》にすれば、もう十分楽しんだだろうさ。草子を連れて来てくれ。今夜は、もうこれで失敬するんでね」

「まだそんな事を言っているのか、緑也。飲み過ぎだぞ。一体、どこでそんなに飲んで来たんだか。呆れたもんだな。言っただろう。彼女は草子さんじゃない」

瀬川陶子で、天涯孤独なホステスだと言うんだろうが。お説は拝聴していたよ。弦、野々花さん。二人でグルになって……嫌、草子と三人か。三人でグルになって俺をペテンにかけるのは、さぞ面白かっただろうがな。これ迄だ。芝居は終った。ウチに帰るぞ。

水島は、グッと腹に力を込めて福田と野々花に毒づこうとしていたが、野々花が察してフワリと笑んだ。

「草子さんは幸せね。御主人にこれだけ愛されて」

「マア、人は色々だわな。野々花、お前さんなら俺がこんな風にしたら、いつも後で尖るんじゃなかったかな」

「まさか。人聞きの悪い事を言って、水島さんに吹き込んだりしないで頂戴よ。そう言えば陶子ちゃん、もうヘブンに着いてる頃じゃなくて？　あなた。ヘブンの方に電話を入れてみて下さいな。外は寒いし、ショーの時間は、もうそろそろでしょうから」

そう言う福田野々花の体からも、仄かにディオリシモの香りが、漂って来ていた。

「アレ？　この香り。さっき、草子も付けていたものだ」

「あら。お分かりになりまして？　水島さんは鼻も良いのね。陶子ちゃんには、あたしがプレゼントをしたんですのよ。店の子達とは違うけど、人前に立つお仕事ですもの。香り物の一つくらい、付けた方が良いでしょう？　香り物と紅（口紅）くらいは、商売道具よ」

ディオリシモは、草子の物じゃない？　嫌。騙されたりするものか。プレゼントされた物を、贈り主の前でだけ付けるというのは、いかにも草子らしい。けれど、何だって？　ヘブン（天国）がどうでショーがどうだというのは一体、何の話なんだか……。

「そうだな。このまま家に帰しても、水島の奴は草子さんにからむかも知れないし。ヤレヤレだ」

福田は言って、店の隅の電話スペースから、どこかに電話を掛けるために、席を立って行ったのだった。水島はそれも気に喰わない。草子に何かを吹き込む積りなのではないか？　疑えば全てが怪しく思われてくるのだから。草子。ソウ。バカソウめ。どうして俺から逃げ隠れをしたりするんだ？

福田は渋い顔をして帰って来た。

野々花はその夫の表情を見て、適当に話を合わせたりしている。

「嫌だ。まだヘブンに着いていないの？　陶子ちゃん。それとももう、ショーが始まってしまっていたの？」

「後の方だよ。野々花。陶子君はもう、歌い始めてしまっているそうだ。ショーが終る迄にはきっと、小一時間近く掛かるだろうけどな。さて、どうするか」

「そうだ水島。これからヘブンの方に行ってみないか？　此処からは、『ブレス（息）』

程遠くないしな。陶子君の歌を聴けば、幾らお前でももう、草子さんとウチの歌姫が同じだなんて言えはしないだろうからさ。双児のように似ていても、赤の他人だと、嫌でも分かるぞ。そうしようや、緑也。お前、このノワール（暗い・黒い夜）の他には、ヘブンもブレスも知らないだろう。二つ共、良い店だぞ。自慢じゃないが、ノワールと同じ程度には良い店だから、場所も教えておけるしな。丁度良かった。行こう。行こう」

「嫌。遠慮する。俺は此処から動かない。草子を出してくれませんかね。野々花さん。もう帰りたいから」

福田と野々花は、困ったように顔を見合わせた。

「困りましたわねえ。水島さん。陶子ちゃんは本当に、今はヘブンの方で歌っていますのよ。いつもなら、今夜のシフトはこのノワールでという事に決まっているんですけど。今夜はあの子のファン達が、ヘブンの方に予約を入れて来ていましたの。何でもどなたかの、送別会か何かがあるそうで。それで、その方はヘブンの方が気に入っていらしたそうだから。ヘブンで、陶子ちゃんの歌を聴きたいって」

福田の顔が笑みに変わった。

「そうだ。何で早く気が付かなかったんだろうな。俺が抜けていた。緑也。此処から今、お宅に電話をしてみろよ。それで草子さんが出れば、目出度し、だろうが」

「アラ。そうだったわね、弦。同じ人間がクラブと御自宅に居られる筈はないんですもの。そうなさいませよ、水島さん。草子さんはきっと、御主人を待っていられるでしょうから。ヘブンで歌っている陶子ちゃんは、忘れて」

　そうはいきませんね、野々花さん。詳しく紹介すると言っていた、初めの話は一体、どこに遣ってしまったんですか？　こんな馬鹿な作り話で、二人で時間稼ぎをしている間に、こっそり草子を家に帰さなかったという保証が、どこにあるのか、尋きたいものだ。畜生。草子が歌姫？　笑い話を通り越していて、馬鹿気ている。嘘を吐《つ》くなら、もう少しマシな奴にしてくれよな、福田。嫌、弦。お前迄俺を虚仮にするなんて。

　水島は酔いでクラクラするような頭で、考えていた。

それとも、これが世に言う嫉妬とでもいうものか？　嫉妬をする？　この俺が？　どうして。男もいない妻の草子の言動に捕われて、逆上しているというのか。まさか。そうだ。この二人の言う通り、陶子という女は草子自身のようだった。だけど、それがどうした？　俺のソウは、俺に隠し事等しないし、悪知恵の働くような女でもない。電話を掛けろだと？　上等だ。ソウの奴に電話をして、今何をしているのか、嫌どこに居るのか、尋いていやろうじゃないか。だけど。歌姫とは何だ？　ソウは、歌なんか歌わない。嫌、歌っていたな。何だか訳の分からない、変な歌を時々。

　バーテンの杉山玉城は、女のような優男だった。女のように白い顔。優し気な眉に肉付きのない、スラリとした体と、しなやかな指と手捌きをしている。バーテンの鏡のような

杉山は、玉城という名が良く似合っていた。福田は玉城にワインを頼み、マネージャーの長尾友則に、

「電話スペースの所迄、水島を連れて行ってやってくれ」

等と頼んでくれていた。

「一人で行ける。馬鹿にするな」

と言う水島の足元は少し怪しく、結局野々花も二人に付き添う形になった。

店内は静かなようでいて、生きている夜が呼吸をしているかのように、秘そやかに騒めいている。ホステスの絵美里と真由美、サーシャ、彩香達が、その名のごとく夜の蝶のように席から席へと移動をし、自由に羽を伸ばして飛び交わしてでもいるようだ。仄暗く、暖かな色合いの照明。ロウソクの赤い灯し火。もう春野緑り子のピアノは鳴らされてはいなく、その代りのようにギター弾き達のギターの、物哀しいような旋律に合わせて、数人のダンサー達が裾を揺らせていた。

水島からの電話に、草子はすぐに出た。息を弾ませている様子もないし、後ろめたさも一つもない声で……。

「もしもし。水島ですが……」

「自分から先に名乗ってはいけないと、何度も言っておいただろうが。相手が誰か分かる迄は、名乗るんじゃない、草子。今、何をしている？」

「何って……。お風呂を先に頂いて、お夕飯も済ませてしまった所ですわ、あなた。そうしているように、って青山紫苑さんがあなたから言付かった、ってもう随分前に言っていましたから。何か、いけませんでしたかしら？」

水島はぐっと詰まってしまった。いけなくはない。確かに運転手の青山を先に帰してしまい、荷物を届けさせた時、奈保の所に戻って、泊まるかする積りでいた水島は、青山にそう言付けておいたのだった。いけなくはないのに、草子の物言いが、無性に腹立たしい。水島は、草子が自宅にいた事に安堵をする代りに、腹を立てていた。青山を帰したのは、いつも通りの退社時刻だというのに、草子は今迄自分を待ったりしていたのだろうか？　それとも、こっそりと「ノワール」に来て、コソコソと逃げ帰りでもしていたのか？

「どうせ何もなかったんだろうが、何か変わった事はなかったかと思ってね。君は今一人か？」

「嫌だわ。少し酔っていらっしゃるのね。何も変わった事等ありませんでしたし、わたし一人ですわよ。静かな、いつも通りの夜ですけど……」

草子の物言いは淡々としていて、声は穏やかで低かった。水島の疑いや魂胆に、水を差す様に。水島はそっと体を捻って、「ノワール」のマネージャーの長尾と野々花には聞こえないようにして、言った。

「それなら良いよ。ソウ。接待が長引いていて、まだ終らないんだ。先に寝ていてくれて良いよ。君、今晩はもう、どこにも行ったりしないんだろう？」

「アラ、わたしはずっと家に居ましたけど……」

草子は何にも気が付いていないようだった。緑也の、もって回った言い回しや、毒を含んだ声の調子に。

「遅くてもお帰りになるなら、起きて待っていますけど。どうしましょうか？　先に寝《やす》んでいた方が良い？」

「寝ていてくれ、ソウ。待っていられても、いつになるか分からないし。場合によっては、帰れないかも知れない」

そうですか。ではそうします、と答えた草子の声の中にあった寂しさや、一種の諦めに、水島は気が付かないでいた。連絡を入れておいたのだから、それで良いだろう、と思い込んでいる。草子の在宅を確認はしたが、無実を確認した訳ではないし、その確認の仕様も、今となっては出来ないのだから。腹立たしさが、収まってくれたという訳でもなくて……。

水島はモヤモヤとした、釈然としない心のままで、草子に冷たく当たってしまっていた。こんな心持ちのまま帰宅するよりは、どこか他で飲み直すか、奈保の所にでも舞い戻った方がマシだ、と考えて。それとも、その「ヘブン」とやらにでも行って、ケリを付けて帰るというのでも良いが。このままでは、帰ったりしないぞ。

水島の気持も知らないで、野々花は笑んで言った。

「言った通りだったでしょう？　水島さん。大事な草子さんはお気の毒に、あなたをじっと待っていらした筈ですわ。草子さんって、本当に良く出来ている奥様なんですもの。温和し過ぎるくらいに、温和しくて優しくて。納得なさったら、機嫌良くもう一杯飲んで、それで帰ってあげて下さいな。草子さん、きっと寂しい筈ですもの。一人って、寒いんですのよ」

寒いだって？　草子が？　一人で居ると寒いなんて、笑わせてくれないで欲しいな、野々花ママ。一人は寒いんじゃなくて、静かだ、と言うんですよ。

福田の隣には、踊り子の一人の紅葉《もみじ》が腰を落ち着けていた。福田は野々花に言う。

「栗山さんにも困ったものだ。又だって紅葉君が怒っているんだけどね。アレが無ければ、普通なのにな」

「無ければ、と言ったたって、有るんですもん。嫌になっちゃうわ。勘違いしているんじゃなくて、きっとわざとよ」

紅葉は腰を手で払って、尖った声で訴えた。

「あのおじいちゃん。良く今迄誰にもビンタをされなかったものだわね。ねえ、ママ。あたしがビンタをしても良いかしら？　いけないんなら、今夜はもう帰りたい」

「ビンタとは、穏やかじゃないな。紅葉君。さてと、どうしたものかな野々花。一難去って、又一難のようだよ。水島が落ち着いたと思ったら、今度は紅葉君だ。栗山さんも、あの癖が無ければな」

「あの癖とは何だよ、福田。俺はビンタされるような変な癖持ちじゃないし、第一まだ落ち着いてなんかいないからな。草子は家に居たけど、怪しいものだ」

「待て、待て、待て。話は一つずつしか進められない。野々花。詩織君は割合い、チークに慣れていたよな」

「慣れていると言うより、不感症なのよ、あの子。詩織ちゃんは誰に触られても、何にも感じないとか、って」

福田はフーッと溜め息を吐いた。

「それなら、決まりだな。今夜は特別手当を出すから、と言って、詩織君に、栗山さんと踊って貰ってくれないか。全くもう参るよ。踊りと言えば、チークダンスの事だと勘違いしていて、女の子の体を離さないなんて」

「助かった。詩織ちゃんには悪いけど、あたしはパスね」

そう言った紅葉はまだ若くて、癖毛のカールした髪を伸ばした、少しボリュームのある体付きをしている、勝気そうな娘だった。紅葉の名に恥じず、肩迄出した赤いドレスを着ていて、ハイヒールの足元は細かった。

「詩織ちゃん、ちょっと」

そう言って野々花が呼んだ娘は三十歳過ぎで、黒味がかったグレーの、シルクのドレスに身を包んでいる。髪はアップに結い上げていたが、かなり濃い茶色に染めていて、瞳も茶色だった。唇だけが赤い。赤く濡れて、光っているようで妖しく、体付きは小柄で痩せ形の、人形のような娘だった。

「チーク？　ああ、又あの栗山さんね。あたしなら平気。淋しいおじいちゃまの相手をして、手当を頂けるなんて、悪いみたいだけど。紅葉ちゃん、選手交替ね」

「ノワール」にはこの二人の他に、もう一人桜だか桜子とかいう名前の踊り子もいて、三人共ワルツからルンバ、タンゴといった曲迄、楽々と熟せる踊り子達だった。

席に戻った水島の顔付きを見て、福田は笑った。

「お前さんも、子供のような変な奴だな。ウチの陶子君はヘブンで歌っていて、お宅の草子さんは家に居たというのに、まだ落ち着かないだとか、怪しいだとか言うなんて。一体、何が腑に落ちないと言うんだか。そう執こいと、酒癖を疑われるぞ」

「……二人並べて見る迄は、別人だとは信じられない。それに。それにだな。そっちが先に言ったじゃないか、店に入れば、その陶子とかいう女の事を、詳しく教えるからとかさ」

「瀬川陶子君と言うんだよ。只の女じゃなくて、ウチの大事な歌姫だ。なあ、野々花。こいつはいつからこんなに、疑い深い酔っ払いになったんだろうな。手が焼ける」

野々花の方は黙って水島を見ていたが、やがて言った。

「ねえ、弦。店の方はわたし一人で大丈夫だから、やっぱりヘブンの方にこの人を連れて行って見せてあげた方が良いと思うわ。このままじゃこの人、何も信じないでしょうに。百聞は一見に如かず、なんでしょう？　陶子ちゃんの歌で、きっと大人しくなる筈よ。でないと……。このまま帰したりしたら、草子さんに当たるかも知れないじゃないの。お前が二人居た、とか言って」

「そんな馬鹿な事はしませんよ、野々花ママ。草子に当たるだなんて、心外な事は言われたくないですね。只、気になるだけだ。出直して来る、という手もありますが、それがいつになるか分からないものでね」

「嫌、それが良い。出直して来い。出直して来いよな、緑也。陶子君は逃げないし、知らない他人よりも、身近な奥さんだ。今夜は帰って、又近い内に来い。その時には、嫌という程自分の勘違いに気が付くだろうからな。アカペラで歌う、稀少種の歌姫様に、会いに来い」

「アカペラで歌うだって？　馬鹿も休み休み言えよな、弦。一曲や二曲ならともかくとしても、一時間も二時間も、伴奏無しで歌える女が、この日本のどこに居ると言うんだよ。嘘吐きめ……」

　吐いた嘘は、バレるものだぞ、弦よ。アカペラで歌い続ける女だなんて、好《い》い加減な事を言うな……。

鼻で嘲笑った緑也の目の前に、野々花が小さなタンバリンを差し出して見せた。日本の物ではない。どこか外国の、ジプシーか何かが持つような物。

「陶子ちゃんが使うとしても、これだけよ」

野々花が言った。

派手な飾りの付いた代物で、形は凄く小さかった。

「嘘なんか吐いたって、すぐにバレますからね。水島さん。ウチの人は真面《まとも》で、バカが付く程正直にお話ししていますわよ。この件に関してはね」

「この件に関しては、とはどういう意味かねえ、野々花。お前さん迄可笑しくなってしまって、どうするんだか。俺はいつでも、真面な男だよ。特にお前さんに関しては、猫達みたいに純情だ。解っているくせに、水島に釣られて、悪酔いしたのか」

「悪酔いどころか、船酔いみたいな気がするわ、弦。あなただって本当は、どこで何しているのか分かったものじゃないでしょう？　男なんて、仕様の無い生き物なんだから……」

これに対して福田は、ヤダねえ、と返して水島をチラリと見たのだった。

「ウチの奥さんでさえ、こうなるんだぞ、緑也。それにさ。良く考えてもみろよ。草子さんは、歌えるのか。人前で、アカペラでもってさ。解ったら、出直して来い」

水島も、船酔いでも起こしているような頭で、考えていた。嫌、酔っているのは、心の方なのかも知れなかったが。大体、こんな風に酔ってしまったのは、陶子だか草子だかの、二人一役だか、二人羽織だかの所為なのだ。草子の双児が居るのなら、それは陶子だ。けれど。草子には双児等いないし、妹と弟が一人ずつ居るだけの筈だった。それも、遠方の郷里と、他家の嫁で。それに、草子も歌位は歌えるが、「人前で歌え」と言われれば、ピアノやギター等の陰にでも隠れるようにして歌うのが、やっとの事だろう。草子は人見知りをするし恥ずかしがり屋でもあるし、上り症で、ロクに話す事さえ、出来ないのではないか？　俺が付いていなければ、草子には何も出来ない。

ソウ。ソウ……。そうだ。あいつは、そういう女なんだ。見掛けはどうでも、意気地《いくじ》も何もありはしない。只のお嬢の、成れの果てであって。良妻賢母どころか、俺から見たら愚妻だよ。只待つだけしか能の無い女の、見本なんだから。草子に比べたら、奈保の方が絶対に、利口なんじゃないだろうかな。女一人で店を切り盛りして稼いでいるし、話は上手いし、男の喜ばせ方だって、ずっと上手だ。

第一、草子には先祖崇拝の心すら無い。なる程、仏壇に毎朝晩に飯は供えるし、花も飾るが、それだけだ。あいつの腹の中には、異国の変な神が居付いているからな。幾ら言っても、そいつを拝むのを止めないでいる草子。そこだけは頑固で、愚かな草子。

ソウ。ソウ。ソウの奴の阿呆め。リョクなんて呼んで、俺に甘えているくせに。この俺の有難さが、さっぱり解っていないと来たものだ。クソ。腹が立つ。今夜は帰りたくないな。鹿島先生のお陰で、店を出て来たがさ。やっぱり今夜は、奈保の所に泊まって行こう。ソウには先刻、先に寝めと言ったたし、帰れないかも知れないとも言ってあるから、別にそれで問題はない。どこにも、ないさ……。

水島はそれでも福田夫妻に「近い内に出直して来る」、と脅し文句を言うのを忘れなかったし、福田夫妻の方でも「必ず来いよ」「必ず来なさいよね、水島さん」と脅しておくのを、忘れなかったのだった。

水島はまず「美奈」の奈保に「先に部屋の方にでも行っているよ」という連絡を入れた。鍵なら、持っているのだから。勝手に入って、勝手にシャワーでも浴びて、何か適当に飲んでいれば、それで良いのだ。

それから、携帯で草子に「今夜は帰れない」、と一応言っておいた。そう言えば草子は、水島の明日の着替えや朝食を用意して、迎えに行った秘書兼運転手の青山紫苑に、包みを持たせて寄こすだろうから。奈保は朝はまだ寝ていて、朝食等作らない。水島が女（奈保以外の時でも）の所に泊まるようになってからは、いつの間にか草子の仕事は、水島の着替えと朝食を、青山に持たせる事に決まってしまったのだった。お人好しの草子を騙すのに、水島は心の痛みを感じた事もない。むしろ。自分は、良い夫の部類だとさえ、思っていたのである。無断外泊はしないいし（連絡をしてから泊まるから）、それ程煩い事は言わないし、時には手土産の一つも持って帰って遣っているし。記念日には、祝ってやっている。判で押したように、同じ物しか買わなくても。そう、考えていた。

水島の連絡を、最後に受けた青山紫苑は又、違う考えを持っていた。紫苑は水島の分迄、草子のために心を痛め、水島の分迄、草子の心に寄り添った。朝、会社で朝食を摂っても、水島の生活は誰にも分かっていないのだ。社員が出勤して来る前に食べ終り、着替えは奈保の所で済ませて、草子が用意して寄こした袋の中に、入れているから。けれど、そんな社長の二面性を、青山紫苑は、嫌々ながら傍で見て来て、草子の方に同情してしまう。

紫苑は今年で、三十歳を迎えていた。水島よりは九歳年下で、草子よりは五歳程若い、という事になる。大学を卒業してすぐ、水島建設株式会社なる中堅クラスの建築屋に入社をした紫苑は、二級建築士の免許を持っていたのだった。当然のように彼は、勤めながら一級建築士の免許をも取得する積りでいたし、水島もその希望に賛成してくれていた筈だったのだが……。だが。いざ実際に入社をしてみると、当時から建築設計課には、高丘敏雄設計課長が居て、その下には浅川元樹、丘田英吾等が肩で風を切っていたし、工事課も満席という状態だったのである。経理課の方でも人手は十分に足りていたし、人事課(此処は、人の出入りが激しかった)の方では、青山紫苑を「何でも屋」の一人にしたがっていて。社長の水島は、運転手の金子に辞められて、気が腐々《くさくさ》としていた所であったのだ。

運転手がいてくれないと、非常に不便で困るのだ。水島は、電車やバスで移動等しないし、タクシーはこちらの都合に、いつでも合わせてくれる訳ではない。そうかと言って、接待の席や女の所で酒を飲む事の多い水島が、自分で車を運転等、できる筈はなかったし、そんな気持も毛頭なかったのだった。青山紫苑は、巡り合わせが悪かった、としか言いようもない状態で、そんな時に、入社したのであった。彼は信じるしか他に、方法がなかった。

「少しでも空きが出たらさ。君の希望通り、建築設計課の方に入れてやるから。何事も、若い内は経験しておくものだ。頼むから、秘書になってくれないか」

水島の言う所の秘書とは、運転手の別名以外の何者でもない、と青山が悟った時は、遅かった。彼、青山紫苑は、水島草子に、心を惹かれるようになってしまっていたのであるから。紫苑はもう、「設計課に行かせて欲しい」とは、社長に言わなくなっていた。むしろ。出来るものならば、このまま長く、退社する年になって迄もその後も、社長が「ソウ」と呼び捨てにしている、あの奥床しく不可思議な草子の、身近にいたい、と願っていた。

紫苑の瞳に草子は、吹き過ぎて行く風や、行ってしまう季節達のように、貴重なものに映っていた。例えば草子は、とても利口だ。でも、その事を誰にも隠している。言いたい事があっても、それも言わない。人の心に波を立てるのを、好まないから。

そして、極度の秘密主義者なのだと思われた。

紫苑は知っている。草子の胸の奥深くに「誰か」が住んでいるのだ、という事を。その「誰か」を、草子は酷《ひど》く大切にしていて、周囲の人間には悟らせない。特に夫の水島には。草子はその「誰か」のためになら、死んでも良いと思っているとは、気配にも出さないでいるのだった。そして。そして……。誰よりも大人だ。水島から「ソウ」と呼ばれる事を嫌っていて、夫を「リョク」と呼ぶ事は、もっと嫌っているらしいのに。水島は、気が付いていないのだろうか？　紫苑は思っていた。草子程に美しく、心の豊かで清らかな女はいない、と。

そういう青山紫苑も、嫌でも秘密を持つ事になった。勤めている会社の社長の奥方を、人知れず胸の奥深く抱き締めているのに、表面上は知らない顔をしているのだから。だが、少なくとも彼は草子を「ソウ」等と安手な呼び名で呼びたい、とだけは思わない。「草子さん」と呼べない今は、奥さん、と呼ぶだけでいるしかないが。彼女を思っている事は、紫苑は気配にも出さないでいたかった。それでも、少しは出てしまうのか？　青山紫苑には、解らなかった。だが、それこそ望みであるのだった。草子には、知られたくないのか、どうかさえも解らない。分かっているのは「草子という名の人妻が、好きだ」、という事だけであったので……。

青山紫苑に、年について尋くならば、彼は答える事だろう。

「二十歳を過ぎた男と女性の間に、五歳位の差があるからと言って、それが何ですかね。

僕は、気にならないし、気にする方が変ですよ。人は誰でも年を取る。体の年とは一緒かどうかは別として、心の年もね」

子供のいない草子は、若々しく見えるから、紫苑といても、誰の目からも可笑しく等映りようがない事だろう。むしろ背が高く、少し痩せ形で髪の長めな、エキゾチックな面立ちの紫苑と、優しい面立ちの草子は、水島とよりも、似合いに見えるかも知れないではないか。

体の年でそうならば、心の年は、もっと間近い。紫苑は、秘密の恋をしている事で、実年齢よりは大人びていて思慮深く見え、草子は「誰か」を愛している事で、乙女のように若々しくさえ見えるのだから。それは、心がそうさせているのだ、と紫苑は切なく思っていた。心が若い間は、人は年を取らない。少なくとも草子は、年を取っていない、と紫苑は哀しく考えていた。

夜が更けていく。シンデレラの魔法の馬車が、元に戻ってしまう迄。時計の針が真夜中を過ぎても、青山紫苑の魔法は消えて行かなかった。草子という女性恋しさに、紫苑は眠れないでいる。草子が、心安く眠れているように、祈りながら……。

夜更けて、冷たい風が更に冷たくなった頃、クラブ「ノワール」の福田弦と野々花、瀬川陶子は漸く一日の仕事を、終えていたのだった。

ホステス達の姿は、一人、二人と消えていって、もう誰も店には残っていなかった。バーテンの杉山玉城達もコック達も手早く店を片付けて、簡単に掃除をしてから、寒風の中に消えていった。

それぞれに「お疲れ様」「お先に」「又明日～」等と、声を交わし合って、自分の塒《ねぐら》に帰って行ってしまったのだ。黒服（ボーイ）の中の一人、森下勇が、今夜はホステスや踊り子達を送って行く番に当たっていて、やけに張り切って店の車で運転して行った。白いボディ（車体）の大きな車で、七、八人は楽に乗って行ける。森下は踊り子の中の一人、瞳の大きな桜子が好きなのだった。「社内恋愛は御法度」等と言っては見ても、それが守られる訳もない。いずれも若い、美男美女達なのだから。福田弦も野々花も、彼等が節度を守っている限り「見ざる、聞かざる」を決め込んでいるより他に、方法は無かった。余り煩く言い過ぎたりすれば「辞めます」のヤの字も言わずに、彼等はどこかに消えてしまうから。

行く先は、どこにでもある男女には、怖い物等ありはしない。もしあるとするならば、好いた相手の機嫌を損ねる事だけだろうし……。

「触らぬ神に祟りなし」と、弦と野々花は、なるべく気楽に考えるようにしていた。それが、一番なのだから。一筋縄では行かない相手も、勿論どの店にも居た。けれど、彼等も同じ人間なのだ。根気良く接するとか、こちらが先に心を開くとか、どうしても駄目なら「好きにしていて」という心持ちでさえいるならば、逃げては行かない。ヘブンにも、ブレスにもそういった娘達やバーテンダー、コック等がいるけれど。この「ノワール」に限って言えばそういう変種は、マネージャーの長尾友則と、歌い手達の中の一人、瀬川陶子という事になってしまうのだろう。

キャッシャーを終えて帰った長尾は、隠れゲイの一人だったし、三十五歳になる陶子は、超掘り出し物の常に従って、変種の中の変種のような物だった。

まず、陶子は決して人に本心を見せない。

不愛想ではないし、話もそこそこしはするのだが、誰も、決して「本当の」陶子の姿を、知らなかったのだ。天涯孤独で独身で、優しい時はあるが、冷たくもあって。人にどう思われようと無関心で、仕事の時以外は、何をしているのか、誰一人知らない。何が好きで何が嫌いか、そんな事さえも自分からは言わない。野々花があげるドレスや香水も、礼を言って一度や二度は身に付けるが、それがどこ迄気に入っているのか分からない。弦の冗談に薄っすらと笑いはするが、それで楽しそうにも余り見えなかった。

陶子の心は「ノワール」には無い。陶子の心は、どこか他にあるのだ、と弦と野々花は思うしかなかった。例え「それ」が地の果てだろうと、天の涯であろうと、陶子の関心は、どこか別に向いていていた。

そして「それ」が、陶子の歌う、歌の中にだけは在る、という事実に、弦と野々花は安心するだけだった。陶子は歌を愛しているのだ。少なくとも自分の歌う歌の中に、陶子の心は息づいている。それが解ると弦は、陶子の哀れさと寂しさが、余計に迫ってくるようで、野々花には言えない愛おしさを、陶子の中に感じるようになってしまった。だから。陶子が、弦達の住む下町でマンションを借りたいので「保証人になってくれないか」と言って来た時、一も二もなく、承諾をしてしまったのである。野々花には、何の相談もしないままに、承知をしてしまった。

「そんな事なら、気にしなくたって良いわよ、弦。わたしだって、陶子ちゃんの頼み事なら、すぐ引き受けてしまったのに決まっているんだし。気にしない、気にしない。夫婦の間に秘密を持ち込まれるのは許せないけど、そうじゃないんですもの。ねえ。ルナ、ピート」

無心に猫達と遊んでいる野々花の姿に、福田の胸がチクリと痛んだ。それで、残りの猫達を呼ぶ。

「ウィリー、ハンサム。おいで。ホラ、パパと遊ぼう」

ごめんよ、野々花。俺のどこかに、虫が一匹棲み付いてしまったみたいなんだ。そのな、お前の嫌いな、秘密虫。俺は陶子君に、イカレてしまったみたいなんだよ。だが、心配するな、って。陶子君にイカレたなんて、誰にも分からないようにする。まず、君には絶対に悟らせないし、悟られない。どの店の誰にであっても、そうすると誓うよ。陶子君本人にも、自信がないけど、悟られないからさ……。

　弦は心の中で野々花にそう誓ったが、秘密は破られた。それも、他ならない陶子本人に、なのである。けれど陶子は、不思議な事に、その弦の心を無視したというのか、素通りしてしまったようだった。弦の道ならない恋心に気付いても、まるきり知らない振りをしている。

　陶子本人にもその気があるのかどうかも、解らせない。弦に対しても野々花に対しても、全くその態度は変わらなくて、他の誰かに洩らすという事も、しなかった。これには弦も、参ってしまった。想い続けて良いのかどうかすら、もう分からなくなって「どうにかしてくれ」とでも言いたくなったものだが、少し考えれば良い事だったのだ。陶子は、誰とも深く係わりたくないのは解っているし、物分かりの悪い女でもなかったのだから。

　陶子が「ノワール」を辞めないのなら、秘密の恋等しないで済ますに違いなかった。もし。もしもの話だが、陶子の方にも、弦に対する好意があったにしても、だ。福田は「そうであって欲しい」と願う事で、満足するべきなのだ、とやっと理解をしたのだった。もしも陶子が弦を嫌っているのなら、「秘密虫」の棲む男の店に、八年近くも腰を落ち着けている筈はないのだ。むしろ、さっさと逃げてしまっていただろう。だから。弦としては、陶子が辞めずに居てくれる、という事実にのみ、陶子の心の声を聴いて、秘密の答えを貰っているのだと納得するより他に術が無い。

そして弦は、陶子の歌声の中に、気高い女の答えを聞いた、と思っていた。弦は感じる。見果てぬ陶子の胸の中にいる、自分の小さな幻を……。

その幻の影は薄く、後ろ姿でいるのか、陶子を見詰めて深く息づいているのか迄は、弦には分からない。けれど、感じた。弦の心の耳は陶子の歌う声の中に、時に響き渡るような、秘密と恋の物語を……。その、秘密と恋の物語の中にいるのが、自分だけである、と迄は弦も思いはしなかった。もしもそうなら嬉しいが、陶子はそれ程簡単な女ではないだろう。心模様を読ませない女が、たった一人の男のために歌ってくれる筈はない。陶子の本心の芯の芯には、やはり、猫達に好かれる男とは別の「誰か」、か「何か」が居るのだろう、と福田弦の頭は歌う。「それでも好きだ。イカレている」、と歌う、心に重ねて。

「さてと。それでは、わたし達も帰りましょうか、陶子ちゃん。それとも何か、温かい物でも食べてから帰る？」

野々花の問いかける声に、陶子はいつも通りの答えをした。

「何も欲しくないわ、野々花ママ。送って貰えるだけでも、申し訳なく思っているのに。帰りましょうよ」

「もう夜も遅いし、冷えるようになってきたね、陶子君。俺達の都合で、君はいつも一番遅く迄帰れないでいるんだからさ。申し訳ない、なんて思わなくて良い」

「そうよ。陶子ちゃんに申し訳ないのは、わたし達の方かも知れないわ。何と言っても、一番最後なんて嫌でしょう」

「別に」

と陶子は答えて野々花に言った。

「わたしには待ってくれている猫達もいないし、誰がいる訳でもないんだし。気楽なものですから、どうぞ御心配なく。送迎付きだなんていう贅沢をさせて貰っておいて、嫌だなんて言ったら、罰が当たるだけですよ。宝クジならともかく、罰に当たるのは簡単ですもの」

「罰当たりと言えば、其処ら中に転がっているけど。宝クジに当たったと言う奴は、俺も余り知らないねえ」

「そうだわね、弦。宝クジよりもわたしは、良い客筋に当たる方が、ずっと良いわよ。罰当たりな客も、お断りしたいわ」

野々花の声に、陶子が反応した。

「罰当たりな人なら、今夜も一人、居たじゃないですか。ホラ、あの変な人。社長さんの友達だとか、って言って威張っていた。安っぽくて、嫌な人だったわ。わたしの事を誰かと勘違いしていて。草子、草子って喚いていたような気がしたけど……。わたしがヘブンからノワールに帰った時には、もういなかったわね。ああいう男を、罰当たりと言いたいわ。草子って誰なのかしら？　社長さんは知っているのでしょう？」

福田は今夜の水島を思い出して、ゲンナリして言った。

「奴さんの、奥さんだよ、陶子君。不思議な事に、君と瓜二つでね。双児のように良く似ているから、酔っ払っていて、間違えたんだろう。どうしても君を出せ、とか君に会わせろ、とか言って執こかったから、追い返した」

「執こいなんていうものじゃなかったでしょうに。弦。あの人、アラいけない。水島さんて、あんなに執念深かった？　それとも草子さんに対してだけは、ああなのかしら。あれじゃあ、草子さんの身が保《も》たないでしょうに。ヤレヤレだわよね。そんなに大事なら、会社に連れて行くか、家の中に閉じ込めて、鍵でも掛けておけば良いのに」

「恐い事を言うねえ、ウチの奥さんは。ねえ、陶子君もそう思うだろう？　酔っ払い相手に、そこ迄言わなくても」

アラ、その位、当然言って良いと思うわ、社長さん。と、陶子は野々花の味方に付いた。そして、

「あんな唐変木なんかの、奥さんが、可哀想……」

最後は、遠くを見るようにして、一人言の様に呟く。その陶子の横顔が、嫌になる程淋し気である事に、弦は気が付いた。まるで、草子のために泣いてやってでもいるようだ。陶子は草子を、本当に知らないのだろうか？　草子のようにか弱気な、陶子の瞳。行き暮れてしまったかのように、内に籠もってしまった陶子の声色……。野々花は、何も気が付

いていないようだった。

二〇〇〇年代の夜更けの街を、夜明けに向かって行くかのようにして、三人の乗った車は疾走して行くのだった。

眠った振りをしている陶子は、唇をキュッと噛みしめているかのように、弦には思われたし、実際陶子は心の中では、震える拳を握り締めていた。水島緑也と、あんな形で出会うとは、考えてみた事もなかった陶子だったが。

今は、今夜の水島が許せない気がして、苦しかったのである。酒の入っている福田も、運転している野々花の隣で、眠ってしまった振りをしていた。

ほんの僅かの間そうしていて、すぐに野々花に起こされるのを、承知の上での、せめてもの芝居を、辛うじて続ける。野々花にゴメン、と言いながら、それでも弦は、今は黙って恋に沈んでいたかった。陶子は白い表情のままで、福田と野々花に、

「ありがとう。おやすみなさい」

を言って降りる。

弦達と別れた陶子は、すぐには家に入らずに、猫に「飼われている」と言っている男と女の車の後を見送っていた。陶子は勿論、気付いていた。弦の、どこにも遣り場のない、切ない恋心に。

「でも、それでどうなるの？」

と陶子は呟く。

どうにも、ならない。どうにもならない恋ならば、金でも銀でも無くて、しなやかな柳か竹で編んだ籠にでも入れて、水に浮かべておくしかない。月が、蒼く照らしてくれているだろう、心の湖に。運が良ければその籠は、沈んで行かずに舟になる。運が悪ければ、其処迄の話なんだもの。気にしたって、仕方がないでしょ？　だから。グッナイ弦さん、野々花さん。あたしにはする事があるのよ、恋よりも何よりも大事な、生涯の仕事があるの。

陶子の部屋の窓の明かりは、いつ迄も消えなかった。丁度、青山紫苑が、草子を想って眠れないでいたように、陶子の想いも、その想い人の上に航《い》く……。


水島緑也は、上機嫌で帰宅した後、すぐにシャワーを使った「美奈」のママ、奈保との情事を楽しんでいた。奈保の前の女とは、一年かそこらで別れてしまった緑也だったが、奈保とは三年以上も続いている。奈保は、所謂《いわゆる》床上手な女で、未だに緑也を飽きさせないでいるのだった。緑也は奈保と一緒にベッドに入る前もその後も、一度も草子を思い出したりしなかった。これっぽっちの罪悪感も感傷もなく、緑也は奈保を貪れた。そして、思い出しもして遣らなかった草子への気持は、翌朝青山紫苑が、奈保の所に着替えと食事を持って来る迄、帰って来ない筈だった。今夜の、あの忌々しい「ノワール」での気持さえも、緑也は忘れていた。あれ程「ソウ」に拘っていた事も、ソウ、ソウ、と言って騒いだ事も、忘れてしまっていられたのだ。

水島緑也は、物事を深く考えもせず、過ぎてしまった事に思いを致す、という事もしない男であった。過ぎた事、と言っても、何年も何日も前の事の話ではない。たった一、二時間前の事すらも、緑也は覚えていなかった。違う。思い出したり、思いを巡らして、反省なり考察等をする、という事を、彼は全くしないでいられる種族だったのだ。「今さえ楽しければ、それで良い」「今さえ良ければ、全て良し」そのように考え、振る舞える男の身勝手さに、草子は耐えなければならなかった。

そのような無責任さや放埒さ、享楽主義というのか、何か分からないが、それ等は全て、草子の理解の枠を超えていた。都合の良い時だけはチヤホヤとして「ソウ、ソウ」と煩い位に言うくせに。浮気を不潔であるとも、不倫であるとも考えずに、楽しめる夫、緑也が草子は厭わしかった。

厭わしいだけなら、気楽であったのだろうけど……。草子は緑也が、哀れでならない気持がした。人間らしい情の一つも持たない様な緑也でも、どこかに一つや二つは、良い所がきっと有る筈だ、と草子は信じていたかった。何と言っても、自分の、たった一人の家族で、夫なのだから。信じてみたい。緑也の中に、今はまだ眠っているだろう良い芽の、青く高く、育っていってくれるのを……。そして、変わってくれるのを……。草子の願いは、叶うのだろうか？　それは、草子にも解らない事だった。

超高層マンションの二十三階の部屋の窓からは、遠く、近く、眼下に、同じ様な家々の明かりが、まだ数は少ないが、灯《つ》いていた。天上には、大きな淡い月。草子は、郷里の家の弟夫婦とその子供達、比較的自分達の近くに住んでいる、妹夫婦とその子達の事を、月の光の下で思っていた。どうか、と草子は願う。どうか彼等の今日一日が、穏やかで幸福なものでありましたように、と。

そして、思う。「会議だ」と言って、見え透いた嘘を吐きながら、多分いつもの女の所にでも泊まっているのだろう、夫の緑也の良心の在《あ》り様《よう》を……。

緑也がその女性の所に泊まったり、軽く情事をしただけで帰宅をして来たりを、何年も繰り返しているのに、気が付かない妻等、居るものだろうか？　香水の匂いの移った服や、家の物ではない石鹸の匂いのする下着、見た事のないネクタイやソックス、ハンカチ等の小物類を見なければ、草子はいつ迄でも緑也と奈保に、騙されていられただろうけど……。何故なの？　何でなの？　緑也。その位の気遣いは、してくれたって良かったじゃないの。

わたしは馬鹿だから、本当に多分、気が付かなかったかも知れないのに。どうしてその位の心遣いもしてくれないのか、あなたが解らない。悪ぶっているのか、わたしを試して楽しんででもいるのか？　それとも本当に、何の罪の意識もない、とでも言うの？　教えて、緑也。わたしには、あなたが理解できない。できないの……。

草子は一人のベッドを整えるために、自分の寝室に入って行った。ベッドの横のサイドテーブルの上には、大天使ミカエルの絵の額があり、その前にベランダで育てた、オリーブの実の付いた枝が飾られていた。ミカエルの額の丁度真上の辺りに高く、聖家族像の絵の額もあり、その絵は優し気で気高い、聖家族の姿を、永遠に記念するかのように封じ込めていた。大きくはない。緑也が、嫌うから。

草子の愛する神の絵姿は、地味で小さな物であったが、草子はそれで十分に満足していた。草子の愛している神は、宇宙よりも大きな存在だったし、人間のちっぽけな心にも宿る事が出来、小さな額の中にも、永遠に息づいていて微笑んでくれるのだから。草子はそっと、手を合わせて聖家族像を見上げ、ミカエルを見て、溜め息を吐く。この部屋に、出来ればサイドテーブルの上かベッドの上方に、十字架の御像を飾る事が許されれば、どれだけ良い事か、と考えながら。

だが緑也は十字架を、寝室に持ち込む事だけは、許してくれなかった。

「辛気臭い」とか、

「陰気臭くて、嫌なんだから。絵だけでもうんざりしているのに、我慢してやっているんだ。他に置いてくれ、ソウ。迷信深いのも、好い加減にしろよな」

ウチの宗教は、仏教なんだよ、ソウ。何度言ったら分かるんだ。仏教の、浄土真宗の檀家総代の家柄なんだぞ。お前が阿弥陀様を拝まないで、念仏も快く唱えてくれないから、と水島の父と母に嫌われているので、俺迄肩身が狭いんだからな。なあ、ソウ。阿弥陀仏様、と一度で良いから言ってみろ。そうすれば、その変な迷信なんか消えて、極楽浄土に行けるんだ。南無阿弥陀仏、と念仏を唱えてみてみろよ。お前の信じている伴天連なんか、自分も救えなかった、名だけの神だと分かるだろうさ。ソウにはそんな事も、分からないのか？

今は一人でいるのに、口煩く言う緑也の声が、聞こえてくるようだった。草子は心で、応えて言う。

「いいえ。良く解っているわ、緑也……。でも、どうしていけないのかが、分からないだけ。わたしは、あなた達の信じている阿弥陀仏の悪口なんて、一度も言わなかったでしょう？　キリストを信じているけど、他の宗教の事を、とやかく言ったりする気はないの。浄土真宗だって、他力本願の宗教だから、むしろ解るのよ。わたしの神様への信仰も、究極の他力本願の信仰ですもの。あの方（キリスト）は、わたし達のために、御自分から死んで下さった。そういう方なの。解らない？」

解らないでしょうね、緑也。あなたには、まずわたし達が、生まれながらにして罪深い、という事が、解らないのですもの。解る筈がないでしょう。でも。良く考えてみて、緑也。わたし達人間は、神様無しに「良い」人間に等、なれないという事を……。神を持たない人間程、惨めで悲惨なものはない。それは、自分を見ればすぐに解る事だと思うけど。わたしも緑也も、神を持たない限り、悲惨なの。

草子はベッドを整え終ると、緑也の寝室のベッドの傍にある、クローゼットに入って行って、緑也のための服装を一式、鞄に入れた。それからその鞄を持って、今度はリビングを通り、ダイニングキッチンに入って行く。明朝の朝食の下準備は済んでいたので、後はそれを作って、青山紫苑に持って行って貰えば、それで良い。他の女の所に泊まりながら、朝食迄わたしに作らせているなんて……と、草子はこの状況を考えると、まず第一に、怒るよりも泣くよりも、やはり可笑しくなってしまうのだった。こんな状態を、変だとも思わないでいる緑也の心が、可笑しくて、哀しい。草子は涙を、そっと指で押さえたのだった。

泣く事はないわ、草子。笑ってしまえば、それで良い。

けれど、涙は二筋、三筋と流れてきて、草子を傷付けた。この辛さを、神様に捧げてから、少しだけでも眠ろう、と草子は思って、自分用の書棚と引き出しの前に行く。書棚からは聖書と聖人伝を、引き出しからは黄色いノートを取って、草子はリビングに戻って行った。リビングは、ダイニングとは分かれている。小さな本箱と引き出し、その上の飾り棚に在る十字架像等は、広いダイニングの一角に置かれ、リビングの方には洒落たデザインの仏壇と仏具、それにシャガールとゴッホの「星月夜」の絵等が、飾られていた。全体に渋くて色の少ない空間に、その二枚の絵画は際立って美しく、その前に活けてある秋バラの、くすんだピンクの花も、愛らしい。

二枚とも、勿論、とても良く出来たレプリカなのだが、レプリカはレプリカなのだろう。本物を見ている草子には、偽物の嘆きの声が、聴こえてくるようだった。「誰も、わたし達の本当の父（描き手）を知らないのよ」とでも、言っているような声が……。

仏壇と仏具の方は、水島の両親が求めて、強引に其処に置いて帰ったものだった。捨てる訳にはいかないし、とにかく、其処に置いておくしかなかったので、草子はそのままにしておいた。その仏具の中にも、薄紫の秋紫苑の花々が、飾られている。

全体に広く、楢の一枚板で造られているそのカウンターに合わせて、水島家の内部のインテリアは、楢や樫の板材で、統一されていた。その木材以外には、大きなソファセット。柄物は少なく、少しくすんだような淡いクリームがかった白系の壁に囲まれた、部屋の一つ一つには、やはり淡く渋い緑色のカーテンと、白いレースのカーテンが掛けられていて、見方によっては、草子一人で居るのには寂しいものだった。けれど、草子はその部屋のインテリアを決めた、水島家の義父、弥一と義母の理沙子に、異議を申し立てたりもした事はなかった。広過ぎる部屋を、只、黙って毎日きちんと掃除をし、時間をかけて床を磨いているだけだった。それは、体力と根気の要る仕事であったのだが、草子は床が光る迄磨くのを、止めようとはしなかった。きちんとした部屋は気持が良いものだったし、時間はたっぷり有ったから……。草子の「掃除」とは、祈りの時間に他ならない事を、緑也も弥一も、理沙子も知らない。だから、皆は言っていられたのだった。

「きれい好きな嫁で良かったわ。何の取り柄も無いのだから、せめてこの位はして貰わないとね。本当に、良い所が一つも無いなんて、信じられないわよ……」

「理沙子の言う通りだな、草子君。君、結婚をして何年になると思っているのかね？　孫はまだかね」

時々、突然訪ねて来る弥一と理沙子は遠慮が無かった。草子の心を、ズタズタにしている事にも、一向に気が付きもしないし、むしろ意識してそうしているのではないか、と思わせるような事を、平気で言ったり、したりするからだった。けれど。この二人に対しても、草子は心の中だけで、答えて過ごしてきたのだった。

良い所が無いかも知れませんが、努力をしています。

子供の事についてなら、緑也さんから、お伝えしたでしょう？　わたし、二度も流産をしているというのに、もうお忘れになっているのですか？　流産と言っても、子供が死んで流れてしまったというだけで。生まれた子供が死んでしまったのと同じか、それ以上の悲しみと苦しみを味わったし、今でも忘れられないでいるのに。あの子達、もし生きて産まれていたのなら、二人共女の子だった筈でした。男でなくて良かった、とお義父さん達は言っていましたけど。二人共、男でなくても女でも、わたしは母親になれていた筈なのです。緑也と同じで、お二人共、すぐに忘れてしまうのですね。それとも。緑也がお二人に似過ぎているのでしょうかしら。とにかく、あの事は、わたしだけの所為で起こった事ではなかった、と言いましたのに。それさえも、もう、すっかり忘れていらっしゃるのですね。

草子は、一人目の子供と、二人目の子供を流産してしまった時の苦しみを想うと、胸が痛くなるのだった。心臓が苦しい。確かに、草子の体は虚弱で、妊娠に適しているとは、言い辛いものであったらしいが、それ以前に懸かった不妊外来の医師の話では、緑也の方にも多少の問題がある、という事であったのだった。

「男性として、少し精子の動きが鈍いようです。だからと言って、奥様が妊娠出来ないというのではなく、お二人の努力次第ですがね。妊娠にも、相性というものが有るのですよ。ですから、気を長く持っていて下さい」

気の毒そうに、医師は言った。あの時の、あの医師の言葉を、緑也はどんな思いで聞いていたのだろうか？　そして、どんな言葉で、両親に告げてくれたのか？

今になって、草子は思うのだった。もしかしたら緑也は、あの時の医師の言葉も、流産した時の草子の悲しみも嘆きも、弥一と理沙子に伝えていなかったのではないのかと……。それならば、草子にはもっと緑也が分からない。嘆き悲しむ妻の様子を、黙っていられたなんて。分からなかったし、分かりたいとも、思えなかった。

「朝になったら」、とその夜草子は想っていた。光を見る事もなく、逝ってしまった二人の子供達のために、ベランダからピンクのバラを、又切ってきて、手向けてあげよう。

そして、大好きなわたしの神様と、天使達、聖母子達のためには、紅いバラを供えましょう、と。紅いバラは、十字架で死なれたわたしの神の、血の色に似ている。その、我が子の傍で、悲しみの余り、剣で胸を貫かれていたお母様のマリアの、涙の色に似ているわ。わたしの胸の涙の色にも……。

草子の孤独な夜は、凍み入るような寒さとなって、草子の胸に降り積んで行っていた。

草子は大切にしている聖書を読み、其処に書かれているイエス・キリストの愛の約束に従って、祈りを繰り返す。そして。その祈りはいつものように、小さな「黄色いノート」に記されて行くのだった。黄色いノート。それは、草子の心なのだ。「分身」は、本体と同じだけの年数を生きて来ていた。つまり草子のノートは既に、何十冊にもなるのだが……。緑也と結婚してからのノートには、時に多く、時に少なく、嘆きの祈りが認められるようになった。そして。その嘆きは少しも減ってはくれなく、むしろ草子を蝕むように、増えていた。心を蝕む祈りと嘆きは、そのまま草子の心臓と、胃や腎臓をも蝕んでいっていたが、草子はそれ等の痛みの多くを、黙って耐えるようにしていた。自分を愛してくれた美しい神、キリストは、苦しみの全てを、黙って引き受けて耐えてくれたのだから。自分も「彼」に倣って、そう生きたい、と。草子はキリスト・イエスを想う度に、その誓約を深めて行った。火のように愛されたのだから、小さくても、燃える炎になって、愛し返したい。

草子の愛は、緑也の物ではなく、草子自身のものですら無くなっている事を、草子ははっきり自覚をしていた。自分は、もう人の女ではないのだ、と。人間の女ではなく、神様のものになってしまった、この世の外の生き物なのだ、と草子は感じていたし、それを「良し」として、心の底から愛する神を求めて、止まなかったのだった。そんなわたしを「嫌いだ」と、緑也が思うのも無理は無い。けれど、緑也。わたしは見て欲しいのよ。神の子供で花嫁になってしまったわたしの心を、あなたに見て欲しいの。絶対に。だって、と草子は想う。あなたにも「彼」が要る、と思うから……。

翌朝早く、草子は自分のベッドから出て、寝室を後にした。朝食は、三人分、いつも用意をする習慣が、もう何年も続いている。これも、緑也の気紛れから始まった事だった。何年も前の或る冬の朝、緑也が、迎えに来た青山紫苑に言ったのだ。

「独身男は、朝食も喰わないと相場が決まっているけど、青山君。君はどうなんだ？　ん？　やっぱりそうか。飯を作る位なら、その分余計に寝ていたいよな。ソウ。俺の秘書に、何か喰わせてやってくれ」

「遠慮なんかするなよ、青山君。十七、八やそこらの青二才じゃないんだし、人の家の飯位、幾らでも食べ慣れているだろう？　まだ早い時間だ。上ってソウに飯を喰わせて貰うと良いさ。さ、上れよな」

「そうだ、ソウ。明日からは青山君の分も、チョチョッと作っておいてやってくれるよな？　二人分作るのも三人分作るのも、手間なんて似た様なものだろう」

緑也は、青山紫苑の若さに、油断し切っていたのだった。青山は緑也にとっては、自分よりも九歳も年下のまだ「小僧っ子」だったし、妻の草子よりもやはり、同じく年下の「若造」だったのだから……。まるで「男」には見えていなかった、という事になる。それに、学卒の後すぐに入社をした、という事と、そのまま水島緑也の運転手になって、今でもそれが続いている、という事が、緑也の判断を鈍らせてしまったのだろう。緑也は、青山紫苑の前では、平気で、草子を「ソウ」と、愛称で呼びさえして来たのだから。けれど。その青山紫苑も、年を取るのだ。初々しかった学卒の「男の子」から、今では礼儀正しい、理想的な秘書（運転手）に、変わっている様に。

その日、紫苑は遠慮をしたが、水島緑也の方では遠慮を許さなかった。緑也は、親切の積りだったのだ。だから、見逃した。紫苑の戸惑いと、喜びを……。紫苑は草子の傍近くで食事を、それも草子の手作りの朝食を摂れる、という事の成り行きに、怖れを感じていた。草子に、自分の心の底迄読まれてしまうようで、恐かったのだ。そしてその一方で、無上の悦びも感じていたのだった。理由も発端も、それはどうでも良い事だった。

美しい女《ひと》に憧れる心が、愛の卵になった。孵化を迎えようとして準備していた時に、緑也がその「場所」を与えてしまったのだ。愛する女《ひと》の傍に行って席《すわ》り、毎朝「お早うございます」と挨拶をし、時にはその姿から、体温迄感じ取れる程に、心臓の音迄感じられる程に、近付けるなんて……。青山紫苑にとって記念すべきその朝から、草子は否も応もなく、三人分の朝食を作る事になったのだった。確かに。食事の用意等というものは、多少煩わしくはあっても、二人分も三人分も、作る手間に変わりがある、という訳ではなかった事だし……。

それに。緑也と二人切りの食卓に着いていた時よりも、誰か他に、一緒に席ってくれるのは、草子の心を和ませてくれるようになって行った。特に緑也が下手な嘘を吐き（会議だというより他の言い訳を、草子は聞いた事がなかった）、何処の誰とも知れない女の所に、泊まってきた朝などは……。緑也が帰らなくなったのは、ここ数年の事である。

青山紫苑だって男であるのだから、それも独身なのだから、何処でどう過ごしているのかは解らないが。草子は紫苑から、不潔で不遜な思いや匂いを、感じた事が一度も無かった、と思っている。むしろ。紫苑は清潔で、謙虚で、何故なのか、思い遣りの深い、弟のような、友人の一人であるかのような、気持にさせてくれるのが常だった。

じきに草子は紫苑と二人で居ても、むしろ平和で、穏やかな心でいられる自分を、発見するようになった。紫苑も草子の傍では、くつろいでいてくれるように思えて……。他には何も無い男女の間に、只、暖かな息だけが、息づいていてくれるようになったのである。だから。草子と紫苑は、十一月の末近い、その日の朝にも、二人で食卓に着いたのだった。

いつもと違う事と言えば、寝不足のために草子の顔色が一層青白く、紫苑の顔色の方も又、いつものこうした朝よりも悪かった、というだけで……。

　飲み頃に冷ました日本茶。厚焼き卵と野菜の煮物に、香の物。それから彩りが美しい太巻き寿司といったような物を、草子は用意していた。吸い物は熱めで、散らされた柚子の香りが清々しい。緑也の分も、太巻き寿司等とは別に、熱々の吸い物等も、今では当たり前のように持ち運べる容器がある。

　草子は、自分は日本茶だけ飲んで、微笑んだ。作っただけで、一口も食べていない朝食を間にして……。心臓と胃が痛んでいる事は、曖《おくび》にも出さない。

「どうぞ。召し上って、青山さん。沢山作ってしまったから、出来たら沢山食べて頂きたいの。わたしはひと足先に頂いてしまいましたから、お茶だけお付き合いしますけど。御一人の方が、良かったら、そうしますわね。見られているというのも、何でしょうから」

「いいえ。席っていて下さい。草子さ……奥さん。僕なら、平気ですから。お茶位、ゆっくり飲んで下さい」

「草子で良いのよ、青山さん。わたしも紫苑さんと、呼ばせて頂けますものね。では、どうぞ」

「はい。頂きます。奥さ……草子さん。僕の好物ばかりなので、吃驚しました。美味しいですね」

紫苑は草子が眩しくて、それでいて嬉しかった。草子の方でも緑也とは違い、きちんと「草子」と呼んでくれる青山紫苑が、感じが良かった。だから、つい「紫苑さん」等と言ってみたのだが、紫苑の胸の高鳴りに気付いていたなら、そうはしなかった事だろう。紫苑は、叫びたい程嬉しくて、切なく、草子の言葉と声を、心で繰り返していたのだから。「紫苑さん」、「紫苑さん」、と……。

そして、それ以上に繰り返していた。「草子さん」、「草子さん」。

青山が水島家を出て、美月奈保の部屋から緑也を迎えて、水島建設に到着する間に、水島は車の中でワイシャツとネクタイを替えて、上着も着替えてしまっていた。下着類は、奈保の部屋に置いてあった物を、着ている。社長室の机の前で朝食を摂りながら、漸く緑也は、草子の事を思い出していたのだった。

「そういえば、君。青山君。家の様子に何か変わった所は無かっただろうな」

紫苑は一瞬、返事に詰まった。草子の顔色がいつもより悪くて、酷く疲れたような、寂し気な様子であった事を、そのまま言って良いものかどうか、と。そのように言えば、紫苑が草子を細かく観察していた事が、水島に分かってしまうのは、分かり切っているけれども、白々しい嘘も言いたくは無かった。草子が、可哀想だから……。

「何だか少し、お疲れの様だったかも知れません」

嘘ではないが、本当でもない紫苑の返答に、緑也は頷いて、

「あいつはいつも疲れているのさ。そう言うのが口癖なのだから。君は、気にしなくて良い」

と言っていた。紫苑はますます、草子の哀れさを感じた。旦那が他所に、泊まっているのだ。

怒りや無力感や、疲労を感じないでいられる女性等、一体何処に居る、と言うのだろうか？　社長には、そんな事も解らないのか、それとも知っていて、知らない振りをしているだけなのか？

紫苑には解らなかったが、緑也が食べ終った食器は水場に持って行って、さっと洗っておくのを忘れなかった。愛してしまった、草子のために……。緑也は無造作に、食器類や着替えた物を草子に渡すのだろうが、紫苑は草子の負担を、少しでも良いから減らしておいて遣りたかった。

浮気をされている、と察していながら草子が大人しいのは、あの十字架の神を信じているからなのだろうか？　紫苑は十字架像と聖書に気が付いていたし、キリスト教についても少しは知っていたので、草子の心の内が、何となく理解出来る気がしていた。只、分からないのは、十字架像の横の、小さな二つの天使像の事だった。普通は天使と言えば、ミカエルだとかガブリエルと呼ばれている像が多いのに、草子は何故かその二体の天使に

「テレサ」と「ローザ」という名前を、衣の裾の辺りに書き付けて、飾って置いていたからである。テレサとローザ？　それなら天使ではなくて、聖女達の名前なのではないのだろうか？　と紫苑は思っていたけれど。草子にとっては、その二体の天使は、テレサとローザのようだった。しかも、とても大切にしている。

今朝も天使達の前には、ピンクの秋バラが飾られていて、キリスト像の前には、真紅のバラが飾られていたのだから……。紫苑は草子の、心の中にいる神と天使達にも「お早うございます」という挨拶をした。そして、祈った。草子の神様に。「今日も、愛する女《ひと》が、健やかで幸福でいてくれますように、どうか助けてあげて下さい」と……。

社員達が出勤して来る頃には、水島はもう妻の草子の事は、忘れてしまっていたのだった。

その頃草子は、痛む心臓と胃を持て余して、自室のベッドの上に、横になっていた。そうしてさえいれば、少しは痛みが退いて行ってくれるかも知れなかったからだが……。それは、無駄になってしまったようだった。やがて草子は呻きながら背を曲げ、蹌踉《よろ》めく足取りで、キッチンに入って行ったのである。ニトログリセリンが効くのは解っていたが、今、草子の手元にそれは無い。医師には、もう何年も診て貰っていなかった。どのみち草子の心臓は、命懸けの手術をしようと望んだとしても、それでも難しい所が詰まるらしい、先天性の病らしかったし、胃の方は、ストレスによる潰瘍が有ったのだが、こちらは深部迄病気が進み過ぎていて、薬を飲む位では、手の施し様が無いらしかった。そうかといって胃の全摘出手術が出来る程、草子の心臓は保ってはくれないらしくて……。草子は、この二つの臓器の内側からの反乱に、黙って耐える、という道を選んだ。発作さえ起きなければ、誰も気が付かない。内臓の病というのは、無慈悲な様でいて、そうでも無い様な。静かな、爆弾のようなものだった。だから緑也も、草子の病を忘れて、呑気に遊んでいられたのだ。それも、とても呑気に。命は一つしか無く、大切な人も又、只一人しか居ないのだ、という単純な事実を忘れていられる程に、緑也は呑気で、妻の病に対しても、無関心だった。

草子は冷蔵庫から特製の、氷の様に冷たいレモン水を出して飲み、痛み止めも飲んで、又呻いた。ショックを与えて、心臓の働きを変えてやり、痛み止めで、胃と心臓にもう一度「頑張って」と、心の声をかけて遣る。草子はアスピリンをそうして飲むたびに、愛して止まない神に頼り切って生きてきたのだった。神に頼る。自分の全てを任せ、委ねて、頼る。この事が、草子の生きる力の源なのだから……。

やがて。痛みは、少しずつ退いて行ってくれた。まるで、草子の神様が、草子のために、憐れみをかけてくれたようにして。静かに、静かに、ゆっくりと痛みが消えていく。草子は祈りながら、痛みが完全に行ってしまう迄、待った。ベッドから出られるようになったら、掃除をして、洗濯と床磨きもしておかなければならないのだけれど。けれど草子は、それ等を今朝は簡単に済ませて、午後には自分の「黄色いノート」に戻りたかった。自分の分身のような、あの「黄色いノート」に。緑也が居ない日々が続くと、草子は自分の声が、まだ出るのかどうか？　と怪しみたくなる。それ程に、草子の孤独は深かった。一日を、誰とも話さずに一人で過ごす。喜びも悲しみも、希望も失望も、声に出して打ち明ける事は無い。友人も妹、弟も居るが、草子は誰にも何も打ち明けられないために、長い年月を一人で過ごして来たのだった。

　明るい話題なら、草子の場合、神の事に必然的になってしまうし、反対に暗い話題なら、祈りになってしまうからで……。そのどちらも、人は喜んで聴いてはくれない。そして。彼等が喜ぶ買物や食べ歩き、観劇やあれやこれやの話は、草子にとっては退屈で、時には苦痛なだけだったのだ。特に、他人の噂話や悪口、テレビの俗悪な番組の話等は、草子を疲れさせてしまうのだった。だから、仕方が無く草子は、黙ったままでいる。声が無いのと、同じ位に。

　午前中は、結局家事に取られてしまった草子は、昼食を残り物で軽く済ませる事にした。本当は要らなかったのだが、そうも言ってはいられない。体は、命の器《い》れ物であり、命は神のものだったから……。草子の体も心と同じに、もう自分自身の物では無くなってしまっていたのだ。

草子は「黄色いノート」を取り出して、神への想いと祈りを、書き綴っていったのだった。

草子の真の花婿と家族達、友人達と守護の天使達は、この世界によりもずっと多く、神の国に居るのだった。草子は「黄色いノート」に、慰めと励まし、力を貰って来たのである。正確には、ノートの中の住人であり、草子の心の住人である、愛する天の国の天使や、兄弟姉妹や、家族でもある神に。


草子は、全く知らなかったのだ。そのような草子のために、涙をもって祈ってくれている人の、存在を。

その人の名前は「瀬川陶子」といった。水島草子と同じ三十五歳になる女性で、草子に瓜二つと言って良い程良く似ている。サパークラブの、歌手である人。その人は、姿、形だけではなくて、心の在り方や感受性、生きる姿勢迄も、草子にとても良く似ていた。草子は彼女を知らなかったが、彼女の方では良く草子の事を知っていた。

そして、陶子も「ノート」を認めていたのだった。その、陶子のノートの表紙は青く、陶子はそれを、「青いノート」と呼んで大切にしていたのであった。

出勤前の大切な時間を、陶子は「青いノート」のために注ぎ込んでいた。陶子は苦しんでいたのである。草子の代りに、水島緑也の性癖について……。

神。その方は、天上に居て、今、此処にも居る。そう想って陶子は、自分の胸を押さえるのだった。その、陶子の服の胸の下には、草子の物と同じ様な、銀の十字架が、首から下げられていた。では、部屋の中は？

陶子の部屋は一人暮らしの女性に相応しく、ベッドルームとリビング・ダイニング、それこそ小さなベランダに、浴室と洗面所、キッチンとトイレで全てだった。女性らしい花柄の小物類等は、探しても見当たらない。明るめの木目の床と、白い壁。白いキッチン。レースのカーテンと、たんぽぽ色のカーテン。ベッドカバーは美しい草色で、シーツも枕カバーも白だった。

女性の匂いに欠けている所は、草子の部屋にそっくりで、ベランダに鉢植えの金雀枝《えにしだ》や金木犀、シクラメンや春紫苑等が在る所も、良く似ていたのだった。ベッドの上の壁には、十字架像が掛けられていて、リビングのソファの上の壁には、聖母子像の画と、ピエタの絵が並べて掛けられている。

陶子と草子は、お互いの体が入れ替ったとしても、その心が入れ替ったとしても、見極め様がない程に、良く似ている、と言えただろう。

陶子の秘密は、誰も知らない。唯、神のみが知っていて下さる事柄なのだから。陶子は溜め息を吐いて、時計を見遣った。そろそろ弦と野々花の車が、マンションの下に着く頃だったから。

その日、陶子は男物のようなカチッとしたスーツを着て、長い髪を後ろで一つに束ねて部屋を後にした。ドレスは着ない。水島緑也除けと、福田弦への、柔らかな拒絶の意志の表れとして……。

二、蒼天の光・ヘブン（煌《きら》めき）

どれ程闇《くら》い夜空にも、明るく輝く星、肉眼で見られる一等星があるように、暗ければ暗い程見えない、六等星もあるものだ。都会の空では、それが顕著であるのか、そうではないのか？　星々の輝きは海に、山間部に、未開地域に降り注いでいる、と昔は決まっていたものであるけれど……。現在の「地球」という名の星と、其処に住む人々の上に、煌めく星座や天の河等が、完全に見える、と思って良いのだろうか？　多分、それはもう、無いのかも知れないが。

草子も陶子も、そのような場所が、まだこの地上の何所かに在る、と信じていたかった。

この世界を創り、贈ってくれた神のために……。

陶子の存在を、全く知らないままでいる草子。

その草子のために、尋常で無い関心を寄せ、まるで親子の様に、姉妹のように、心に懸けている陶子。

二人の一週間は、その後無事に過ぎていった。水島緑也が、陶子である「ソウ」を、思い出す迄は……。その日、水島は社長室に一人で居たのだった。青山紫苑の姿は、無かった。

そろそろ夕暮れに近い、午後遅くの事である。乱暴に社長室のドアがノックされ、設計課唯一の女性課員である、尾沢有紀が入って来たのだった。水島はその時、十一月分の貸借対照表を見て、苦い顔をしていた所であったので、入って来た有紀にも、つい不機嫌な声を出してしまったのであった。

「何だね？　尾沢君」

それに対して有紀は、社長室の電話機を取り上げて、水島の眼前に突き出して言った。

「ハイ。電話に出て下さいよ。男でしょう？　社長も」

「いきなり何を言っているんだか。俺が男でなければ、女だとでも言う積りなのかね。用事は何だ？」

水島の返事に、有紀はわざと大声で、答えたのだった。これでは相手に、全て筒抜けだ。

「男を出せ、と言って聞かないんですよ、スカタンが。わたしが設計課員で、一級建築士だ、と幾ら言っても、女の子じゃ駄目だの、女は駄目だのと言って、分からず屋も良い所なんだから。時代遅れの頑固頭と言ってやったら、もっと怒鳴るの。男を出せ、馬鹿野郎って言ってさ。だから、わたしも言いました。野郎を出せば良いのね、オッサンって言ってやったの。ハイ、代わって社長」

「代わって社長」と言ったって……と、水島は目を三角にしてしまった。そんな事を大声で言う、有紀の馬鹿さ加減に、うんざりとしていた。

「代われと言うなら、代わっても良いがね。相手は誰かね。尾沢君。まず、その事を言いたまえ」

答えなら、聞かされなくても分かっているのに、水島はわざと言っていた。浜田組の工事課長の、塩屋に決まっている。塩屋はコチコチの男尊女卑主義者で、どこでも悶着を起こしているのだ。それにしても……と、水島は有紀の後ろ姿を見送って、考えていた。

気の強過ぎる女も、手に余るようでは困る、と。

案の定、塩屋猛は沸騰した湯の様に、カンカンになって怒っていた。今のクソ生意気な女を謝りに来させないと、職人を全部引き上げる、と怒鳴り散らして威張っている。とんだ虎の威を借りる狐だ、と思うと、水島の方でも面白くは無い。面白くは無いのだが、工事現場から職人を全部引き上げる、と脅されるのは、困るのだった。塩屋はその手を、何度も使って、今迄にも水島を腐らせてきたからだ。有紀は嫌がるだろうが、行かせるしかないのか……。

「それは分かりましたよ、塩屋課長さん。とにかく、ウチの女の子の無礼は、お詫びしますがね。本人にも良く言って聞かせて、お宅に遣ります。でも。発端は、一体何だったんでしょうか？　そもそも何の用事で連絡を頂いたのですかね」

「発端だと？　そんな物は無えよ。女じゃ話にならねえから、男を出せと言っただけなのに。四の五の言って、譲らねえもんだからよ。全く嫌な馬鹿女だなァ。なァ、水島よ。

お前の所では、良くあんなクセえ女を、抱えていやがるな。マ、お前さんは女なら、誰にも甘いんだろうがよ。教育はしなくちゃいけねえやな。用事？　職人の件だよ。親方の関の奴が、又フケちまったんでな。代りの新人を廻すから、承知しておいてくれや」

関がフケた？　又なのか……と、水島は舌打ちしたい気分になった。腕も良いし、人も悪くは無いのだが。無類のギャンブル好きで、時々こうして、大事な現場を放り出してしまって、問題を起こすのが、玉に瑕の職人の親方だ。関は四人の下職人を抱えているのだが、関が行方不明になる時は、申し合わせた様に、彼等も居なくなってしまう。どうせ競馬か自転車かボートだ、と水島は思っていた。関が逃げる原因は分かり切っているのだから、塩屋の方で手を打てば良いのに。毎々塩屋は、放置したままでいるのだった。塩屋が探さないなら、こちらで探せば良い、と水島は割り切って来たのだが。

尾沢有紀女史は、口が達者で頭も切れる。彼女を説得して、塩屋の居る浜田組に送る方が余程、至難の業なのだ。思わない災難に水島が憮然としていると、其処に青山紫苑が帰社して来たのであった。

紫苑は、有名デパートの袋を手に提げていた。水島が鹿島陸の要求を思い出したために、リベートを入れて渡す「容器」として、高級酒のジョニ黒を買いに行かせられて、社に戻って来た所だったのだ。水島は、そのジョニ黒を、尾沢有紀に持たせてでも遣るしかないな、と又ゲンナリして思っていた。塩屋も鹿島陸と同様に、無類の酒好きなのだから。

だが……何と言って尾沢有紀に、それを持たせて、謝罪に行かせられるのだろうか？　有紀は手強いし、強情でもあるのだから。

　男社会である建設業界で、男達に負けずに仕事を熟《こな》し、関や藤下のような、一癖も二癖もある職人の親方連中を、顎の先で使い熟せる天分と、頭が有るのだ。しかも。今はヘソを曲げて、塩屋同様、こちらもカンカンになってしまっている。それを「謝りに寄こせ」だと？　馬鹿を言われても、困る。有紀は絶対に「ウン」とは、言わない筈だからな。

　水島は、ぼんやりと青山紫苑の手元を見遣っていて、思わずニヤリとしてしまっていた。そうだった。この手が有ったのだ、と思い出したから。尾沢有紀は、勝気な女の常の様にして、大人しい男の方を好んでいたのだ。そして……。社内でもトップスリーに入る、温和で礼儀正しく、容姿の良い紫苑に、好意を示していたからだった。さすがに、あからさまに誘ったりはしていない筈だったが、好意の端々が態度に出ていた。水島は、そういった方面を見過ごす程の間抜けではない積りでいたし、実際そうであったのだ。紫苑に送らせれば良い、と彼は決めた。有紀は御機嫌斜めのままだったが、紫苑が運転する社長の専用車で送って貰えるのだ、と知ると、不機嫌を装いはしていたものの、素直に水島の指示に従ったのだった。

　行き先は、車で二十分程の浜田組の事務所で、其処には今は、塩屋の上司である川中も、本社から出張って来ている筈だった。川中の方は塩屋と違って、ごく普通の男である、と水島は聞いていたし、承知もしている。

　有紀は、紫苑が勧めた車の後部席には席らずに、ジョニ黒の包みを抱えて、助手席に席った。紫苑の方では有紀の好意を知らないでいたし、察してさえもいなかったので、気軽に有紀の質問に答えたりしていたのだが。知らぬが仏とは良く言ったもので、知っていたなら紫苑は、有紀を遠ざけようと、無口で通していただろう。有紀はまず紫苑の趣味や友人関係等を話題にし、次には巧みに郷里や家族との間柄等に話を持って行って、出来る限り青山紫苑という男の全てを知ろう、と努め始めたのだった。その口調は軽く、何気無《なにげな》気《げ》であったりしたが、紫苑はじきに有紀の意図に、気が付くようになっていた。

　紫苑も、馬鹿ではない。それどころか今の紫苑は、草子以外の女性との接触や、思わぬ遭遇さえも避けて生きていたかったのだから……。それで、紫苑は有紀に対して、質問には質問で答える様にしたのだった。まるでオウムの様にして。有紀は不満だったが、それで紫苑を嫌いになった、という訳でもなかった。只、難攻不落と迄は言えないにしても、見掛けよりは手強い紫苑の反問に遭い「アチャー。割と用心深いのね。それとも、あたしの方が急ぎ過ぎたのかしらん」、等と考えている間に、車が浜田組の事務所に着いてしまっただけだったので、又、アタックすれば良い、と気楽に考えただけだった。紫苑を逃す手は無かったからである。そう思わせるのに十分な「何か」を、青山紫苑は持っていて、有紀は心を惹かれていた。

塩屋は、ウイスキーは文句無しに受け取ったのだが。腹の中では「この馬鹿オジサン。今の時代に男女差別だなんて、遅れているったらありゃしない。阿呆鳥の方が、余程利口だわよ」と考えながら、口先だけで謝る有紀を許さなかった。許すどころか、ますます怒り、猛って行くようだ。

「女の子が生意気を言って、お気を悪くした様で、ごめん遊ばせ。これで良いかしら？課長さん」

「良い訳が無えだろうがよ。このクソ女め。女のくせに、俺を馬鹿にしやがって。今更どの面下げて、自分の事を女の子だなんて、言いやがるんだか」

「あら。こんな面に決まっていますじゃん、オジサン。顔なんて一つしか無いし、お面みたいに取り外せないし」

「オジサンだとォ？　馬鹿野郎。課長さんと呼べ、課長さんと。くォのブスの、不細工女が！」

これでは、どこ迄行っても事は悪くなるばかりだ。青山紫苑は、これはいけない、と思って目を上げた。その目の先に、塩屋の上司の川中がいた。川中はこんな騒ぎには慣れっこなのか、事の成り行きが面白いのか、半分ニヤケているだけで、塩屋と尾沢有紀の言い争いの、仲裁には入ってくれそうもない。

さてと。どうしたら良いのだろうか？　こんな時は。自分が口を出しても、拗らせるだけだったら逆効果だろうし……。川中所長さんが、何か気の利いたジョークの一つでも言ってくれて、二人が笑って「ハイ。サヨウナラ」となるようなら、一番良いのに。今の所川中さんには、そんな気は無いように見えるしな。困ったなァ。気の利いたジョークなんて、自分もしかし思い付かない。でも……怒った尾沢さんの声は、意外と高音だったんだ。知らなかった。歌手で言うなら、多分テレサ・テンとかその位に。人は、見掛けに寄らないって、本当……。青山紫苑が考えていると、突然塩屋の怒りの矛先が、向きを変えてきた。

「オウ、青山。手前、さっきからポケーッと馬鹿面ばかりしていやがって。このブスに手前も言ってやれ」

驚いた紫苑は、先刻から思っていた事を、そのまま口に出してしまっていたのだった。

「ブスって……。ウチの尾沢君は、ブスというより、テレサ・テンのようだ、と思っていましたけど……」

「テレサ・テン？」

と繰り返したのは、他の三人だった。

「テレサ・テンだとォ？　この……」

と、塩屋は引き付けを起こしたように笑い出し、当の有紀迄が、

「テレサ・テンだってェ！　頭は確か？　青山君」

とケラケラと笑ってしまっていたのである。

川中はと言えば、口に含んでいたお茶を吹き出しそうになってしまっていたし、とにかく事務所の中は、一気に雪解け状態というのか、腰砕け状態というのか、先程迄の剣呑さとは違ってしまっていた。

ケラケラとケッケッ、とニヤニヤ。これではもう、元の険悪な空気に等、戻りたくても戻れない。

「良くも言ってくれたな。この天然ボケが。手前、青山。手前の頭ん中には、雑草でも生えているのかよ」

塩屋は怒っていたが、先程迄の勢いは、もう無く。有紀も笑い過ぎて、涙の滲んだ目を指先で押さえて、塩屋に言っていた。紫苑は、只ホッとしているだけだった。

「テレサ・テンとは程遠いけど。ウチの青山君は、あたしが彼女に見えるんですってよ。それだから、テレサ・テンに謝られたと思って、許して下さいよ。塩屋課長さん。女で悪かったですから……」

「フン。手前の頭ん中に、ペンペン草を生やしているような呆けに、助けられて良かったな。お前、名前位は覚えておいてやる。何だ？」

「尾沢有紀と言いますけど。塩屋課長さん。テレサ・テンと呼んで下さい。失礼致しました。それでは、あたし達はこれで……。ア、川中所長さん。テレサ・テンがお騒がせしてしまって、どうも済みませんでした。ウチのペンペン草君の事は、忘れて遣って下さいね。自覚が無い様ですから。忘れて貰うのが、一番です」

川中は、有紀の頼みにも、惚《とぼ》けた顔をしていた。

「呆けなんだか突っ込みなんだか。ペンペン草だか分からんけどねえ。良いねえ、慌てず騒がず。青山君だったっけな。俺も肖《あやか》ってみたいものだ」

有紀は紫苑の頭を小突いてお辞儀をさせた。用は済んだ。もう帰ろう、という合図である。帰りの車の中でも、有紀は御機嫌うるわしかった。

「青山君には、あたしがテレサ・テンに見えていたなんて。嬉しいわ。アリガトウねえ。ペンペン草の事なんて、忘れて良いのよ、青山君……じゃない、さん、か。あなた、思ったた以上にイケてるよ」

紫苑は黙っているのも悪い気がして、

「どうも……」

とだけ答えていた。ペンペン草のままで、いたかった気がしていた。草子は、きっとそう言うだろうし、草子なら、絶対に「イケてる」等とは、言わないだろう。

その頃迄には水島緑也は、工事課に行って、社に残っていた小瀬に命じて、関連を捕まえる対策を取り終っていた。小瀬に訊くと、今日からオートレースが始まっている、という答えだったのだ。

「金城と林を行かせて、関達を捕まえて来させてくれたまえ。嫌だの何だのと、四の五の言うようだったら、女房達を連れて来る、と言わせると良い。あいつ等がこの世で唯一恐いのが、あいつ等の女房達だからな。馬鹿というのか、何というのか……」

小瀬は、肩を竦めて見せただけだった。水島はそう言うが、小瀬も又、その「女房が恐い」の口の、一人だったからである。小瀬は考えていた。

社長の奥さんは温和しいとか、優し気だとかだという噂だけれども。社長だって、いつかは「女房が恐い」と思うようになるだろう、と。この世で女程、男にとって恐い物は無いのだから。特に、それが女房となると、異次元に恐いのが、普通なのだ。小瀬の考えでは、そういう事になるようだった。女房の奴に、理由も分からないのにどやされたり、泣き喚かれたり、「死ぬ」だの「死ね」だのと、金切り声で言われてみると良いんだ、社長も。それでなかったら、七日も十日も黙りこくって、口も利かないで上目使いに、見上げられるとか……。アレは、恐いぞ。良い時は良いが、悪くなったら、理解不能で制御不能なのが、女という人種みたいなんだからな。ソレが、同じ家の中で子供を味方に従えて、何十年も居坐っているんだ。宇宙人と暮らしているみたいで、それこそ恐い。何よりも恐ろしいのは、その宇宙人に惚れたりする、男の馬鹿さ加減という所だよ。宇宙人に、惚れてしまった小瀬が不幸なのか、幸せなのか？　何も分からないでいる水島よりは……。

水島は、自分の部屋に帰って、皮張りの椅子に沈み込んでいた。鹿島に遣る積りであったウイスキーは、浜田組の塩屋に、渡ってしまった。

リベートだけを渡した所で、鹿島は何とも思わないかも知れないが。金の入った封筒を剝き出しのまま相手に渡す、というのは、緑也の習慣というのか、美学の様な物が、許さなかったので。その上、何しろ、手渡す場所が、奈保の店の「美奈」なのだから。プライドに懸けても、男の美学に反するような真似だけは、したくなかった。

尤も。鹿島を「美奈」に連れて行く事には抵抗があったのだが。当の鹿島陸が「美奈が気に入ったから、あそこでなけりゃ嫌だ」と冗談に見せ掛けて言うので、仕方なかったのだった。緑也は考えていた。失くしたウイスキーを再入手させて来る迄（勿論、紫苑に）は「リベートパーティー」は、延期にするしかないのかな、と。

それとも。それとも他に、鹿島の気に入りそうな、良い店でも有るといいのだが……良い店？　良い店どころか！　ああ、クソ。何で今迄、失念したりしていたのだろうか!?

緑也は呻った。

ソウ。ソウ。ソウが居た、あの「ノワール」を、何故俺は、一週間も忘れてしまっていられたのだろう。あの夜、家に電話した時、確かにソウは家に帰って居はしたけれど。ソウがこっそりと逃げ帰れるのには、十分過ぎる時間を、福田弦と野々花夫婦は、作って遣っていたのではなかったのだろうか？　俺に戯言をたっぷりと吹き込んでいる間に、ソウは家に、逃げ帰れた筈なのだ。翌日に帰宅した時にでも、ソウをもう一度締め上げて、本当の事を訊き出す積りでいたのに。俺とした事が、何ていうザマか。

下手なドジを踏んで、コロッと忘れていたなんて。自分で自分が嫌になる、と言いたい所だが。悪いのはソウと、ノワールのあの夫婦なのだから。コレは、自分の所為なんかではないのに、悪いのは、決まっているだろう。ソウが、悪い。俺を騙して、白ばっくれていたソウが悪いのに、決まっているのだ。

草子の事を思い出した緑也は、一週間もの間、疑問を忘れていた自分は棚上げにして、草子を悪く思った。悪くと言うより、憎くと言った方が良いような怒りが、緑也に湧いてきていた。草子はこの一週間、何も無かったように振る舞っていたからだったのだが……。何も無かったものを、どうして悪怯れたりできるのだろうか。だが、草子に罪は何一つ無かった事等、緑也は信じなかったし、信じて遣る積りも、全く無かったのだった。あの夜、確かに「何」かが有ったのだ、という思いに取り憑かれてしまった緑也には、草子の無実等、嘲《わら》い話に過ぎなくなってしまったのだ。

それで。水島は八つ当たりの様にして、一週間前の草子の行動の、確認を取りに行こう、と決めていたのだった。つまり、白か黒かを見極めて、草子が言い逃れが出来ない様に、「ノワール」の福田達を責め立てる気持に、なってしまったのだ。

そのためには、まず……、と水島は電話を取って、鹿島陸に、

「今夜は行けなくなったので、済みませんがね。鹿島さん、二、三日後に又改めて、と

いう事にして貰えませんでしょうかね。逃げているのかですって？　逃げたりしやしませんよ。勿論。鹿島さんあっての、ウチですからね。分かっています。ええ、ええ。とにかく話はその時に致しますのでヨロシク……」

　と、馬鹿丁寧とも横柄とも取れる口調と声で、言ってしまったのだった。

　あの夜の、草子が憎い。理由もない程、憎く思えてくるのが何故なのか、水島は考えもしなかった。普段なら、草子の事等気にもならないで、平気でいられるのにも係わらず、今は只、憎かった。

　電話が鳴って、水島は鹿島陸からか、と考えて硬い口調でその電話に出ていたが、相手は浜田組の事務所所長である、川中だった。

「これは川中さん。どうも今日はウチの尾沢が、失礼をしましたね。塩屋課長さんの所には謝りに遣りましたが、どうにも気が……」

「強くて、面白かったたねえ。まァ、気にしないでいてくれたまえ。塩屋はいつもあんな調子だし、わざわざ来させなくても、良かった位なのに。でも、そのお陰で、思わぬ拾い物をした気分だよ、水島君」

「拾い物？　それはどういう事でしょうかね、所長」

「あの、青山君という男の事なんだがねえ。何とも惚《とぼ》けていて、頭も良さそうだ。気に入ったから、彼をウチに貰えないかと思ってね」

「くれと言われましても。犬や猫なら、あげられますが……」

浜田組の、トンカチ達め。塩屋がやっと大人しくなったと思ったら、今度は川中所長が遣ってくれるのか？　水島は、心の中で怒っていた。それも、青山紫苑を「くれ」だって？　とんでもない事だ。あいつは俺の子飼いで、超便利な秘書（こういう時だけ水島は、紫苑を運転手だとは、口が裂けても言わなかった）なんだぞ……。

川中は、笑っているようだった。

「それは勿論、彼はお宅にとっても重宝だろうからね。良い男だし、気は利くし。何よりも、あの惚け方は絶妙だったよ」

惚け方？　絶妙だって？　青山め。お前一体、浜田組で何を仕出かして来たと言うんだ。川中所長に「くれ」と言われるような、何をした？

何も、出来る筈はなかった。紫苑の良さは、率直さであり、素直さであっただけなのだから。川中は一体、青山紫苑のどこが「良い」と言うのか。水島が一瞬黙ると、川中の方は又笑ったようだった。声に、それが滲み出ている。水島は怒った。けれども。怒鳴る訳にもいかないし、怒りの遣り場が無くて、水島は又もや草子を思い出していた。

「くれと言っても、無料《ただ》ではくれないだろうからねえ。ウチの百合絵を、奴さんに遣ろうと思っているんだけど。どうだろうか。それなら良いか？」

「……それは、川中さんの娘さんの婿にくれ、という事なんですかね。だからついでに、身柄も浜田組さんの方に引き渡せ、とこういう事ですか？」

「マ、ひと口で言ってしまえば、そういう事になるんだけどね。実はウチの百合絵も、お宅の女史のように気が強くて、なかなかなものでね。近頃の娘達ときたら、気が強いというのか荒いというのか、とんでもない娘ばっかりで……。これでは嫁の貰い手がいない、と気を揉んでいたんだが。嫌、良いねえ。あの青山君はさ。それで、ぜひウチにくれないかな、と思ったものだからこうして電話をしているんだ。本当は、電話でするような話じゃないのは、分かっているから、一度会ってくれないか。詳しく話をしたいものでね。青山君の意向も、確かめておきたいし……」

水島は詰まった。紫苑には、そもそも意向等という物が、有るのだろうか、と。近々会う事を約束させられて、水島は受話器を置いた。叵日というのは、こういう日なのか……考えている所に、紫苑が丁度帰社して来たのだった。水島は、青山紫苑に、

「川中所長に、何を言ったのか？」

と訊いてはみたのだが。紫苑の答えは、決まっていたのであった。

「所長とは、ひと言も話していませんよ、社長。塩屋課長になら怒られて、頭の中にペンペン草が生えているのか、と言われましたけど……。塩屋さんが怒鳴っていても、所長は我関せずみたいにして、ニヤニヤしているだけでした。人が良いのか悪いのか、僕には分かりませんでしたけど。笑われていた事だけは、確かです」

それで答えになっていると思うのか、青山。お前は「値踏み」されていたんだよ。塩屋課長に怒らせるだけ怒らせておいて、川中所長はしっかりお前を、値踏みしていたんだ。高値が付いて良かったな、青山。だけど俺は、お前を取られる気はない。売る気もないしな。畜生。川中所長も、人が悪過ぎるというものだ。

「ところで青山君。君はまだ若い（若過ぎはしない。紫苑は既に三十歳なのだ。が、水島には未だに学卒のままだった。まだ二十二、三の紫苑しか、水島の頭の中にはないから、目の前にいる青年も、只の坊やにしか見えないだけであって）、こう言う話は早過ぎるかも知れないがね。君、見合いをしたいと思うかね？」

青山紫苑は、ビクッとしたように瞳を上げた。そして答えた。即断即答。電光石火の答え方は、普段の青山らしくなかったが、水島は気に入った。望む返事を聞く事程、気分が良いものは他に無いから。少なくとも、今の水島には……。

「見合いって……僕がですか？　社長。いいえ、ありません。一級建築士の試験には通りましたが、まだ名前ばかりです。仕事をして、一人前になる迄は、結婚なんて考えられませんので……」

「設計課には、まだ行かせて遣れないがね。今のままでも良かったら、必ず君の席を、いつか作って遣りたいとは、思っているんだ。青山君の結婚も、その時迄には何とかして遣りたいが」

「いいえ。社長。僕は例え何年掛かったとしても、大人しくして待っている積りでいますけど。見合いだなんて、考えた事も無かったんですよ。どういうお積りか知りませんが、いきなり変な冗談は、止めて下さいよ。社長、何か有ったんでしょうか？　僕は何しろ頭の中にペンペン草を生やしているそうなので、はっきり言って頂かないと、訳が分かりません」

いつにない紫苑の多弁さも、水島のアンテナには「怪しい」とは引っ掛からないでいた。彼は只、頷いて、満足していたのだから。ウンウン、そうだろう。そうだろう。それで良い、と……。

「それにしても、青山君。その、ペンペン草とは、どういう理由《わけ》だね？　塩屋課長に言われたとしても、どうすればそんな馬鹿気た事になるのかな。君は一体、塩屋課長に何をしたんだね？」

水島の問いに、青山は首を傾けた。

「さあ……僕は只、いきなり叱られてから、笑われただけですので。自分では、良く解りませんけど」

こんな惚けた男が「気が利いていて頭も良い」だなんて。川中所長も、どうかしている……。水島は紫苑を、解放する事にするにはしたのだが。紫苑には、まだ用があるのだ。

「それじゃ。君はもう帰っても良いよ。青山君。だがね。悪いが君、先刻の物と同じウイスキーを、もう一本買って、車でチョイと、ついでに家に届けておいてくれないだろうか。それで、家の奴に言っておいて欲しいんだ。今夜は遅くなるから、先に寝ているように、とね」

草子。ソウ。ソウ。ソウに電話をするのも、嫌だ。あの、温和し気な仮面の下に、ソウは夜遊びをする様な、バカ女の正体を、隠していたかも知れないのだから。それを今晩、確かめに行く。ソウ。気を付けろよ。俺が何でも許すと思っているのなら、とんだ見当違いだからな。

俺は、許さない。夫である俺を騙そうとしたのだったら……嫌、騙していたのだったら、絶対に許してやりはしないから……。俺のソウの筈だった。俺だけの女の筈だったからこそ、今迄ウチで好きにさせて遣っていたんだ。ソウ……。

水島は、普段草子に好きにさせていたのは、間違いだった、と迄も思い始めていた。信じていたからこそ、好きにさせてきたのではなく「無関心だったから」、好きにさせていたのだ、とも気が付かないでいる。そして。その様に勝手に想像をする事で、水島は自分自身と草子の人格の、魂の尊厳を、深く傷付けている事にも、気が付かないでいたのだった。放っておいたくせに、腹を立てている身勝手さにも気が付かず、自分を見ないから、草子をも見ないで来た事にも、気が付いていない。一人になると水島の怒りは「不快」を火にした、激情になっていた。

だが。まだ「ノワール」は開店したばかりの頃だろう。今行っても、ソウはまだ自宅から出てはいない筈だった。あの夜も、ソウが居たのは、随分遅い時間帯だったように思われる。それともそれは誤りで、もっと早かったのだろうか？

水島には、そんな事すらももう、思い出せなかった。頭の中に「ペンペン草」が生えている、と言われたという、青山紫苑への配慮も欠けていた事にも気が付かない。紫苑は只、事を荒立てたくなかっただけなのだ。誰であっても「雑草が生えている馬鹿」等と言われて、良い気分でいられる筈はないし、紫苑もそうだった。あの、塩屋の、爆風のような怒りが、普通に通っていた浜田組の事を、紫苑は思い出さないようにしよう、と努めた。災難は、どこにでも有る物なのだろうし、人生なんて分からないから……。

紫苑はだが、その事よりも気が重い用事を、水島から言い付けられて、気分が沈んでいた。水島は、今晩も又外泊する気持でいるのだろう、と察していたから、気が咎めていたのだ。それならそうと水島が、草子に電話をしてくれれば済む事なのに……。そんな伝言を、可哀想な草子に、直に自分が言わなければならないなんて……。嫌だ。と紫苑は思ったのだった。嫌だ。例え自分の蒔いた種ではないとしても、草子を悲しませたり、哀しい瞳をさせたりするのは、嫌なのだ。

それでも、仕方が無かった。青山紫苑は、社長の命令通りにウイスキーを買い、社長の自宅に、車を転がし、それを届けたのだった。すなわち、草子に……。水島は、自分のために紫苑に運転手をさせているのに、その高級な車を、紫苑がどこに置いておこうが、余り気にならないようだった。つまり、自宅の地下の駐車場でも、紫苑のために借りて（これも本当は、自分のためであった）やった、アパートの庭の隅であっても。要は、必要な時にすぐに乗れれば良いのであって、他に意味がなかったのだ。緑也は紫苑の都合も心も、関心事になかったし、これから先も、気にもかけない。緑也にとっては只、自分の車がいつでも使える、という事実だけが、大切なだけだった。理由は他にない。好きな時に、自分で乗り廻したい、という簡単な理由さえも、水島は持っていなかったのだ。

紫苑から、夫の伝言を聴いた草子の胸の奥が、チクリと痛んだ。そんな事を電話で知らせてさえくれず、無神経に他人の口を通して伝えられる緑也が、悲しかったのだ。だが……。草子はそんな思いを、曖《おくび》にも出さなかった。そんな事をしても、紫苑が困るだけだろうから。草子は、紫苑を逆に気遣って言った。

「分かったわ、青山さ……紫苑さん。もしも又、余り遅いようだと、明日は着替えや朝食を持って行って貰わないと、いけなくなるかも知れませんのね。どちらでも良い様に、用意をしておきますから。もしも、又何か伝言がありましたら、いつでもウチの方にも知らせて下さい」

何て情けないの、緑也。直にわたしに電話をしてくれれば、それで済む事なのに。年若い社員の紫苑さんに、こんな嫌な言葉を言わせるなんて……。紫苑さんだって、意味は解っている筈よ。緑也、あなたには人の心が分からないのね。

そうなのだ。緑也には、人の心が分からない。このわたしの心も、誰の心も……。自分の心すらも、もしかしたら分かっていないのではないのかしら……。草子の悲しみは、其処に有ったのだった。紫苑が気まずいだろう、と思った草子は、彼を夕食に誘わないでいた。食事なら、有る。緑也が食べないのだから、余りあって、捨てる程に有ったのだが……。紫苑は草子に、哀れを感じている事だろう。だから、誘えないでいた。けれど。草子の思いとは逆に、紫苑は草子の悲しみを思っていた。だから、欲しいと思った。少しでも良いから、草子の傍に長く居られる時間を。そして、慰めになりたかった。傷付いている筈の草子の心に、優しく塗られる軟膏のような物に……。他には求めない。只、それだけで良いから、と。

「あの……奥さ……草子さん。済みませんが、水を一杯頂けないでしょうか。喉が渇いてしまって」

「喉が渇いているの？　それなら冷たいお水か、熱いお茶を飲むと良いわ、紫苑さん。さ、上って。遠慮なんてしなくて良いの。待っていてね」

草子は、紫苑の思い遣りに迄は、気が付かないでいた。彼の優しさにも、だから気が付かない。ごく単純に紫苑の言葉を信じた草子だったが、草子は紫苑に助けられたのだ。

何故なら紫苑が、礼儀正しく、けれど穏やかな声と眼差しで、夕餉を共にしてくれたのだったから。食事が済むと、草子は一緒に食事をしてくれた紫苑への礼として、熱く香りの高いコーヒーを淹れていた。一人でなかった事が、こんなにも豊かで、暖かかったなんて。と、驚きながら……。

だから。紫苑を無作法だった、とは考えもしなかったし、ましてや彼の恋心に、気付く事もなかったのである。紫苑の隠れた思いやりにも、草子は気が付かなかった。只、彼に感謝をしただけで……。感謝の心は、愛に似ている。明るい笑顔に、邪心が無い様に、感謝は、愛に似ているわ。草子は、心の片隅で、そう感じはしていたが、それは意識に昇ってくる程、明確な物ではなかったのだった。感謝は、喜びで、愛に似ていた。

紫苑は、もっとはっきりしていた。彼は草子が慰められた事を感じ「無作法にも嘘を吐いて」、社長の家に上り込んだ自分を、少し恥じてもいたのだった。けれど、それ以上、誰にも恥じる事はしていない。神も許してくれるだろう、と紫苑は思い掛けて、そうだろうか？　と思った。

草子と自分の神様は「嘘はいけない」、と説いていたのだ。けれど。一方ではこうも言っていた。「喜ぶ人と共に喜び、泣く人と共に泣きなさい」と。自分は今日、草子と一緒に悲しんだ。水島緑也の不在を、慰めたかった一心で……。

でも。草子の神様はこんな時、どうしたら良いのかを教えてくれてはいなかった気がする。

自分は天から見て、良かったのか、悪かったのか？　紫苑はコーヒーの香りに、切なく酔ってしまいたかった。「愛する」という言葉が、突然心に響いて来たから。自分は、草子に恋をしているだけではないのかも知れない。愛しているのかも知れない、と思うと、紫苑は怖ろしくなって、そこで考えるのを止める事にした。ストップ、紫苑。と、自分に言って。草子さんを好きだ。でも、愛程深い筈が無い、と思っていた。草子さんが、いつでも恋しい。でも「愛している」というのとは、違う、と。

それは、恐ろしい言葉だった。

愛している。愛している。心の底から愛している。

紫苑は違う、と自分に言った。自分は只、

　喜ぶ人と共に喜び

　泣く人と共に泣きなさい

と言った、草子の神の言葉に忠実でありたかっただけだ、と切なく想う。それが、そのまま真実である事を願って、祈るようにして……。

草子は後ろを向いていたので、その紫苑の瞳の色には、気が付かないでいた。「それ」が、草子の幸せな時間を壊さないでいてくれた事にも、気が付かなかったのだった。もしも草子が、今の紫苑を見たならば……。草子は願うだろう。「お願いだから、止めて」と。

青山紫苑は、草子と自分のために、自分を抑えた。

その頃、水島緑也はタクシーから降りて、サパークラブ「ノワール」の入り口に立っていたのだった。妻の草子が、何処からか現れるのを見付けて、「ソウ！　何をしている。こんな所で!!」と怒鳴りつけたい一心で。水島は「ノワール」に通じている小路を睨み付けていた。だが。いつ迄待ってもソウは姿を見せなかったし、晩秋というより初冬に近い冷たい風が、身に沁みただけだった。惨めだったし、憎くもあった。自分に、こんな思いをさせる妻である、ソウが憎らしい。

水島は、とうとう我慢が出来なくなって「ノワール」の扉を開けていた。仄暗く、仄灯《ほのあか》く、暖かい。静かなようでいて、騒めきの小さな潮があり、ピアノの奏でている音が、耳に触れて行く……。

何もかも、あの夜と同じであった。草子であるソウの姿だけが、見えないだけで……。

水島はあの夜と同じ、黒いドレスを着たソウを探していた。

ソウは居なかった。黒いドレスの女も、又、居ない。

「いらっしゃいませ。ようこそ、水島さん。約束を忘れずに、来て下さったのね」

水島に気が付いた、福田弦の妻の野々花が皮肉を交えて言った気がする。嫌、絶対に皮肉に決まっているだろう。第一俺は「又、来る」等という約束なんかしていないぞ。それとも、したのだろうか？　忌々しい。

「弦は居ますかね、野々花ママ。約束したと言うのなら、さっさと草子を連れて来て下さいよ」

弦の姿が、見えなかった。勿論、ソウも……。

野々花は心の中で言う。うんざりだわ、と……。うんざりだわ、弦。この男《ひと》、どうかしちゃっている。

野々花はけれど、そんな気配を見せる程純情ではなかったし、遣り手ママの顔を保ち続けていた。こんな事で一々怒っていたら「ノワール」のママは務まらないし、女が廃る。

「あら、嫌だ。必ず来ると、約束したのに。もう、お忘れになったのかしら。奥様なら、御自宅にいらっしゃるでしょう？　冗談は無しにして下さいな。居ない方を出せと言われても、お出し仕様がありませんもの……」

「嫌、居る筈ですよ。野々花ママ。この間もそんな事を言って、ノラリクラリとしている間に、草子の奴を逃がしたでしょうが。弦を呼んでくれませんかね。ママでは話にならない様だから。あいつと直談判しますよ。弦を出すか、草子を出すか選んで欲しいな、ママ」

「奥様はいませんわよ、水島さん。あなたが勝手に勘違いしていらっしゃる、陶子ちゃんならウチに居ますけど。生憎今夜はあの子、ヘブンの方でのショーがありますの。だから、弦も付き添いというのか、運転手みたいなもので、陶子ちゃんを送りがてら、ヘブンに行ってます」

「「ヘブン」だと？　ヘブン、ヘブン、ヘブン！　クソ、又その手で誤魔化そうというのか？　バカママが！

水島の中で、怒りが音を立てて燃え上った。福田弦と野々花はあの夜も、そんな事を言って、その隙に草子をこっそり逃がしたのだ。

畜生、馬鹿にしやがって。弦も、この野々花というママも、俺を虚仮にしているのか。馬鹿野郎。俺は、水島緑也様だぞ。同じ手に、そう何度も引っ掛けられると、思ってくれるなよ。怒りに任せて水島は、酒の入っているグラスを、力まかせにテーブルに置いた。

本当は、床に叩き付けたい、とでもいう様にして……。

だが。結果は同じ事になってしまっていた。緑也の手から離れるのと同時に、グラスは倒れて、テーブルの上に置かれていた一輪差しの花瓶に当たり、その衝撃で倒れた花瓶が、床に転がり落ちてしまったからだった。それは、細長い小さな花瓶だった。そのくせ、ヤケに大きな音を立てて割れていた。カシャーン！　嫌、それともガシャーンなのか？

いずれにしても、意図して割った花瓶ではなかったが、その音は静かな店内に良く響き渡ったようだった。皆が吃驚したように、こちらを見ている。皆が。皆が……。クソ、と水島緑也は思っていた。緑也の中に、思いがけない程の怒りを生んだ「何か」が生まれて、喚き立て始めた。見るな、馬鹿共奴等《ばかどもめら》が！　俺は見せ物なんかじゃないぞ!!　阿呆共、止めろ!!

すぐにマネージャーの長尾が飛んで来ようとして、野々花に瞳で止められていた。濡れてしまった床と花瓶の破片だけを、ボーイ達に片付けさせている間、野々花は笑みを絶やさないようにして、こちらを見ていた客達の目線の一つ一つに、頷きかけていた。

何でもありませんのよ。お気になさらないで、楽しんでいて下さいな。酔ったお客様の手が滑って、花瓶を倒しただけですわ、と。

一瞬静まり返ってしまった店内に、華やぎが戻った。野々花はそれを見届けて、溜め息を吐く。

水島の怒りはその逆に、熱く滾っていくようだった。その様な怒りが、どこから来たのか水島は知らない。唯、心の奥底の、暗い沼のような所から、「何か」が沸々と湧き上って来るのだ。その感情は、暗い情念に似ていた。ガラスの割れる音によって、爆発した情念。そうして。それによって醜く変わっていく、男の顔。

福田野々花は、そのような水島の変化を、じっと見詰めていた。三日月の様に細く弧を描いた眉。怜悧な光を湛えた、細いけれども美しい瞳。ほっそりとした卵形の顔に、紅い唇。野々花の体はそれでいて、程好く肉が乗っていて、いかにも上品な、サパークラブのママそのものだった。まだ貫禄十分とは言えなかったが、その辺の、並の女性とも、並のホステス達とも、もう一線を画していたのだ。野々花の外観は……。

野々花は緑也に、さり気なく微笑んで見せていた。そして言った。

「少し、待っていて下さいな、水島さん。今、ヘブンの方の弦に聴いて来てみますから。陶子ちゃんの歌を、あなたも一度聴いてみると良いと思うの。奥様とは別人だと、分かります」

野々花は電話スペースから、クラブ「ヘブン」に居る夫の弦に電話をして、事の成り行きを、掻い摘んで話したのだった。そして、訊いてみる。

「どうする？　あなた。あの男、頭が少し変みたい。そちらに遣っても良いんだけど。陶子ちゃんを見て、又何か騒ぎを起こすのじゃないかと思うと、心配なのよ。病院送りにして遣りたいわ」

福田弦は妻の話を聞いてから、

「分かった」

とだけ言った。

「分かったから奴さんを、タクシーにでも乗せて、こっちの方に寄こしてくれないかな、野々花。病院も警察も、無しでだぞ。まァ、お前さんの気持は分かるがね。あいつはバカだが、俺の友達だ。今夜こそ、決着を付けてやるようにする。それでないと、俺迄君に、殺されそうだからな。陶子君の歌を聴かせてやって、一件落着にする。聴けばあいつも、何も言えないだろうから」

そうなら良いけど。そう簡単に行くかしら。弦は、あの男を見ていないから、そんな呑気な事が言えるのよ。嫌な気持……。

野々花はそれでも、ハイヤーを呼ばせて名刺を渡し、クラブ「ヘブン」に水島を届けさせたのだった。嫌な予感を、胸騒ぎを、押し殺して。野々花の胸騒ぎはけれど、外れてくれなかった。

水島はハイヤーの中から、青山紫苑に電話をしていた。紫苑は、草子が今、家に居て、多分テレビでも見ていられるでしょう、と答えたのだが。水島は紫苑の言葉を信じなかった。草子は、ソウは、外に出たのだ。紫苑を帰した後で、こっそりと「ヘブン」とやらに行ったのだと……。

紫苑はその時まだ、自分のアパートに帰っていなかった。今夜の草子との時間が、余りにも幸福だったので、ゆっくりと歩いて帰宅する所だったのだ。青山紫苑は水島からの電話に、不審というのか、不安を抱いた。

水島の電話の声の外には、何も聞こえなかったから。「美奈」の店内の騒めきも、奈保の家の中の物音も、全く聞こえて来なかった。では、水島は、一体何処に居たのだろうか？　水島はたった一人で、長く居られるような性格の男では無い事を知っていた紫苑は、ハイヤーの中で一人きりだった水島に、何か不吉な、不安の様な物を、覚えたのだった。だが。水島の質問は、もっと不吉だったのだ。社長が、奥さんの草子さんの在宅を気にして、わざわざ僕に電話を掛けてくるなんて。と、紫苑は思う。一体、何が社長の気になっているのだろうか？　草子さんの何が？

紫苑には分からなかったが、先刻迄の幸福感には、影が差してしまっていた。水島が草子に無関心である事を、紫苑は知っていたものだから。草子さん、と紫苑は想う。社長は「何か」感じている様です。僕の事では、勿論ないけれど。けれど社長は、草子さんに対して何か不信でも抱いていたみたいでした。気を付け様もない、何かを疑ってでもいるように……。

紫苑の不安は、草子には伝わり様が無かったのだった。紫苑自身にさえも実体の摑めない、その不吉な不安を、どうして草子に言えるだろうか？　紫苑は祈るしかなかったのだった。どうか、自分の思い過ごしであってくれます様に……と。幸福な草子だけでいて欲しい。

穏やかな草子さんの時間を、邪魔させたくないのです。草子さんの神よ、聞いていて下さいますか。

紫苑と水島は、草子に対して正反対の考えと思いを、今は、抱いていた。聖書を開いて、家に一人で居た草子には、与り知らない所で……。

クラブ「ヘブン」では福田弦が、水島の到着を待っていた。弦は水島が、ベロンベロンになる程に酔ってでもいるのか、と思っていたのだが。

見た所、水島にはそこ迄の酔いは見られなかった。只、一週間前の夜のように、弦に向かって、

「草子を出してくれ。今すぐ、あいつを連れて来てくれ」

と繰り返して言うだけなのである。けれども。その声には、抑え様のない怒りがあって、その瞳は険しく、妖しい光を放って、燃えてでもいるかの様だったのだ。弦は思った。

ハハア。これか。なる程こいつは、いつもの緑也らしく無い。野々花の言う通り、医者が要るような、嫌な顔をしているな。酔っ払いめ、と……。

「草子が居るだろう、福田。あいつを渡してくれ」

「草子さんなんて、居る訳が無いだろうが。緑也。お前さん、自分の奥方と他人の区別も付かなくなって、どうするんだよ。一週間も経つのに、まだ聞き分けていなかったのか？」

「聞き分けの悪いのは、福田。お前と野々花ママの方だろうがよ。草子に会わせろよ、馬鹿野郎。あいつは、俺の女房なんだぞ。連れて帰る」

「馬鹿野郎とは、怖れ入ったね、緑也。その言葉を、そっくりそのまま返してやるよ。ホラ。酔い覚ましに水でも飲んで、店の中を見てみろ。お前の大事な草子さんは、この店の中の何処に居るのかね？」

福田弦に言われて、緑也はクラブ「ヘブン」の店内を睨め回していた。草子が、居ない。

「ヘブン」は「ノワール」に比べると、一廻り程小さく、その分店内に居る客達やホステス達の顔、姿、形が、良く見て取れた。「ノワール」に有ったピアノも置かれてはいなく、その代りにチェロとバイオリン等が、置かれているのが見て取れる。「ヘブン」でも「ノワール」の様に歌のショーや弦楽の演奏が有るのは確かな様ではあったが、今はまだ演奏は始められてはいなかった。仄暗い店内。仄灯い明かり。そして。静かに騒めいている潮のような、生きているかのような、息のような蠢きと声……。

草子はいない。草子がいない。クソ。どうなっているんだ？　緑也はいきり立つ心の中で、喚いていた。やがて……。店内の灯りがもっと暗くなって、気が付くとチェロの傍の背の高い椅子に、一人の男が、まだ若い男が、腰掛けていたのだった。

白の布地に、細いストライプの入ったスーツ。黒いハットに黒い靴を履いた、男の姿が浮かび上るように、淡い照明が彼を照らし出している。「彼」の顔は俯き加減で、はっきり見えない。黒いハットに邪魔されていて、良く見えない。

店内に居た者達の拍手が湧き起こって、彼は最高に歓迎されているようだった。

水島緑也は、思っていた。あいつは何だ？　と。彼は楽器を手にするでもなく、マイクの一つも持ってはいない。それなのに、この拍手？　まるで、今から最高のショーが始められる、とでも言う様な。「待っていました！」とでも、言われてでもいるかの様な、拍手の渦。店内には、期待と興奮の、熱い熱気が満ちていた。

「男」は少し頭を下げて、客達の歓迎に応えている。この「男」は、何なのか？　例え何かのショーを演るのだとしても、見当も付かん。

緑也は考えて、「男」を睨み付ける様にしていた。そして、気が付いた。「男」の髪が酷く長くて、彼がその髪を、後ろで一つに束ねている事に……。何だ。オカマか、と緑也は思った。たかがオカマの姿を見て、大歓迎している「ヘブン」の客達が、全員馬鹿に見えたのだ。

だが、馬鹿なのは、緑也自身の方だった。男は痩せ形で、小柄な様だったが、それだけしか分からない。しかし、彼は一つ頷くと、いきなり静かに歌い始めたのだった。曲は、緑也でもいつか聴いた事があるような、ある種の懐かしさを持っていた。優しく、美しいメロディーの……。

「ポルトガルの春……」それは、ポルトガルで歌われているファドの一つだった。民族の魂の様な曲。

「男」は、緑也の馬鹿さ加減を哀れむように、あるいは嘲笑うかのように、その歌を思い切り高い、オペラのカウンターテノールか、ソプラノのような声で歌い、紡いでいた。魂を、紡ぐのだ。丁寧に心を込めて、その歌は歌われていた。高く、優しく、切なく、明るく、哀しみも込めて。「男」の声は、南米の人気オペラ歌手の、フェルナンド・リマか、「オペラ座の怪人」の、サラ・ブライトマンのように高くて、柔らかかった。

店内は静まり返り、天上の音楽のような、天使の歌声のような「彼」の歌に聴き入っている。曲が終ると、小さくタンバリンの鳴らされる音がして、それが合図の様に「男」の曲と声が変わった。今度は彼の声はソフトなアルトで、曲はボヘミア風の旋律だった。流されて行く悲しみと、自由な心の、強い喜び。テンポは速いが、決して「男」は声を、張り上げたりはしなかった。只、流れに乗せている。

次の曲は男性歌手のテノールに近い、低い声で歌われ、その次にはいつの間にか、又カウンターテノールの、最高の音域を出している……。

曲は全てアカペラで歌われていて、ギター一つ伴奏をしていない。それで……。曲が変わる毎に小さくタンバリンが鳴らされて行くのだった。

シャラシャラ。シャラシャラ。揺れて、流れて行く様に。

「男」の歌声と曲に、陶酔し切った客達の、溜め息のような吐息が、熱く緑也にも感じ取れたのだった。熱《いき》り立っていた緑也の心の中にも、「男」の歌は流れ込んでくる。緑也は、茫然自失していた。何もかもが、悪い夢の様だったから。水島緑也は、只「男」を見ていたのだった。あれは何だ？　あれは誰だ？　と思いながら。

陶子は歌っている最中に、二つの特異な視線に気が付いていた。

一つは勿論、緑也のものだったのだが……。

もう一つはいつもの様に、福田弦からのものだった。弦の心と魂は、陶子に魅《ひ》き付けられて、蒼い炎を上げて、燃え上ってでもいる様だった。弦は、外観も心も、悪い男ではない筈なのに。弦は中背だったが身の熟し方がきれいで、スマートだった。細面の顔は小麦色がかっていて男らしく、目鼻立ちの整った、黒く強い光を放っている瞳の持ち主なのだ。普段は、しかし、その強い瞳の光は抑えられていて、惚《とぼ》けて見える。

でも、今は……。弦はその心の内を露わにしていて、陶子に対して何一つ、隠そうともしていないのだった。

「陶子君……」と、その、福田弦の瞳は語っていた。心の中にある熱情の全てを、唯、瞳の色で。唯、ひと言で、陶子に語りかけている。

「愛している」

「愛している」

「陶子君、君を愛している。ああ、只一度だけで良いから、この胸に君を、抱き締めたい。そして、口づけをしたい。君の長く美しい髪に、その頬に……。許してくれるのなら、そうして愛を告げたい。唇を重ねたい、と迄は望んだりしないよ。俺には、それは贅沢過ぎるからね。俺には、そんな資格は無い。野々花がいるし、君の清さを汚せないんだ。君は、この世で一番の、きれいな心と声をしている。だから、大事にするよ。君の持っている美しさの全てを。只、一度だけで良い。この手に抱いて愛を告げたい。陶子君。君はどうなんだろう？　君も、俺を好いてくれている、と想って良いのだろうか？」

駄目よ、弦さん。マスター、止めて。そんな瞳をしている所を、誰かに見られたりしたら、どうするの？　すぐに野々花ママの耳に入ってしまう事でしょう。わたしは、此処に長く居たいの。女同士の恋の鞘当てなんて、考えるのも嫌だし、例え誰とであっても、トラブルになるのは困るのよ。ホラ。以前、わたしを中にして、ホステスの小雪ちゃんと細田さんが、しばらくギクシャクしていた事があったでしょう？　わたしはあの時、とても嫌だった。辞めなくてはいけないのか、と思い迄したの。野々花ママが好きよ。弦さん、あなたの事も、とても好き。だから、このままが良いの。このままでいさせて。お願いよ。お願いよ、弦さん……。

陶子は弦の視線から逃れるために、ハットを少しだけ、細い指でずらして、下げた。その時になって、水島緑也ははっきりと、「男」が「男」ではなく、自分の妻の草子である、と確信したのだった。馬鹿ソウ子。ソウ。ソウ！　そんな、男みたいな装《な》りをして、人前で歌っているなんて。恥を知らないのか？　人妻のくせに。あの、いつかの夜の黒いドレスは、どこにやったんだ？　そんな男物のスーツを、いつ買い込んだんだ、ソウ。待っていろ。其処を動くな。俺の……俺の……バカめ！

緑也はハットをずらした時の「ソウ子」の、思いがけない艶めきを見て、我を失ってしまっていた。その艶めきは、緑也の知らないものだっただけではなく、「美奈」の奈保よりも、福田野々花よりも色めいていて、女らしかったからである。自分の妻のそんな姿を、多勢の男達が見ているなんて、許せない。ソウ子は、緑也一人の女でいるべきなのだから。許したりするものか、馬鹿野郎。ソウ。ソウ。ソウ。

「ソウ！　うぐっ。放せ、この野郎」

「そうはいかないね。緑也。良いか、陶子君のショーが終る迄は、大声を出すのも騒ぎを起こすのも、禁止だからな。もし暴れたりしたらだぞ。摘み出す前に、警察に通報されると思っていろ。ショーはまだ、これからだ。水島。これでもまだ解らないのか？　七色の声を持つ超貴重な歌姫と、お前の奥さんが別人なんだ、という事が。良く考えてみろよな、阿呆」

阿呆とは何だ、この野郎。福田の馬鹿め。俺のソウ子が、七色の声の歌姫だって？　人を虚仮にするのも、大概にしとけよ。クソ野郎。

クソ野郎だと？　大いに結構。たまにはお前も、そんな汚い言葉を使えるのかね、馬鹿男。自分のカミさんと他人の区別も付かないくせに、その言い草は何なのかね。良いから、大人しくしていろ。このショーが終る迄は、例えお前でも、邪魔をさせないぞ。席っていろ！

福田弦と水島緑也は、声も出さずに睨み合っていた。弦は陶子のためだけにではなく、店の客達のためにもそうする必要が有ったからなのだ。が、今は唯、陶子のためにそうしていたし、緑也はソウ子を攫いに行けなかったのだ。ソウ子が歌っている筈なのに、怯んでいた……。

あの、客達の前で歌っている女は、俺のソウ子に異《ちが》いないのに、何か別の、物の怪の様だ……と、思う。ソウなのか？　異うのか？　化け物なのか、嫌、やっぱり違う？　嫌、やっぱりソウだ、と混乱をしていた緑也の耳に、早鐘の様に鳴らされている、タンバリンの音色が響いてきた。ソウは最早椅子に席ってはいなく、立ち上って、ハットを目深にかぶり直している。それで、天を向く。

そのポーズを見て弦は、長い溜め息を吐いた。陶子のように才能も美貌も意気地もある女性が、「ノワール」や「ヘブン」、「ブレス」で何年も歌ってくれている事を想っての、吐息だった。

幾多の店からのスカウトにも、首を縦に振らず、レコードデビューの話さえも、断ってしまって、ウチに留まっていてくれるのだ。

何のためにそうまでしてウチに？　と弦が想ってしまったとしても、仕方が無い。「ノワール」クラスの店は他にも有るのだし、陶子なら……天使の歌声を持つ陶子なら、いつでも好きな所に行ける筈なのに、ウチに居続けていてくれる。それは、それは陶子君の方でも、もしかしたら俺を、ほんの少しでも好いていてくれるからなのではないのかい？

虫の良い望みだという事位は、分かっているよ、陶子君。けれど。他に考え様がない……。

福田弦の、悲鳴に近い様な悲哀と愛惜の心の声を聴きながら、陶子は歌い始めた。

ごめんなさいね。弦マスター。違うのよ。違うのよ。わたしには「ノワール」が必要なの。ショーとショーの間には、店に居ても居なくても良い。と、言ってくれている、弦さんと野々花ママの店が、大事なの。何故ならわたしは、他に用が有るから。とても、とても大切な用事が、他に有るからよ。

陶子の胸の中の想いが、天に向かって飛翔して行く。客達の魂と心も、天国への階段を昇って行くようだった。勿論、弦の魂も、天国への階段を、翔け昇って行ったのだ。

陶子の歌う、異国の歌とメロディーによって。

千年以上も歴《た》って
やっと還って来ました
多くの困難を経て
あなたが約束してくれた通り
この土地に
血と涙と汗が染み込んでいる地で
わたしは歌います天上の歌を……

陶子の歌声は澄み切っていて、喜びに溢れている様だ。その喜びの底に、哀しみを隠しているとも、悟らせたりしない。何故なら、この歌は民族の血と哀しみの歌であり、その一方では民族の、限り無い「神」への、憧れなのだから。

水島緑也は低く呻って「やっぱり草子」だ、と想っていた。この歌なら、緑也は聴いた事があるからだ。草子がいつも緑也に遠慮をして、自分の寝室に籠もって祈り、賛美歌を小さく歌う時、この歌も確かに何度も、静かに歌われていたものだった。今度こそ、間違え様がない。弦も客達も、今夜のソウ子の声に騙されてしまって、陶酔したような顔をしているが、あれは、俺のソウが化けて出た物の怪か、何かに決まり、ときたもんだ。天使の歌声だと？　笑わせてくれるな。天使は天使でも、人間を化かすのならば、堕ちた天使の方だろうがよ。そんな事も分からないで、歌っているのか？　馬鹿ソウめ。そんな事も解らないで、俺を止めると言うのか？　馬鹿弦め。俺は「あいつ」を連れて帰る。帽子の陰に、隠れている奴をな。

水島緑也は立ち上ろうと仕掛けたが、又もや弦に止められてしまった。弦は怒っていて、上着のポケットに片手を入れている。

「席っていろ、と言っただろうが。緑也。言う事を聞かないと、お前を撃つ。この辺りは元々物騒な土地柄なんでね。俺達も、オモチャの一つや二つは、必ず持っているんだよ。嘘意味は分かるな？　このオモチャは消音銃だから、こんな時には都合が良いんだよ。嘘じゃない。今、此処で騒げば、お前の死体は誰にも分からない所に捨ててやるだけだ。本気だぞ」

緑也は目を剝いて、弦の手元と顔を見ていた。確かにこの辺りは、昔からの所謂「ヤクザ」の息の掛かった土地柄ではあったけれども。

だからと言って、サパークラブのマスターの様な男が、銃等を肌身離さずにいる、なんていう事がすぐには信じられなかったのだ。そのくせすぐに、納得はした。それ程に弦の表情は険しく、すぐにも撃ち殺されかねなかったから。

「分かった。ショーが終る迄は大人しくしている。だがな、福田。アレはやっぱりソウ子の奴だ。ショーが終り次第、家に連れて帰る。それも駄目だとは、言わせたりしないぞ」

福田弦は、げんなりしていた。この阿呆が、と思う。あれが草子さんの筈は無い、という事を、どうすれば分からせて遣れるのか？　神様にだってこんな奴の心は、どう仕様も無いのかも知れない。トンカチめ。それにしても、間抜けなトンカチ男だな。緑也。お前、本当に俺がオモチャを持っていると、信じたみたいだが。持ってなんかいる筈はないだろうがよ。そっちの方が、余程不思議だ、と言いたいね。それにしても、どうしてお前は陶子君のあの歌を聴いて、余計に草子さんだと思ったりしたんだよ？　あれは、特殊な歌なんだぞ。

「そうもいかない。陶子君は、ウチの大事な歌姫だからな。だがな、緑也、どうしてお前は陶子君のイスラエル・ソングを聴いて、余計に草子さんだ、と思い込んだりしたのかね？」

「イスラエル・ソング？　何だそれは。弦、あれはな、キリスト教の賛美歌なんだぞ。ウチの奴が時々俺に隠れて、こっそり歌っている賛美歌だ」

キリスト教の賛美歌だって？　止めてくれ。福田弦も目を剝いて、緑也を見遣った。やっていられない。このアンポンタン……と、思う。これ迄だって、十分に陶子のショーの邪魔をして来たのだ。幾ら声を潜めていた、とは言っても、邪魔な雑音は、余計に目立っていただろう。

「表に出ろ、緑也。今すぐに、静かにだ」

「何だと。福田。お前、まさか俺をどうにか……」

「どうにもしない。良いから出るんだ。そっとだぞ」

裏口から出て行く二人の男を、陶子は見ていた。

弦さん。マスター。お願いだから、その男に係わらないでいて頂戴。その男は、嘘吐きのクズなのよ。その男の事は、どうか放っておいて……。

だが。陶子の心の声が、弦に伝わる筈がない。

裏口から夜の街中に出た弦と緑也は、天使の歌う夢の国から、現実に出た人のようだった。けばけばしく輝いている、ネオンの群れ。走り去る車の音と、身震いするような寒気の中に二人は出て行って、向かい合ったのだ。

二人共、怒っている事に変わりは無かったが。

「お前が幾ら馬鹿でも、イスラエルという国位は、知っているだろう、緑也よ。イスラエルはどんな国かもな」

弦が訊くと、緑也も怒りに満ちて答えた。

「ユダヤ人達の国だと言うのだろうが。馬鹿ったれ。その位は、子供にだって分かっているぞ」

「なら聞くがね、緑也。ユダヤ人の人達の宗教は何だ？」

「ユダヤ人なら、ユダヤ教とかいう奴だろうさ」

「そうだ」

と、弦は答えた。子供じみているのにも、程がある、と考えて。ユダヤ教とキリスト教は、近くて遠い親戚というよりは、遠くて近い敵の様な物なのだ。そんな事迄、言わなきゃならないのかよ、と思うだけで、疲れてしまう。けれど、と弦は緑也の言葉を思い返していた。陶子の歌うイスラエル・ソングを、草子さんが知っていて、歌っていたって？と。それこそ、有り得ない。彼女がそんな歌を知っているなんて……。それこそ緑也の、思い違いだ。

「話なら中でも出来るのに、何で俺をこんな所に連れ出したんだよ？　福田。又、ソウ子の奴を逃す算段でも、しようとしているんじゃないのか」

「陶子君なら、逃げも隠れもしないさ、緑也。それより聞かせてくれないか？　草子さんはイスラエルに長い間行っていたとか、巡礼にでも行ったのかね」

「巡礼？　そんな事は、俺の目が黒い内はさせるものか。そうでなくても、キリスト教なんていう、妙チキリンな宗教に、嵌まり込んでしまいやがって。さっきみたいな賛美歌迄、こっそり歌っているような、馬鹿な奴なんだぞ。日本人なら日本人らしく、仏教か神道を信じていれば良いんだ。それなのに、アチャラ気触れをしやがった。だから、家の親父とお袋も、あいつには冷たくするんだよ。全く、可愛気のないと言ったらありゃしない」

「話がそれているぞ、緑也。日本人だろうと何だろうと、好きな神様を信じて、何処がいけないのかね。それよりも、草子さんの事だ。何で草子さんは行った事もない、イスラエルの歌を知っている？」

「賛美歌だからだろうがよ。キリスト教の賛美歌を覚えるのに、何でイスラエルに行くのかね」

キリスト教の賛美歌なんかでは、断じて無い。あの歌は、あの歌は。イスラエルの、ユダヤの国の人の歌で、草子さんがキリスト教徒だと言うのなら、むしろ避けるか、胸に収《しま》っておく物なんだ……。

木枯らしの様な風が、夜を吹き抜けて行く。弦は、ブルッと身震いをした。まるで双児か姉妹のように良く似た陶子と、水島草子の二人を想って。だが。陶子に妹は居なくて、天涯孤独の身の上なのだし、草子には妹弟が居るそうだけれど、姉等一人も居ない、と言う。それなのに……。何故、二人はこんなに、良く似ているのだろうか？　何故イスラエルに長く居た、陶子の歌うイスラエル・ソングを、日本では知り様もないあの歌を、草子さんは知っていて、歌っているというのだろうか？

弦は哀しく想っていた。確かに、陶子には何か秘密があるとは、解っていたけれど……。もしかするとその秘密は、草子さんに関係しているかどうにかするもので。ある日突然、爆発する様な、恐ろしい闇か甘美さを、備えているのではないのか、と……。それは、十分に有り得る事だ、と弦は思い至っていたからだった。何も知らない、緑也が羨ましい。

「話はこれだけか？　福田。それなら俺は中に戻るぞ。戻ってソウ子を連れて帰る。あれは、俺のソウ子だと、はっきり分かったからな。オモチャなんかは、使うなよ。ショーが終る迄待っていれば良いんだろうが。全く馬鹿らしい。ヘタな芝居だって、こんな騙りよりマシだね」

「まだそんなヘタレを言っているのか、水島よ。今歌っているのは、草子さんなんかじゃない。全く別人の、陶子君という歌姫なんだよ。あの歌声を聴いていても、解らないとは、恐れ入ったね。七色の声を持つ、天使のような歌姫が、どうしてお前の妻君なものか。そうだ、緑也。此処なら丁度良い。でかい声も出せるし、馬鹿笑いもできるからな。此処から、家に電話をしてみろ。草子さんが居て、お前は自分の馬鹿さ加減を、十分に笑える」

それは、良い案に思えた。陶子と草子の繋がりも、二人の間にあるかも知れない、恐ろしい秘密も、何も解りはしないけれど。けれども、少なくとも水島緑也の偏執狂じみた、一方的な思い込みだけは、解けるだろうから、と福田弦には思えたからだった。

一方では、水島緑也も弦を嘲笑っていたのだった。そうか、その手が有ったのか。良し、見ていろよな、福田。賭けても良い。ソウの奴は百パーセント、家には居ないと分かっているからな。馬鹿な奴め。自分で落とし穴を掘りやがった。良く見ていろよな、福田。ソウは、店の中にいる。

携帯電話を持った緑也は、ニヤニヤしていたが、やがてそれが恐ろしい怒りに変わった。緑也は、草子が家に居た事に安心するどころか、激しい怒りと、屈辱を覚えていたのである。水島緑也からの電話に、草子は出たのだ。

「はい。もしもし？　水島ですが」

緑也は怒鳴った。

「相手が誰か分かる迄は名乗るな、とあれ程言っておいたのに。お前にはそんな事も解らないのか。馬鹿ったれめ」

「あら、あなた。済みません。何も仰らなかったものだから。間違い電話か、と思ってしまって……」

「こんな夜更けに、間違い電話をする奴にも、お前は愛想を振りまいてどうする？」

「嫌だわ。愛想だなんて。只、大事な用なのだったら、お気の毒だと思っただけです。それより、あなたこそどうかしましたの？　こんな時間になってしまいましたけど。お帰りがもっと遅くなるのですか？　それで……」

「まァな……。そっちはどうだ？　何も変わりは無かったのか？　ソウ。お前、いつ家に帰った？　今か？　それとも、少し前なのか？」

緑也はきつく言った。

「……どこにも出掛けませんでしたから、いつ帰ったのか、と訊かれても困るわ、あなた。わたしはずっと家にいましたもの。それがどうかしました？」

「……嫌。どうにもしない。嘘じゃないな、ソウ。お前がずっと家に居た、と言うのは。嘘なら承知しないぞ、ソウ。良く考えてから、返事をするんだ」

「そんな事を言われても……。嘘なんか、言わないわよ、あなた。良く知っているのに、どうしたの？　酔っているのなら、飲み過ぎですわよ。今夜も会議が長いようですけど。そんなに酔っていて、大丈夫ですか？」

草子は、緑也の心配をしていた。表面上は、少なくともそうだった。心の内では哀しんでいても……。緑也はきっと、今夜も帰って来ないだろう。

「こんな程度で、酔っているなんて、言われたくない。それに、会議の席には、酒が付き物なんだからな。お前がとやかく言うと、酒が不味くなるんだ。ソウ。俺は帰れないかも知れないから、今夜も先に寝ていろ。今夜もそれで、もし帰れなかったらだな……」

「いつものようにしろ、と言うのね。緑也……さん。分かりました。その積りでいますから、大丈夫です」

傍で緑也の電話を聞いていた弦が、言った。

「ほら、やっぱり草子さんは、家に居ただろうが。緑也。誤解が解けて、良かったな。これでもうお前も、陶子君を草子さんだと言ったりしないだろう？　それにしてもだ、緑也。草子さんだ、とあれ程熱《いき》り立っていたのに、冷た過ぎないか。お前、いつもあんな調子で草子さんには、素っ気無くしているのかよ。可哀想に……」

福田の声の中には、微かな怒りが含まれていた。あれ程に、陶子を草子と間違えて「連れて帰る」等と騒いでいたくせに。今の電話は、何々だよ、と。とても、愛妻家の物だとは、言い難かった。むしろ、冷酷な夫か、無理解な夫の言い草なのだ。その上、家に帰らないって？　今夜も、とはどういう事だよ、緑也。その位の隠し玉は、俺には通用しないからな。今夜も、という隠し玉を上手に使った積りだろうが、そうはいくか、緑也。お前。浮気でもしているんじゃないだろうな。それで、自分の事は棚に上げて大騒ぎしたのか？　そんな奴だったとは、思わなかった。情け無い。

弦は嫌味を言って、笑い飛ばしてやる積りでいたのだが、もうそんな気分に戻れない。緑也は緑也で、考えていた。ソウが居た。今、家に。それじゃあアレは、今「ヘブン」の店の中で歌っているのは、誰なんだ？　と。分身の術でも使わない限り、あれ程良く似た女が二人も、この世に居られたりするものか。クソ。薄気味悪いし、嫌な後味だ。もう、この「ヘブン」の中にいて歌っている女の顔なんか、見たくもない。帰ろう。嫌、それも嫌だ。酒が欲しいな。強烈に強い、酒が欲しい。やっぱりこんな夜は、奈保の所に行くのが一番良いだろう。それで、忘れる。何もかもをな……。馬鹿ソウ子の事も、あのオカマのような女の事も、だ。俺は水島緑也様だぞ。

　虚仮にされたままで、黙っていられるか。ソウ。今夜は見逃してやる。だがな。二度とこの俺をウツケにしたりするんじゃない。その時は。その時は、容赦したりしないぞ。徹底的に、お前とあのオカマを問い詰めて、痛め付けてやる。水島緑也は空ろな心と頭で、繰り返し考えていた。何度も。何度も。他の事は、何も考えられなかったし、頭にも入らない。

　黙って福田弦の元を離れて来てしまい、タクシーに乗った事も、自分が今どんな顔をしているのか、等という事も……。緑也は、呆けた空ろな瞳をしていた。憎悪に満ちた、空っぽな心。闇い、闇い、黒い怒りの中に、只一点、赤く燃えているかのような、瞳があった。それは、人間の瞳というよりも、獣の瞳に良く似ていた。

暗くて黒くて、不気味に燃えている炎を宿している、緑也の瞳は、傲岸であり不遜であった。「瞳は心の窓」とは、良く言ったものだ。緑也の心の中にはその時、真っ黒くて良くない何かが、生まれ出たかのような感じに、見られた。そうでなければ。緑也の暗い心の空洞に、何か、もの凄く悪いモノが取り憑き、すっぽりと其処に収まって、薄ら笑いをしている様に。

ともあれ、夜の中を走って行くタクシーの窓の中に映っている緑也は、今はもう一人だけではない。暗黒の淵から出て来た「何か」と一つになってしまっている、恐怖の顔を合わせ持つ男だった。

福田弦は、緑也が乗ったタクシーが走り去った後を、いつ迄もじっと見詰めていた。弦にも、緑也の二面性と生まれて来つつあった暗黒とが、不確かではあったが、感じ取れていたからだ。真性の悪迄は、まだ見られていなかった。それは、まだ生まれたばかりだったから。けれども。それでも、危険が見えた。緑也は本当に、あんな男だったのだろうか？　俺の知っている緑也という男は、本当にあれ程の、薄気味悪さと、質《たち》の悪さを持っていたのだろうか？　あれでは、草子さんが気の毒だ。俺は今迄一体、水島の何処を見ていたのだろうか？　弦には分からなかったが、たった一つだけ分かっていた事があった。陶子と瓜二つだから、という理由からだけではなく、水島草子の優し気な、それでいて淋し気な、とも言える容姿と人柄は、決して悪とは馴染まない、という事が……。草子が哀れに思えて、弦は立ち尽くしていた。だから弦が「ヘブン」の中に戻った時には、陶子のショーは、最後の曲に差し掛かっていた。

瓦礫の山の中から
可憐な花が咲き出ています
野生のシクラメンの逞しさよ
ソロモンの衣よりも
美しくされたというその姿よ
わたしも強くなりたい
この花のように
強く美しくありたい……

陶子は弦が、少し渋い顔で、一人で戻って来た事に気が付いていた。歌っている間ずっと、外にいた二人が心配だったから……。それは、僅かな時間の筈だった。けれど陶子には、とても長く感じられていた。弦の人柄が好きだったし、水島緑也はどうしても馴染めない、嫌な男だったからである。陶子にとっての緑也は、「客」では無く、一人の嫌な男だった。

緑也が陶子を疎むより前に、陶子は彼を疎んでいたのだ。それは、先日の夜から急にそうなったのではなかった。あの、初めて緑也と面と向かい合った夜よりも前から、陶子は緑也に良い印象を持てないでいたのだった。そして今夜、確信を持った。あの男は、草子を粗末に扱っているのだ、と……。

一方で「ヘブン」の店内に戻った福田弦の心は、ほぐれて、陶子の歌う声に蕩けていった。

ごめんな、野々花……。と、弦は想って泣けてきそうになってしまう。緑也ばかりを責められない。この自分も又、心の中に陶子を抱いているのだから、と。けれど、それ迄だ。弦の想い人への恋心は、封印をされて、胸の奥深く、大切に収い込まれてしまうのだから。弦は、陶子の歌う天国への扉の様な歌声と、陶子の秘密を思っていた。

陶子の秘密が、今は恐ろしい。だが一方では弦は「秘密？　それがどうした。陶子君は陶子君だ。それで良いじゃないか」、といつもの様に考えてもいたのだった。秘密を持たない人間等、何所にも居ないのだから、とも思う。現にこの自分が、妻の野々花に秘密を持つ様になってしまった。野々花、ごめんな……。

天空を航《い》く月の船が、滑る様に進む。夜の中を。

草子の祈りは、普通の人間から見たなら無茶苦茶で、支離滅裂であったかも知れない。

けれども神は、隠れた所に居て下さり、隠れた心と愛をのみ、見ていて下さるものなのだ。神は、聞かれていた。

草子の喜びと哀しみの歌声を。

そして、又。

神は聞かれていたのであった。この夜も、草子を想って一心に祈って捧げられていた、陶子の歌も……。

陶子の祈りは、青いノートに認められていった。

晩婚だった父の陶一と、母釉菜の亡き後には、陶子には祖父母もいなくなっており、今この世で草子の存在を、草子の真の出生を知っているのは、双児の姉である陶子だけになってしまっているので……。陶子は祈る。ひたすらに。直向《ひたむ》きに。

陶子の両親は、イスラエル大使であった。当時、イスラエルには日本人は殆どいなかったのだそうだ。だが。キブツ（共同農場）と呼ばれているイスラエルの土地に、一組の日本人夫婦が入植していて、しかも彼等は瀬川陶一と釉菜夫妻と同じように、熱心なクリスチャンだったそうなのだった。そんな春日風子と竹弥夫妻が、どういう理由と経路でキブツに入植したり出来ていたのか、陶子は詳しくは父母から聞いていなかった。けれども……。とにかく、彼等と陶子の両親は、すぐに親しくなり、何年もしない内に、親友以上の、義兄弟の様になって行ったらしい。結婚をして長年経つのに、お互いに子供を授かっていなかった事も、共通していたためなのかも知れなかった。そんな彼等二組の夫婦の内の片方に、双児の女の子が恵まれたのだった。

春日夫婦は、心から瀬川夫妻を祝福してくれたが、一方で心の底から二人を、羨ましく思うようになった。言い出し辛い願いを彼等が口にして、泣いて瀬川夫妻に頼み込むようになったのは、それからすぐの事だったそうだ。パレスチナ側からの攻撃が日毎に激しくなり、戦闘状態が続くと、キブツにいた少数の日本人達は、イスラエルからの強制退去を、日本政府から命じられるようになった。いよいよ別れが迫って来た日々、彼等は、陶子の両親に、懇願し続けたのだった。

「この戦火の中から、一人だけでも良い。双児の女の子の内の一人を、何とか安全な日本に、連れ帰らせて下さい」

と……。初めの内は断り続けていた両親だったが、パレスチナからの爆撃の余りの凄まじさに、終いには何とか一人だけでも、無事に、平和な国で暮らさせて遣りたい、と思い詰める様になってしまったそうだった。

とはいえ、どちらの子も可愛いし、どちらの子にしたとしても、不憫で、一人を選ぶ事等出来ない。生まれたばかりの嬰児を、幾ら義兄弟の様に親しく、近しくしてきたとは言え、双児の一人を託す事等、とても出来たりする筈がなかった。正常な時と時代であれば……。

けれどその時、イスラエルとパレスチナは、今よりももっと激しい戦争状態であったし、本音を言えば、瀬川達も残される一人の嬰児も、いつ迄無事にいられるのかすら、分からない状態であったのだそうなのだ。でも、選んだり出来はしなかった。結局選んだのは、春日夫妻の方だった。春日竹弥と凪子は、陶子に比べてやや温和しい、人懐こい草子の方を選んだのだった。そして、約束をした。折に触れて、草子の様子を詳しく報せて寄こすから、心から可愛がって育てるから、心配しないでいて欲しい、と。

その約束は、守られた。年に数回は、草子の写真と成長ノートが、瀬川夫婦の元に届けられ、陶一と釉菜、後には陶子の、慰めと励ましになって行ってくれていたのだ。だが。ある日、プツリと「それ」が途絶えてしまった。陶子が、十五歳になった年の事だった。十歳の時に母の釉菜を亡くしていた陶子と、妻を亡くしていた父の陶一は、半狂乱になってしまった。あらゆる伝手《つて》を頼って、又探偵社等も使って、草子を探して貰ったものだったが、見つからない。父の陶一はもしかすると、その心痛も手伝って、病に取り憑かれ、倒れてしまったのかも知れなかった。陶子が真相を知ったのは、父の死と殆ど同時だったのだ。「一人っ子」で探させていた草子は、三人姉弟《きょうだい》になっていた。

三、藍の慟哭・ブレス（青い息）

その日、草子は妹の風花と共に、銀座に有る有名デパートに行っていた。十二月中旬。クリスマス当日に風花は、草子を誘わず、教会にも行かなかった。毎年その日は、妹の風花一家と弟、竹男一家は、揃ってクリスマスを楽しむ。草子と別に。子供のいない草子と緑也夫妻は、昔からだが、招待されても、適当な口実を作って、緑也の方から断ってしまっていたので、今では風花と竹男も、二人を誘ってくれようとはしないのだった。それも仕方の無い事だ、と草子は寂しさを通り越して思う。毎年誘っても、毎年断る姉の夫、緑也と、彼に従順な姉草子を、無理に引き出す事は、出来ないのだから。風花と竹男とその子供達は、いつしか、誘いの言葉も、掛けなくなってしまっていた。姉の草子に対しても……。

けれど。草子は、「その日」を忘れたりする訳はなかったのだった。只、緑也が言うところの、

「子供はいないのに、馬鹿騒ぎは御免だ。疲れるだけだからな。それよりも、ソウ。俺達は帝国ホテルで、いつものように過ごそう。ステーキか鮨に旨い酒で、いこうじゃないか。毎年、そう決めていただろう？　その方がずっと静かでロマンティックだ」

ロマンティック？　馬鹿ね、緑也……と草子は想う。

信仰心もサプライズも何もない、判で押した様な「その日」の過ごし方に、本当にあなたは満足しているのね。わたしは異うわ、緑也。わたしは風花や竹男と子供達と皆で、せめて違ったように過ごしたい。教会に行きたい、と言わせて貰えないのが悲しいけれど。教会に行けないのなら、せめて身近な人達と子供達のために、サプライズを用意してあげて、過ごしたいのよ。機会があればその内に、子供達や風花や竹男とお家の人達に、クリスマスが本当は、どんな日なのかを、話してあげる事も、できるでしょうしね。

ホテルは、飽きたわ。只、高価なだけの食事もお酒も、夜景も要らない。ううん。そうね。夜景位は、見ても罰が当たらないかも知れないわね、緑也。でも……出来ればいつも、毎年同じホテルの同じレストランではなく、せめて慎ましく、家でクリスマスを、御祝いできないものかしら。たまには誰かを、招待してあげるとかして。

いつも、とは言わない。たまに、で良いの。きっと、楽しいと思うのよ。静かに静かに、クリスマスソングを聴いたり歌ったりして。少しだけ特別な「その夜」のための、食事をするの。クリスマスの意味を、愛を込めて語ったり、それができなければ、約《つま》しいプレゼントを交わしながら感謝して。この一年を振り返るとかを、したりしてね。

特別な夜だから、部屋の中を花で飾って……特別に少しだけ、御洒落もしたりする。許されるならば、緑也……あなたが許してくれるのならば、わたしは賛歌を歌って、皆で踊りたい。神様への、御礼のために。神様への愛と、喜びのために。そしていつか来る神の子の、十字架への道行きのために、喜びと哀しみと愛を込めて、歌を捧げたい。

ああ。緑也。そんな日がいつか、あなたと暮らすあの家に、やって来てくれるのならば、どんなに嬉しい事かしら。何故なら緑也。わたしの願いは、皆のためのものだけど。風花一家や、竹男一家や、友達皆のためのものだけど……一番はね、緑也。わたしと、人生という旅をしている、あなたの救いのためであるからよ。人生という旅は、厳しくて悲しい。でもそんな旅の中に、煌めくような歓びと、希望もあるの。緑也。嘘吐きのあなた。でも、神様に全て、許されて欲しいの。そして、知って欲しい。真の幸せを。

草子は、毎年、毎月、毎日想っている緑也への想いを、考えていた。「許して下さい」と心から言うなら、必ず緑也の罪を許して下さる神の事を、考えていた。

十二月中旬のこの日、デパートは混雑していたのだった。行き交う人々は皆、心から楽しみ、あるいは願っているのだろう。大切な人への贈り物が、見つかります様に、と。大切な神、イエス・キリストと聖母マリアへの、心からの贈り物が見つかります様に。草子も、そう願っていた。

その日、風花はベージュのウールのコートに、虹色のマフラーを巻き、ブランド物の紺のスーツに、パンプス姿だった。草子はやはりベージュ色のコートを着て、ローズマリーの青紫のマフラーを巻き、その紫の息をグレーで薄めたような、地味なスーツ姿であった。

二人は顔を見合わせて、少し微笑んで見せる。風花と竹男の子供達への、サプライズが今年も運良く、手に入れられた所だったので……。その荷物は大き過ぎず小さ過ぎず、風花の両手に持てる大きさと重さであり、草子の心からの贈り物も、きれいに収まってくれているのだ。草子は、子供達と妹風花と竹男のために、少しだけ無理をして、幾つかの買物をしていた。贈るからには物惜しみ等しないで、必ず喜んで貰える物を、贈りたかったから。風花も草子のために、何か高価な物を、と考えているらしいのは良く分かったのだが。草子は賛美歌のテープと、美しい色付きのロウソクで、もう満足の溜め息を吐いていた。

二人はデパートの中の食堂に入り、クリスマスメニューを頼む前に、熱いコーヒーを注文したのだった。

風花は、目を細めるようにして、草子に言う。

「姉さん、又少し変わってしまったような感じね」

「あら、そう？　自分では少しもそんな積りは無いのだけれど。今日だって、とても楽しかったわ。久しぶりに風花と会えて、こうしてお喋りして」

だが。そう言う草子の口調は、どこか心ここに在らずのようであって、その声には一抹の寂しさもある？

いいえ。寂しさではない。むしろ、只「静かだ」と風花は思った。一昔前よりも、一年前よりも、草子は静かに其処に居て、只、微笑んでいる。満たされた、という様に。でも、違う。姉は、別の人の様だ、とその時風花は感じていた。姿、形は残っていても……。

草子も風花を見ていて、時々そう想う事があった。それは、風花だけに対してではなく、竹男に対しても、逝ってしまった両親に対しても、春日家の祖父母に対しても、感じる事のある、或る種の感傷で、淋しさの様な物であった、と草子は想い返している。それは、例えば春の日の通り雨の様なものだった。草子一人だけが、傘を持っていないのだ。春日の祖父母も両親も、勿論幼い風花と竹男も、揃いの傘を持って雨宿りしているのに。只一人、どういう理由でか、草子の傘と居場所が無い様な、そんな感じ……。寂しいし悲しいのだけれど。通り雨なのだから、すぐに上ってしまい、空の晴れ間には桜の花や緑《あお》い樹々の枝が揺れていて、草子は忘れる。

でも。異っていたような気がするわ、と草子は大人になってからも、時々この感覚を鮮明に想い出すようになっていた。アレは、あの感覚は幻覚ではなく、真に迫っていて生々しい物だったもの、と……。でも、説明の仕様の無い物。

草子は次第に「その事」を、忘れるようにして行った。消えてはくれない想い出が、草子の心に染み付いているのだと。だから草子は時々寂しく、儚気に一層見えるのだ、という事は、草子自身も、良く分かっていない事柄なのだったから。

そして。夫の緑也への哀しみと失意が、草子に新たに加えられ、草子の影は、誰とも異

なる紫紺になった。夜明け前か、黄昏時の、淋しい影に。草子の息が、最早普通でなく、
藍い様にして……。風花は、そんな草子を見知らぬ人の様に見ていた。草子が、微笑めば
微笑む程に、痛々しくて。

だが。草子の方では、それが日常になってしまっていたので、自分を哀れと思った事も
なかった。自分が、変わってしまった事は、知っている。

けれども。それは、神への愛のためで、他の（例えば緑也の嘘や浮気や、たった一人
ぽっちである事や、幼い頃からの哀しみの染み等の）所為だとは、全く考えていなかった
のである。そして。「それ」は正しかった。草子の変化は、神への愛のためであったのだ
から。他の何にも増して、草子は神を愛していた。自分から、自分自身を捨てる程。

もしも、きょうからは広場に
もう、わたしが見えず、見出されないならば
わたしは、失われたのだと
言って下さい。
わたしは、愛に燃えて歩みながら
自分を失う事を欲しました。
でも結局は、自分を得たのです。

誰にも傷付けられない、新しい自分を。誰をも傷付けないでいたい、新しい自分を。神様だけを愛する自分を、わたしはこの手にしたのです。

この歌と新しいその「息」が、姉の草子を変えて、草子の支えになっているのだとは、風花も気が付かないでいた。風花にはまだ、キリストの教えが分からない。何よりも。その、火のように、死のように燃えている愛が、理解不可能なのだから。草子は、クリスマスの意味を口に仕掛けて、途中で止めてしまったのだった。そして思った。

神様。あなたが御一人だった様に、わたしも今はまだ一人です。どうか風花に、あなたを下さい。あなたの燃えるような、死のような熱い愛を、と。

風花に、竹男に、緑也に、皆に対する草子の願い。

わたしの魂は、その全てをあげて
かれにお仕えしています
わたしはもはや群を守りません。
もう、他の義務はありません。
ただ、愛する事だけが
わたしのする事。

どうか
あなたの現存《すがた》を皆にあらわして下さい
あなたの美しさを見て
わたしは息絶えますように。
あなたは知っていられます
愛の病気は　愛人の現存を、
その顔を見るほかには
いやす術のない事を。

どうかわたしを刻みつけて下さい
あなたの心に、印章として
わたしの腕に、印章として
愛する者達の額に、胸に、刻んで下さい。
ああ、神様。
わたしの愛するキリストよ
夕べに、あしたに、真昼に

わたしが嘆き呻けば、
主は
わたしの声を聞かれます……。

草子と風花はその日、昼食を共にしてから、別れた。

着飾った客達で混雑していたそのレストランに、草子と良く似た体格の、でも、顔形はメークとサングラスとで、全く別人になった、陶子に良く似た女性の姿が有ったのには、気が付かないままに。陶子は、食事を摂っている姉と妹の姿を観察していた。大丈夫。草子は、あの妹の風花達とは上手く付き合っている様だわ。中味はともかく、表面上は仲良く見える。

わたしはそれで、満足しなければいけないのだろう、と陶子は思っていた。草子さえ、幸福ならばそれで良い。それで満足です、神様、と祈る。

ああ。でも。草子は自分が「貰われっ子」だと、知っているのでしょうか？　それとも、まだ知らないでいる？　それなら神よ。このまま一生草子に「血は水よりも濃い」等という言葉を、教えないでいて下さい。仲の良い、三人姉弟のままで、居させて下さい。どうか。

どこにいらっしゃるのでしょうか
わたしの造り主なる神
夜、歌を与えて下さる方
地の獣によって教え
空の鳥によって
知恵を授けて下さる方は……

陶子の嘆きと愛は、燃えていた。草子と似ていて、息は蒼く、火よりも熱かった。陶子はこうして、時々草子に逢いに来るのだ。その、無事な姿を確かめる事。双児の妹の幸せを、遠くから見守る事。それが、陶子の仕事になって、どの位経つのか？

陶子がイスラエルの音楽大学の大学院を出て、日本に帰って来てからずっと。この「仕事」は、陶子の物だった。「一人っ子」ではなく、「三人姉弟」になっていた事を、報せて寄こせなかった、春日家に対しての理解は出来ても、草子は戻らないのだから。春日竹弥と風子が今は、もう居ない様に……。陶子の、蒼い心の息。

陶子は祈り、心の中の歌を、愛する神に捧げた。

教えて下さい、わたしの恋い慕う人

あなたはどこで群れを飼い
真昼にはどこで群れを
憩わせているのでしょう。
牧童達が飼う群れのそばで
わたしが　顔を覆って
待たなくてもすむように

教えて下さい。わたしの愛する、愛する神よ……。

陶子がイスラエルで音大の大学院迄出たのには、理由があった。「それ」は日本に帰ってから、どこかの音楽大学の講師なり教授になって、妹、草子の傍に寄り添い、その無事な姿を見届けて行くためであったのだけど。

陶子はすぐに、音大の講師や教授等でいては、草子を見守ってやれない事に、気が付くようになっていた。時間に縛られてしまって、授業のある昼間は、身動きが取れなかったから。それは、進学塾や個人教師になっても、変わらなかったのだ。却って時間が制約され、昼間だけではなく、夜間迄潰れる様になってしまって行った。

困り果て、考えあぐねた陶子は結局、レコード会社からの誘いに乗りかけてしまう所であったが、危うくそれは考え直された。「顔」が、売れてしまったりすると、困るのだ。

草子に良く似た自分の顔が、マスコミに露出してしまう所だった、と考えると、陶子は今でもゾッとしてしまう。

レコード会社の人間達は、諦めが悪かった。その上、フラリと「ノワール」に来たりする者達もいたので、油断もならなかった。彼等は、良い「売り物」を探しているのだ。これは、と思い、見込んだ陶子に執こく言い寄って来たりするので、陶子は仕方なくそんな時は、弦か野々花の陰に、隠れる様にしてきたのだった。

「ノワール」と「ヘブン」と「ブレス」。その経営者の福田弦と野々花は、陶子にとっては神からの救《たす》けであり、何よりも必要なギフトだったのである。「ノワール」で雇って貰えた事が、奇跡なのだった。

陶子は、歌った。感謝の歌を。それは、今も変わらない。

教えて下さい、わたしの恋い慕う人
あなたはどこで群れを飼い
真昼にはどこで群れを
憩わせているのでしょう。
牧童達が飼う群れのそばで
わたしが、顔を覆って

待たなくてもすむように

だれにもまして美しい乙女よ
どこかわからないのなら
群れの足跡を辿って
羊飼いの小屋に行き
そこであなたの子山羊に草をはませていなさい。

陶子は、キリストの指差す方に行って、見付けたのだった。「歌手募集中」、と書かれていた貼り紙を……。

だから。今、こうして草子を、見守っていてあげられるのだわ、と陶子は思う。ありふれた身辺調査だけなら、探偵事務所に任せていれば、それで良いのだろう。けれども。陶子はそれでは、満足しなかった。

昼と夜。朝と夕べ。草子の顔色と、その幸福を神に願って、見届けられる迄は……。今日、草子は幸せそうでありながらも、幸せではない人の様に見えた。不幸の様でいながら、幸福を抱いているかのようにも、見えた。「どっちなの？」と陶子は想う。まるで、自分を見ている様だ、とも考えた。陶子も草子のために、自分を失ったのだから……。

心が同じ、二人の女の、愛の息。


その日から一週間近く後の、休日の事だった。クリスマス迄には、後丁度七日程残した日の事。

水島緑也は、自宅のソファに席り、イライラとした不機嫌な様子で、草子が自室から出て来る所を待っていたのだった。遅い、と緑也は思う。実際には、五分も待っていないのに。遅過ぎる、と。

その緑也の前に、草子が出て来た。藤紫のスーツに、黒の礼装用のコートとバッグを手に持っている。髪は品良く纏められているが、それは草子に良く似合っていて、真珠のネックレスとも、良く合っていた。全体に清楚で、さっぱりとしている。地味ではあっても、草子の美しさを損なってはいない。

けれど。緑也は、その草子の姿を見るなり、怒鳴っていたのだった。

「何だ、その格好は。遊びに行くんじゃないんだぞ。今日は青山君の晴れの日の、付き添いで行くんだ。後見人、と言っても良い。和服を着る位の気には、ならないのか！」

「和服だなんて……。大袈裟にしないで欲しいと、青山さんも川中さんも、言っていらしたそうじゃないですか。だから、考えてみて略式にしたのですけど。いけませんでした？　あなた。だったらコートだけではなくて、スーツも礼装用に着替えますけど。ねえ、あなた。今日の主役はわたし達では無くて、青山紫苑さんと川中百合絵さんですよ」

「そんな事は、言われなくても分かっているさ、ソウ。だからと言って、その手抜きな格好は何々だ、馬鹿が……。それに、俺はあなたなんかじゃない！　リョクだ。リョクと気持良く呼べば良いのに、あなただなんて、変な呼び方をするんじゃないぞ」

リョクなんて呼べないから、あなたと呼んだの、緑也さん。何故いつ迄もリョクとソウなんていう、変な愛称にこだわるの？　幼い子供の様にして……。でも……いつもの様に、黙っています。服装の事も、少し変だと思うけど、緑也さん。あなたの言う通りにしておきましょう。諍いたくないの。

「分かったわ、リョク。それではわたしもあなたの様に、正装で伺う事にします。ネックレスも二連の物に替えてきますから。後、少しだけ待っていてね。黒のワンピースに、ボレロを着るわ」

「少し、って何分位なんだソウ。俺は先刻からもう、何分も待たされているんだぞ」

「本当に、少しです。五分かそこらしか、掛かりませんから」

草子はなるべく静かな口調で言ったのだが、緑也にはそれも面白くなかった。

夫を待たせるというのに、何だよ、その口調は。まるで俺を、ボケ扱いしているみたいにして。落ち着き払っていやがって。もっと心から言えないのか、ソウ。「ゴメンナサイ。わたしが間違っていました。だから大急ぎで、着替えてきますね、ゴメンナサイ。怒らないで、リョク」とか何とか言えば、まだ許せるし、少しは可愛気もある、と言えるのに。謝りもしないで済ましていられるのは、あの「ノワール」で歌っている所為なのかよ？

　夜の蝶の仲間になって、夜の歌姫だか夜の天使だかになった、と持ち上げられて浮かれているからか？　俺はな、ソウ。まだお前達の芝居に、騙されてなんかいないんだぞ。どうだ？　ソウ。良い気持か。あんな所で歌って、歌手扱いされて。一人前の人間に、なれた積りでいるのかよ。これなら「独り立ち」も出来るかも、とでも、思っているんじゃないだろうな、ソウ。冗談じゃない。お前はまだ、世間知らずのネンネのソウのままなんだ。思い上ったり、浮かれたりするのは許さない。俺はな、ソウ。お前達を、信じたりしていない。それ程の馬鹿でも、阿呆でもない。「ノワール」の陶子？　笑わせるなソウ。「あれ」は、お前の事だろうが……。緑也の瞳は翳く陰っていて、凶々《まがまが》しかった。

　緑也は信じていないのだ。草子と陶子の、異いを見ても。その違いを聴いても。例え二人を、並べて見た、としても……。緑也の瞳は心を映している、と言った。その凶々しさはあの夜、タクシーで「ヘブン」を去って行く時にはもう、生まれていた何かから、来ているのだ。

　緑也の心は空ろで、虚しいだけでなく、残虐性と暴力性を秘めて、それを育てていたのだった。その何かが、緑也をけしかけていた。今は、草子が憎い。叩いても叩いても、気が済まない程に。草子という女の、何もかもが目障りで、うっとうしい。今、あいつを殴って泣かせられたら、どんなに気分がすっきりとするだろうか？　だが。今は駄目だ。まだ出掛けて行く前だからな。だがな。気を付けろよ、ソウ。お前を殴って矯正してやる位は、朝飯前の事なんだからな。それは、分かっているだろう。だから。俺に、気を使え。他の人間にではなく、この俺様に気を使って、気に入って貰えるようにしろ……。

緑也の瞳の中の赤い炎が、チロチロと燃えているようだった。だが。草子はそれには気付けないでいた。草子がワードローブから出て来る前にそれは緑也の中深くに隠れ、緑也も分からない所に、行ってしまっていたからだったのだ。

どちらにしても緑也は、草子に和装をさせて、皆に見せびらかしたかったたし、草子はなるべく地味で、目立たなくしていたかった。お見合いの付き添い人の方が、本人やその家族達より目立ってしまって、どうするのだろうか？　だが、緑也に従った。

「どう？　リョク。これで良いのじゃないかしら？」

草子の問い掛けに、緑也は吐き捨てる様にして言った。

「もう時間が無いのだから、仕様がないだろうが。地味過ぎて、悪趣味だ。せめてそれに、パールのブローチか髪飾り位は足して行けよ」

「……分かりました。ブローチは付けます。それで良いでしょう？　ヘアアクセサリー迄したら、飾り過ぎよ」

ティアラでも付けろ、と言い出しかねない緑也を持て余して、草子は漸くそう言った。

涙が零れてきてしまいそうだった。泣かないわ、と草子は思う。緑也の言い分に従う時の、いつもの癖だった。
草子は、自分で自分に言って聞かせているのだ。泣かないと。

何とやさしく愛深く
あなたはわたしの胸の中で目覚められることか！
あなたはそこに、独り秘かに住まわれる
そして善い物と栄えに充ちた
こころよい息遣いで
何と優しくわたしを愛に燃え立たせる事でしょう。
ああ。愛する方よ。神よ。神……
あなたのためにわたしは、
新しい実も古い実も、取っておきました。

彼を助けて下さい。救い主。緑也は、何も知らないのです。だから、傷付ける。あなたとわたしの、真心の吐息を……。許してあげて下さい。わたし達の神、主イエス。
その日、会食の予定だったホテルオークラのレストランに、緑也は真紅のバラの花束を抱えて向かった。紅いバラの花束では、華美過ぎる。せめて、姫百合かカーネーションの花束にして、と助言した、草子の言葉を、一蹴にして……。

浜田組の川中所長と奥方の百子は、ダークスーツの略式の式服で席に着いていて、紫苑の見合いの相手の川中百合絵は、銀色のシルクのスーツに真珠のネックレス、そして胸元に、髪に、秋紫苑と桔梗の花を挿す、といういかにも「今日を待ち侘びていた」、と言う様な可憐さの、背の高い美人であった。草子はまず、相手の川中家よりも華美になってしまった自分達に恐縮し、紫苑と桔梗を付けた百合絵に、真紅のバラの花束を手渡す事に、又恐縮をしてしまっていたのだが。緑也は、そうした事々の何一つも、行き過ぎだった。恥ずかしい、とは感じていなく、むしろ当然の様に振る舞っていた。

すぐに青山紫苑が、その席にやって来たのだが。

川中百合絵は既に、水島建設の方に、紫苑を訪ねて来ていて、二人はもう顔見知りであるとの事だった。それで。百合絵も、父の川中所長と同じかそれ以上に、紫苑を気に入って、正式な見合いを川中家側では望んだらしいのだが……紫苑は何故か、見合い話から逃げ回っていたらしい。最初の頃、紫苑は百合絵に「好きな人が居る」と言っていたらしかった。それで百合絵が、諦めてくれると思っていたらしい。しかし、百合絵は手強かった。

「好きって、どの位？　相手の人も、紫苑さんを、同じ位好きなの？」

これで紫苑は、ぐっと詰まった。器用に嘘が言える性質ではなかったし、嘘を言いたいとも、思っていなかったからである。

「死ぬ程好きだ、と思います。でも彼女は僕の気持を知らないでしょう」

「それって、片想いって事なのね、紫苑さん。ふうん。ペンペン草の意味が、良く分かった気がするわ。あなた、その人に告白もしていないんでしょう？　死ぬ程好きだなんて、聞いて呆れる。只の片想いなら、さっさと忘れておしまいなさいよ。全く。ペンペン草どころか、ウドの大木か、育ち過ぎたアスパラ頭だわ」

「……何ですか？　その育ち過ぎたアスパラと言うのは」

紫苑の問いに、百合絵はニッと笑って答えた。

「アスパラガスってね。育ち過ぎると食べ物どころか、只の帚草になるの。ボワッとした、帚草にね」

ボワッとした帚草と、ペンペン草では、どちらが良くてどちらがマシなのか。紫苑には分からなかった。只、この件以来百合絵は、紫苑に、好意以上の感情を持つようになってしまったらしかった。

追い掛けても追い掛けても逃げる紫苑に手を焼いて、とうとう父親と母親迄、引っ張り出して来た今日の百合絵は、美しかったが。眉が濃く、目もラインを強く入れ過ぎていて、唇も紅い。

それでは草子に比べられて、逆効果だという事は、神のみぞ知っている事柄であった。当の草子にしても、紫苑の想いは知らない事であったから。紫苑は思う。こうして皆で席っていても、草子はまるで、春の花の様だ、と。十二月の華やいだレストランの中でも、草子は清々しくて。涼やかで、まるで、一本《ひともと》の水仙か桜の様だ、とも。

紫苑は、草子だけを見ていたかった。けれど。それでは緑也に分かってしまう事だろうし、第一こんな席で、見合い相手を無視していては、失礼に当たってしまう事だろうし、と考える。それで。無理矢理に自分の感情と心を、草子から切り離して、川中百合絵に向けたのだった。

青山紫苑を手離す気持の無かった緑也が、何故その宗旨を変えたのか？　それは、こうだった。

紫苑の代りなら、何とか見付けられる。だが。今は現場の所長に出向していても、川中は、本社に帰れば部長で、次の取締役も、目に見えているのだ。そんな川中の婿養子に、紫苑が収まってくれるのなら……。水島の会社としては、諸手を挙げて送り出すのに、決まっているからなのだった。

そして水島は、実際に、その通りにしたに過ぎない。嫌がる青山紫苑を、言葉巧みに騙すようにして……。紫苑の家族は「来られない」と紫苑は言ったが、実際は異った。親姉兄迄出て来てしまったら、紫苑としてはもう他に、逃げ場が無くなってしまう様に、考えられた所為なのだった。だから紫苑は、家族や一族の誰にも、今日の見合いの話をしなかった。もしもしていたら？　家族の者達は喜んで、この席に参列していた事だろう。一族の中でも、無口で思慮深い紫苑は誤解をされていて「変人なのか何なのか、ひ弱だ」とか、「大人し過ぎて損ばかりしている」だとかと、余り良く思って貰っていなかった所為で。両親も、他の者達も、喜んで、紫苑を早く「片付けよう」と考えるだろう、と紫苑には分かっていたし、紫苑はまだ片付けられたりしたくなかった。いつの間にか愛してしまった、草子の傍に長く居て、草子の話す声と、言葉を聴き。草子の、香り立つような姿と、立ち居振る舞いを見ていたかったのだ。

告白なんてしなくて良い、と紫苑は考える。

告白してもしなくても、草子は草子で、自分は自分なのだから。二人の間に、流れる時間の豊かさと、暖かさ。それさえあれば、それで良い、と紫苑は考えていて、泣いてしまいそうになる。自分の愛が草子を幸せに出来ないのが、哀しくて苦しい。自分の心が、草子を探して、どこ迄も続いて行く道を行くのが、嬉しい。

だから。青山紫苑は水島緑也に説得はされたが、それは「建築士として迎えて貰える」等という、欲得ずくの上での事では、決して無かった。「二度だけ見合いして欲しい」「草子が困っている」等という、緑也の好い加減な嘘八百の所為だったのだ。緑也は、目的を遂げるためになら、どんな嘘でも平気で言う。それを知らない紫苑は、只、草子のために見合いの席に来たのだった。一度だけなら、と思い、後で心から謝って、「気が合いませんので」とか何とか、言えば良い。そうやって、川中所長と百子、百合絵に恨まれれば良いのだ、と想って、来た。百合絵には済まないと思ったし、それ程好いてくれて有難い、とも思いはしたのだが……。紫苑は、初めから断っていたのだから、仕方がない。

こうしてその日は、何とか過ぎ越して行けた。

「皆で写真を撮りたい。この赤いバラの花束を抱いて、今日の記念にしたいから。ね？アスパラさん、良いでしょう？　バラとアスパラは大好きなの」

「アスパラ？　アスパラさんて何々だ。百合絵。花婿さん候補に向かって、失礼な事を言ったりするんじゃない」

目を三角に仕掛けた川中に向かって、水島が笑った。

「別に良いじゃないですか、川中所長。百合絵さんは、バラの花束を気に入ってくれているんだし、後はアスパラでもペンペン草でも……」

皆で紫苑さんを小馬鹿にしている、と草子は感じた。けれど、それが何の事なのかは、良く分からなかったのだった。アスパラとペンペン草、と紫苑を呼ぶ夫の緑也が、哀しかった。川中百合絵に馬鹿にされているのに、笑って同調している事が。

草子は紫苑を見て、紫苑も草子を見詰めていた。少なくとも草子さんなら、そうは言わない、と。そして。草子も想っていた。秋紫苑と桔梗の花で飾っていた、初々しそうだった百合絵の、意外な一面を見せ付けられて、紫苑のために「尽くしてくれない女《ひと》なのかも知れない」、と……。

二人の視線の交流はさり気なく、ほんの一瞬の事であったので、誰も気が付かなかったが。紫苑は、悟った。草子の心の中の隠れた想いを、その一瞬で悟っていたのだった。草子は感じていたのだ。この席が紫苑に、似付かわしくない、と。それは、本能的なものであり、直感だったが、当たっていた。只、草子の気持が公平であり、紫苑一人の味方でなかった事は、記しておきたい。紫苑本人がその事を、誰よりも良く知っていた。

その日は写真館が混んでいて、思いがけなく遅くなった。十二月。冬至に近いその日は、昼と夜とが、互いに互いを呼び合っているかの様だった。夜が、近付いて来ているのかと思う程に、その日の夕暮れは、刻々と暗くなりかけていた。

川中所長一家（というよりも百合絵が）は、紫苑をアパート迄送ると言って聞かず、根負けした紫苑は、強引に川中一家の乗ったハイヤーに、乗せられてしまっていた。「棲み家」を知られたりしたら、後で百合絵が煩くするのではないか？　と心配している、紫苑の気持は、無視されてしまったが……。後にその心配は、様々な面で「実体化」して来る様になったのだが、水島迄が川中側に付いてしまった紫苑には、他に頼む術も無かったのだった。草子は少し青白い顔で、彼等と紫苑を見詰めていたものの、口を挟める筈も無い。川中所長一家と、紫苑が押し込まれてしまったハイヤーが去るのを、祈る想いで見送る他には……。

水島緑也は、そのハイヤーが視界から消える迄は上機嫌の様に見せていたが、彼等が見えなくなると、

「クソ。疲れたな。あんな娘を持って、所長もさぞ手を焼いている事だろう。おい、ソウ。俺達は此処で、食事でもして帰るぞ」

と草子に言った。草子も疲れ切っていたが、今、別れたばかりの相手の悪口を言う緑也が切なく、侘しくてならない気がした。

「ええ、本当に。疲れてしまったわね、リョク。でもわたし、此処はもう、十分過ぎる程居た気がするものだから。どこか、他に場所を移さないこと？　それとも、早目に家に帰って、家で簡単に食事を、」

「家にはまだ帰らない。俺が、外で喰って帰ると言ったら、ハイと言えば良いんだ、ソウ。そんな事も、まだ分からない程、お前は馬鹿なのか？　此処が嫌なら、他へ行く迄だ。来いよ、ソウ」

その時、水島の頭の中には、とてつもなく闇い想念が渦巻き始めていたのであった。とても、とても闇くて、黒い炎。それとも真紅の炎と言うべきなのか？　水島は、考えていたのだった。

ホテルのレストランが嫌だと言うのなら、バーで一杯飲《や》るのはどうだ？　バー「美奈」

という、俺のお気に入りのバーでだ、ソウ。それとも、他の所が良いか？　例えばサパークラブ「ノワール」という、高級な、隠れ家の様なクラブは、どうかね。ン？　ソウ。それは楽しい事だろうさ。お前にとっての「遊び場」で、俺にとっては、虚仮にされるための、アソコだよ。福田達とお前は、いつ、どうやってあれ程親しくなったんだ？　新婚時代から年に数回、家に遊びに来ていただけの弦と、野々花ママと、「秘密」を分け合う程に、近しくなっていたんだよ？　俺は、それが知りたくて、ウズウズしている。ソウ。俺の目を見ろ。ホレ、俺の目の中には、もう一人のお前が居るだろうが。「陶子」という名前になった、もう一人のお前がさ……。

だが結局水島は、ホテル内の展望レストランから、その三階下に有る有名寿司店に妻を連れて行っただけで済ませた。草子を許したからではなく、バー「美奈」や「ノワール」が開店して、賑わう時刻になるのを待つために。水島は、計算していたのだ。どうすれば草子を、より傷付けられるのか、と。本当なら、その場で力まかせに打ちのめしてしまいたい想念に取り憑かれて、草子の全身と、特に顔を睨み付けていたのだが。さすがに、ホテル内で手出しは、不味いだろう、位の想いはまだ保たれていたのだった。水島の中の「何か」が、喚いて止んでくれない。「叩け！　叩け！　打ちのめせ」と。そして。水島緑也本人も、「それ」に同調して、叫んでいた。心の中で「ソウ。待っていろ。もうすぐだ」と。

只、取り憑かれた事にも気が付かないで、その「暗黒」がどこから来て、自分をどこに連れ去ろうとしているのかにも、気付けないでいる緑也は哀れで、このまま行けば壊れてしまいそうだった。

だが。代償は、常に別人が払うものらしい。この場合もそうで、代償を払うのは、草子であるらしかった。草子には、まだその事が解らなかった。勿論、誰よりも、水島緑也に解っていなかった。彼に取り憑いた「モノ」の、暗黒こそが「悪」であると。草子が払う事になる、犠牲こそが「無垢」である、と。無垢と善とは、紙一重に似ている様だった。悪と悪行と悪霊とが、只一つである様に……。

緑也はその夜、草子と乗ったハイヤーを、サパークラブ「ノワール」への小路に入る所で、急に停めさせた。そして草子に「降りろ」と言った。理由も告げず、暗い口調で言ったのである。草子は従ったが、理由も分からないのに、震え出しそうに凍えてしまった。

緑也の目は、露路の中の一軒の家に、向けられていた。そして。沈黙したまま、その家を見詰め続けているのだった。やがて、草子も気が付いた。家ではないわ、と漸く気が付いたのだった。其処は、一軒の隠れ里の様な、クラブの様な店らしかったのだ。草子は思う。此処はどこなの？　此処は何なのかしら、と。

緑也の思いは、どす黒く染まって行く様だった。

尻尾を出せ、ソウ。今さら惚《とぼ》けてみても、無駄な事位は、分かっているだろう。お前の大好きな弦と、野々花ママの居る店の中に入らないと、分からない、なんていう泣き言を言うなよ。そいつは、通用しないからな。此処がお前の化けの皮の剝げ所だ。その、白々しい仮面を自分で取るか、俺にひん剝かれるのか位は、選ばせてやるがな。

口をへの字に結んで「ノワール」を睨み付けていた緑也は、そのままの姿勢で草子に言った。

「どうする？　ソウ。今夜も遊んで帰りたいだろうが。俺は、それでも構わない。福田と野々花ママも、きっとそう言うさ。嫌。異うな。もう今頃は痺れを切らして、お前が来るのを、待っているだろう。歌うか踊るか、遊び方も決めてくれる」

「……何を言っているの？　リョク。あなたの……リョクの言っている事が、ちっとも解らないわ。何の事なのか、説明してくれないと。分からないでしょう？」

「分かっているさ、多重人格者め。あそこに有るのが、お前の好きな福田弦と、野々花ママの店の、ノワールだっていう事も。お前が名前を変えて、歌ったり踊ったり、飲んだり喰ったりしている事もだ。惚《とぼ》けても無駄だよ、ソウ。お前は雌犬だ……」

草子は、蒼白になってしまっていた。緑也の横顔が、不気味に黒く染まっていて……。その目の奥には、何かの獣の様に、赤く光っている瞳が、見えたように思わされた。嫌、草子の思い違いではなく、実際に薄ら笑いを浮かべている緑也の瞳には、不気味で、理解不可能な、人間の物とは思えない、獣の様な光があったのだ。草子は思わず、緑也から身を引こうとしていた。その頭の中で、声がしている。悲し気な自分の、過去からの声が。「又、始まるの？」と。神様、又始まるのですか？　あの、地獄のような日々が……と、草子の頭と心が叫んでいる。

緑也は、憎々し気に、草子を見据えた。草子の惚け方と、怯え方が愉快で、それでいて憎い。

「……初めて来たのに、其処が福田さんと野々花さんのお店だ、なんて言われても。わたしに分かる訳がないでしょう？　お願い。リョク。目を覚まして……」

「お願い、リョク。目を覚まして……」

緑也は上手に草子の真似をした。口元には相変わらず薄ら笑いが有ったのだが、その目は笑っていなく、草子の腕を摑んだ手の力も、万力の様に固く、強かった。

夫の手から逃げようとした草子を、緑也は思いきり平手で打った。草子の頰を、何度も叩いた。

パシーン！　バチン！　バチン！　パチーン！　その音に、緑也は酔った様になる。草子は呻いたが、涙を堪えていた。そして。切れ切れに言ったのだった。

「止めて……。リョク。もう暴力は振るわない……という約束……だったでしょう？　お願いだから……止めて……」

「約束？　それがどうした。そっちが先に嘘を吐いたんだからな。全て、チャラだよ。

ソウ。暴力だなんて、人聞きが悪いぞ。只のお仕置だ。馬鹿女め……」

緑也は、自分は嘘を吐きながら、夫には「暴力を振るうな」等と諭す、草子の言葉が許せなかった。けれど。此処は只の路上で、自宅ではない。

草子は決して「助けてえっ！」等とは叫ばないだろうが、通り掛かりの者が見て、騒ぎにでもなったら面倒だった。今の緑也は、警察等に捕まる訳には、いかないからだ。それこそ、昔の悪事がバレて。騙していた草子よりも、緑也の方が悪者になる。緑也は、漸く草子の腕を放した。もっと打ちのめしたかったのに、と思うと、又怒りが湧いた。だが、草子の、打たれて呆然としている顔を見ると、それでも「今は、これで我慢してやる」という思いに、満足して、涎が出てきてしまいそうだった。

「泣けよ。ソウ。泣けよな、昔みたいに。お前は只の似非クリスチャンだ。俺の方が偉いぞ。何と言っても俺は、お前のインチキ教祖よりも神々しいからな。あんな奴を拝む位なら、俺を拝めよ。雌犬め！」

吐き捨てるように言って、緑也は草子に背を向けた。草子を連れて「ノワール」に行く積りだったが、左右の頬を赤く腫らした妻を連れて等、行く訳にも行かなくなったからである。

「俺は帰るが、お前は好きにしろ、ソウ。今夜は、夜通し遊んでも良いぞ。俺も、家に帰らない。こんな良い旦那を持って、良かったなソウ。感謝して良いぞ。そうだ。明日の着替えを、持たせてくれ。それ位の時間は、お前の御主人様に献げろよな。紫苑の奴にも、そう言っておく」

水島緑也はそう言い捨てると、去って行ってしまった。勿論、奈保の所に行くために、なのだった。

草子は呆然としたまま、緑也の後ろ姿を見守っていた。何がどうなっているのかが、理解できない。分かったのは、二つ。一つは、其処にある「ノワール」という店が、福田弦と野々花の店である、という事。そしてもう一つは、夫の緑也が恐ろしい「怪物」に見えた、という事だけだった。

昔から緑也は、草子に対して、暴力を振るっていたものだった。そして。それは日増しに激しくなり、時には暴言と暴力で、草子を殺しかねない程になったのだ。その、余りの傍若無人さは度を越えていたので、隣家にも筒抜けになり、一一〇番をされて、緑也は何度か警察署の世話に迄、なってしまっていたのである。緑也の暴力は心身に及ぶものだったし、新婚時代から些細な事で続いていたので、草子が庇わなければ、実際に何らかの処罰を免れ得ない所だった。

そして。それはきっと、今でも続いている筈だった。「今後、二度と草子を含めた他人に対して、水島緑也は暴力を振るわない事」、という始末書の存在と、草子との約束の、「二度とソウに手を上げたりしないし、暴言で侮辱してはずかしめたり、傷付けたりしない」という誓言は……。「それ」は、続いている筈なのに。

何故なのか緑也は、いとも簡単に、約束を破ってしまった。草子は今になって、涙を落としそうになっていた。今夜の緑也の、あの瞳の光。あの、不気味に燃えていた、獣の様な、赤い瞳の光を想うと、泣けてきそうになる。

神様、アレは、あの恐ろしい瞳の光は、本当に、緑也一人のものだったのですか？ と泣きたかった。そうは、見えなかった。そうは到底、見えませんでした。アレは、今迄の緑也の、目の光ではないように思えました。昔、暴力を振るっていた時も、緑也は時々はあんな恐ろしい瞳の色をしたりしていましたけれど。それでも、今夜程不気味で恐ろしい事は、なかったのです。

草子は、青山紫苑が来るようになってからの、穏やかで落ち着いた日々に帰りたかった。緑也の嘘や我儘や、浮気、忘れっぽさ等は、一時の、心の騒めきだけで、過ぎ越して行かれる。

でも……。それに、獣のように不気味な瞳で妄言を並べたて（例えば、ノワールに草子が遊びに行っている、という様な）たり、手を出して大怪我をさせられたりして、心身を又傷付けられる事に、どこ迄自分は耐えられるのだろうか？

草子には分からなかった。緑也は、他人ではなくて、草子一人に的を絞って傷付ける事に喜びを感じるらしいので、他の人の事迄心配しないで良いのだ、という事だけが、草子の救いだった。

草子がぼんやりとサパークラブ「ノワール」の辺りを見詰めていると、その重厚なドアが開いて、誰かが出て来るような気配がした。

それで。草子は慌てて、其処から離れて行ったのだった。

その、草子の後ろ姿を見詰めて、陶子は呟いた。

「草子？　あなたなの？　まさかね……」と。

陶子は店の中で息が詰まると、時々こうして外の空気を吸いにやって来る。だからと言って、どうして陶子に分かっただろうか？　足早に店の前を離れて行った草子……。後ろ姿が良く似ていただけで、それが自分の大切な草子なのだ、という事が……。陶子はそれでも、その女性の後ろ姿に心を惹かれて、何故か切ない様だった。

だから、目が離せないでいたのだ。草子に良く似ている、けれども草子である筈がない、頼り無気な女の人の、後ろ姿から……。

陶子は息を詰めて、その女性が、通り掛かったタクシーを止める所を、いつ迄もじっと、見詰め続けていた。

そして、突然確信を持ったのだった。根拠は無かった。何一つ……。それでも。あれは、草子であるのに違いない、と。

それは、不思議な感覚だった。まるで、もうこの世に居ない人を、見付けた時の様な感じ……。陶子は、悟っていたのだった。だから、叫んだ。

「待って!!　草子!!　待って……」

夢中だった。聞こえる筈のない、草子の名前を呼んで。追い付ける筈のない、タクシーの方に向かって、走り出そうとしたけれど。足が縺れてしまって、一歩も前に進めない。陶子はその場で、闇の中で泣いていた。今はまだ、草子には会えないのだ、という事も忘れて。恋しかった同じ姿の、妹。愛おしい草子。草子。あなた、どうしてこんな所に居たの？　どうしてなのよ、わたしの妹……。陶子には、草子に尋《き》きたい事が、山程有ったのだが。それ等は全て、忘れてしまっていた。

只、想う。草子。草子。あなた、どうしたの、と。

草子は、異っていた。悲痛な呼び声を、聴いたように感じたからだった。その「声」は、響いてきた。草子の胸の中に、心に、魂に。幻の様に儚かったが、悲痛で。自分の名前を、呼んでいた？　蒼い心で……。

「待って!!　草子!!　待って……」

夜の湖に浮かんだ舟から呼ばれたように、草子は感じた。

その「声」は、とても悲痛で、闇雲で、この世の物とは思えなかった。実際、草子にはその「声」の主が、誰か解らず。何処からの「声」かも、解らなかったのだ。けれど……その「声」には切羽詰まった「何か」があった。そう。愛に一番近い、その「声」に、草子はとうとう我慢していた涙を、落としてしまっていたのだった。「誰か」が、呼んでくれていた。見た事も、聞いた事もないその「誰か」が、愛を込めて、精一杯に自分を「呼んでくれていた」、と思うなんて。馬鹿ね、草子。あの不思議な声は、夜の風に乗って来た、わたしの願望だったのに違いないのに。そうよ、草子。天国からのものでも、この地上からの誰かのものでも、有り得ないのだもの……。知り合い等居ない、あの「ノワール」、夜という店からの帰り道に、余りに哀し過ぎたわたしが、自分で自分に聴かせた、幻聴だったのでしょう。どうしたら良いのですか？　神様。わたしの救い主。わたしは、狂ってしまうのでしょうか？

草子の哀しみを乗せて、タクシーは走って行った。

次の朝、草子は白い大きなマスクで顔を隠し、玄関の扉を細目に開けて、紫苑に言った。

「お早う、紫苑さん。昨日は御苦労様でした。お疲れになったでしょう？　なのに、悪いわね。又、水島が無理を言ってしまって……」

いいえ。いいえ。そんな事はありません。僕は少しも、気にしていませんから。それよりも。草子さんこそ、どうしたのですか？　昨日は御元気そうだったのに、そんなマスクなんかして。それに……それに……その頬はどうかしたのですか？　熱でもあるみたいに赤くて、腫れているようにも見えます。草子さん、何が有ったのか話しては頂けないかも知れませんけれど。僕は訊きたい。知りたいのです。僕達と別れた後に、社長が酷く酔うかどうかして、誰かとぶつかるとか、喧嘩になるとか、したのでしょうか？　それでお怪我を？　教えて下さい。

紫苑の暖かく優しい、愁いを含んだ眼差しは、真っ直ぐに草子の心に届いてしまった。愁えてくれる人がいるのは、何と嬉しく、悲しい事なのだろうか？　理由を言えない悩み事には、尚更の事……。草子はそっと、緑也の着替えの袋と、紫苑と緑也のための、二人分の朝食の包みを差し出した。

「昨夜はわたしも少し、疲れてしまって……。温かいコーヒー位は召し上って頂けたら良かったんですけど。ごめんなさいね、紫苑さん。朝食は、水島と二人で、会社で食べて下さいな。冷めない内に、どうぞ」

紫苑は其処から、一歩も動きたくなかった。家の中に草子を連れて入り、自分がコーヒーでも淹れて、草子を労ってやりたかったが、どう仕様も無くて……。唯、

「お大事に。ゆっくりお休みになって下さい」

と告げて、心を残して引き下がるより他になかったのだった。そして、車に乗る。草子への想いは切なく、紫苑の中で、もどかしい程に膨らんで行くのに……。

草子は黄色いノートに向かい合い、愛する神への想いを綴って行く事で、心の平和を取

り戻していった。神を讃える草子の、歌は止まない。

昼も夜も。朝も夕べも。歩いていても、寝ていても。けれど。席って祈る時、ベッドの傍に額衝いて歌う時、黄色いノートに讃美を綴って、美しい神への愛を、花輪にする時が、一番幸福で、穏やかに、喜びの歌を、詩《うた》えるのだった。蒼い、蒼い歓びの息で。

このようにして、緑也が傷付けた草子の心と想いとは、不安から抜け出して、落ち着いたのだった。けれど、草子は今朝はもう一つ、神様に尋きたい事があったのだった。それは「声」の事……。

昨夜、風に運ばれるようにして、どこからか届いてきた、不思議なあの、「声」。声は叫んでいた。「待って!!　草子!!　待って……」と。身も世もない程に哀しく、切羽詰まっていたかのような、あの、「声」。あの声は、本当に現実のものだったのか、自分の狂いかけた心の奥底からのものだったのか？　わたしでは無いわ、と草子は感じていた。

草子はそこで、密やかな溜め息を吐いた。全てを書いて神に祈って、満足した溜め息だった。

草子の心は晴れたが、緑也に打たれた頬の腫れと赤さは、二、三日引いてくれなかった。緑也は、帰って来なかったが、草子は却って安堵していた、その日。その日が過ぎれば週末になって、青山紫苑と顔を合わせなくても済むからだったのだ……。

草子を追いかけたいと思っても、足が縺れてしまって、一歩も前に進めなかった陶子の涙は、吹き過ぎて行った風に飛ばされた。陶子は涙の跡を、ツイッと指先で拭って「ノワール」の方に向き直っていた。息が詰まって店を出て来たのは、草子を想っていたからなのか？　違うのか？　今ではそれすら解らなかった。分かっていたのは、その日陶子が歌うのは、クラブ「ブレス」であったという事だけで……。「ブレス」は、福田夫妻が所有し、経営している店の中では、一番規模が小さくて、一番ステージと客達との間が近い、という店だった。泣き顔で、ステージには立てない。涙は、似合わない。七色の声を持つ、歌姫に。

その夜の、最後に締め括るステージは、いつものように明るく、あるいは艶やかに始まり、終るべきであって、涙は要らない。有ってはならないものなのだ。瀬川陶子はプロの歌い手として、自分を抑える術を知っていた。泣くのは一人になってから、泣けば良いのだ、と訓練されていたのであった。長い、長い、歌手生活の間に、そうなった。

夕べに、あしたに、真昼に
わたしが嘆き呻けば、
主は
わたしの声を聞かれます。

主は必ず、
わたしの声を聞かれています。

弦に伴われて「ブレス」に着いた時、陶子はもういつもの顔に戻っていた。けれども。陶子に強く惹かれている弦を、完全に欺く程迄では、無かったようだった。弦は、陶子にいつもよりも暗く、痛いような影を、感じ取っていたのだが。それを口に出すような、愚かな事はしなかった。見ざる、言わざる、聞かざるという、無関心の「関心」を装う事でしか、弦は陶子の傍には居られない事を、知っていたから。
その夜の、「ブレス」での陶子の歌声は、聴く耳を持つ人達の、心の扉に触れて、泣かせるようだった。只聞き流していた者達の心耳《しんじ》をも、いつか虜にしてしまうようで「ブレス」の中は、陶子の歌う声の世界に、満たされたのだった。
陶子は、歌いながら祈り、探し求める。天国を……。

どこにいらっしゃるのでしょうか
わたしの造り主なる方はいずこに
夜、歌を教えて下さる方の国はいずこに
地の獣によって教え、

空の鳥によって
知恵を授けて下さる方の、御国はどこに

教えて下さい、わたしの恋い慕う人
あなたはどこで群れを飼い
真昼には、どこで群れを憩わせるのでしょう
牧童たちが飼う群れのそばで
顔を覆って待たなくてもすむように。

だれにもまして美しい乙女よ
どこかわからないのなら
群れの足跡を辿って羊飼いの小屋に行き
そこであなたの子山羊に草をはませていなさい

陶子が祈り、祈りは歌になって、天に昇って行く。ショーが終る迄弦は、陶子の心の中の涙に、圧倒されてしまっていた。いつもの陶子と、異う。どこがどう、とは言えないけれど。それでも異う。

世の中を思えば苦し
忘るれば、えも知らず忘られず……

「えも知らず忘られず」張り裂けるように歌われていた、忘れられない世か人かは、どこにあるのか。弦ほどではなくても、客達もそれぞれに感じていた。忘れてきたかった筈の、忘れ得ない人達の面影を……。忘れたかった筈の、人の世を……。

鳴り止まない拍手の中で、陶子は頭を下げていた。そして、顔を上げると、面歌《おもてうた》を歌った歌手として、ゆっくりとした足取りで控え室の方に向かって、歩き出そうと仕掛けたのだった。

「ブレス」でのステージから控え室までは、そう遠くはない。けれど、そうは言っても客席と通路が近いので、陶子は気を抜けないでいた。歌姫に賛辞を贈り、拍手してくれる、大人しい客達だけならば良い。

だが。往々にして握手を求めたり、プレゼントの花束を渡そうとして近付き過ぎる客達も、「ブレス」の中が、一番多かったのである。中には、抱き付こうとする者迄、時々いるのだ。店側でも、(特に弦が) 陶子も、そうした客達には応じない様にしていた。

一人に応じれば、全ての客に応じなければいけなくなり、「ブレス」で応じれば、「ヘブ

書　名				
お買上 書　店	都道 府県	市区 郡	書店名	書店
			ご購入日	年　　月　　日

本書をどこでお知りになりましたか?

1.書店店頭　2.知人にすすめられて　3.インターネット(サイト名　　　　)

4.DMハガキ　5.広告、記事を見て(新聞、雑誌名　　　　)

上の質問に関連して、ご購入の決め手となったのは?

1.タイトル　2.著者　3.内容　4.カバーデザイン　5.帯

その他ご自由にお書きください。

(　　　　　　　　　　　　　　　　　　)

本書についてのご意見、ご感想をお聞かせください。

①内容について

②カバー、タイトル、帯について

弊社Webサイトからもご意見、ご感想をお寄せいただけます。

ご協力ありがとうございました。

※お寄せいただいたご意見、ご感想は新聞広告等で匿名にて使わせていただくことがあります。

※お客様の個人情報は、小社からの連絡のみに使用します。社外に提供することは一切ありません。

■書籍のご注文は、お近くの書店または、ブックサービス(0120-29-9625)、セブンネットショッピング(http://7net.omni7.jp/)にお申し込み下さい。

料金受取人払郵便

新宿局承認

7552

差出有効期間
2024年1月
31日まで
（切手不要）

郵便はがき

160-8791

141

東京都新宿区新宿1－10－1

(株)文芸社

愛読者カード係 行

ふりがな お名前				明治 大正 昭和 平成 年生 歳	
ふりがな ご住所	□□□-□□□□				性別 男・女
お電話 番 号	（書籍ご注文の際に必要です）	ご職業			
E-mail					

ご購読雑誌（複数可）	ご購読新聞 新聞

最近読んでおもしろかった本や今後、とりあげてほしいテーマをお教えください。

ご自分の研究成果や経験、お考え等を出版してみたいというお気持ちはありますか。

ある　　ない　　内容・テーマ（　　　　　　　　　　）

現在完成した作品をお持ちですか。

ある　　ない　　ジャンル・原稿量（　　　　　　　　　　）

ン」や「ノワール」での客達の要望にも、応じなければならなくなってきてしまう。陶子は歌手ではあるが、それ以上の何者でもなく、それ以下の何者にも、なる積りは無かった。

　そして、それは「ノワール」で歌うという時の、陶子と福田弦達との、約束の一つになっていた。ホステスでもなく、只歌うだけの女性、陶子。その変わり種が入店してくれた際の、簡単なようでいてそうでもなかった、それ等の幾つかの条件に、後になって一番感服したのは、弦その人であったかも知れなかった。

　弦は、陶子の潔癖さの中に、陶子自身の中に住むだろう「誰か」を見たが、それ以外の誰をも、彼女の周りに見ないで来たからだったのだ。陶子に特定の異性どころか、一時の迷いも見ないで何年も来られた事に、弦は感謝していた。だから勿論無粋に、陶子に対して「心の恋人は誰か？」等とは、訊く迄もなかったのである。弦は、陶子を見ていられるだけで、満足していられたからだった。

　だが。その夜は異った。まず、陶子の足が止まって、先に進めなくなった様だったから……。その陶子の視線の先を、弦も見た。

　異様な程に熱く、粘着く様な目をした小柄な男が一人、真紅のバラの花束を抱えて、陶子の行く手を塞ぐ様にして、立っている。立っているだけではなくて、彼女に近付いて行こうとしているのだ。その男には、弦は見覚えがあった。陶子が歌う木曜日の夜には、もう何ケ月も前から「ブレス」に通って来ていた男で、陶子を見る目がいつも、異様に輝いていたものだったから、忘れない。

弦の心が叫んでいた。「危ない!! 陶子君」

陶子の心も叫んでいたのだった。「助けて。神様」

その時、その男が持っていたのは、バラの花束で、凶器等では決して無かった。けれど。男の目には、狂気に通じる激情の様な、何かが有ったのである。

陶子は無様に逃げる積りは無かったが、進む事も退く事も、出来ないでいた。

弦は違った。急ぎ足で、けれど目立たない様に男の傍に寄り、花束を取り上げようとしたが、何故か男はその花束を離さなかった。「間に合わない」という声が、弦の中でしている。間に合わない？ 何に？ 陶子の危機に！ だが、こいつは、バラの花束を振り翳して、陶子君に迫って行くだけだ。花束を、振り廻す様にして、執拗につきまとおうと、しているだけだ……。異う！ 異うぞ、弦。しっかりしろ。そいつだよ、その花束だ。変な具合いに光っていないか？ そうだ。光っている。鈍くて鋭い、刃の先っぽみたいにな。早くしろ！ 取り上げないと、間に合わない。

だが、此処で刃傷沙汰になるのは、困る。皆が気が付く前に、皆が笑っている間に、「笑って刃物を取り上げろ!!」弦は、その通りにした。

まず、笑って男の足に足を掛けて躓かせ、男が踏鞴《たたら》を踏んだ所で、強引にそのバラの花束をもぎ取ったのだった。ビリッというのか、ギリッというのか、とにかく弦の手の平に、鋭い痛みが走って、腕まで抜けて行った。

弦は、男の手を強く捕えたまま、笑顔で言った。

「困りますね、お客様。こちらへどうぞ」

その頃には異変を察したマネージャーの長田幸良《さくら》が、二人の近くに寄って来ていた。弦は囁いた。

「花束の中に、ナイフがある。黙って、笑ってそいつを片付けておいてくれ。俺はお客さんを、お送りしてくるからな。誰にも気付かれるなよ。特に陶子君には、気付かれないようにしろ」

幸良も一応、笑顔を作ったままで答えた。

「分かりました。マスター。警察はどうしますかね」

「そいつが呼べるのなら、こんな苦労はしないわさ」

「それもそうですけど。一人で大丈夫すか」

「さあな。人の事よりも、自分の仕事をしてくれや、幸良。騒ぎを起こしたら、首にするぞ」

「首っすね。はい、わかりましたです。任せて下さい。傷薬も包帯も、用意しておきますので」

「誰が、そんな事迄しろと言った？」

弦が言うと、

「マスターの手が……」

という、幸良の答えが返ってきた。ふざけているようでも、幸良はベテランだ。

弦は男を連れて、「ブレス」の外に出て行った。そして言う。今回だけは、見逃しますがね、お客さん。二度目は無しです。二度とこの辺りにも、この「ブレス」にも、近付かないでいて下さい。何よりも、ウチの歌姫に近付こう、とか傷付けよう、とか今度考えたりしたら、その時は手加減しませんよ。警察に届けるなんていう、生温い事じゃ、事は済まない。ウチも、この辺りに店を構えているんだ。ヤの字の付く用心棒ぐらい、きっちり雇っていますのでね。その時は怪我どころか、命の保証もしかねます。

脅すだけ脅しておいて、弦はさっさと店内に戻ろうと仕掛けたが、ふと気が付いて、自分の血塗れの右の手の平を、相手の男のシャツの、人の目に触れない所で、何度か拭った。真っ赤な血の跡が、烙印の様に押されて行く自分のシャツを見ていて、さすがにその男の顔の色も変わったのだった。弦は、無言で引き返す。さすがに懲りて、もう来ないだろう、と思いながら……。というよりは、その心は祈っていたのに近かった。大切な陶子を、傷付けられる所だった、そう思うだけで弦の心は、手の傷よりも痛む。何よりも陶子に、こんな傷は見せられない。

だが、陶子の方では既に悟っていたのだった。怖かった。怖かった。わたしの神よ。愛する御方。あなたが教えて下さらなかったら……あなたが止めていてくれなかったなら、わたしはあの狂気の男の人に、「何か」をされてしまう所だった、と分かっています。あなたが止めて下さって、あなたが弦マスターにも、教えて下さった事を、感謝します。ああ。それにしても……。狂気とは、何と恐ろしい様な、オーラというのか、気配を持っているのでしょうか？　まるで、生き物の様に、熱く、嫌な息をしていたようでした。

　それに比べて、神様!!　あなたの息は、何と美しく蒼く、見事に澄んでいて、清らかだった事でしょう。弦マスターの息もきっと、あなたに似ていて、清かったのに違いない。だから。すぐに察した。すぐに、あなたからの警告を感じ取ってくれて、わたしを守ってくれた様に思います。

　けれど、神様。あの花束の何処に、危険があったのでしょうか？　見た目には、普通のバラの花束でした。美しい筈のバラの花束が、わたしを怯えさせたのですか？　それとも、そうではなくて、やはりあの狂気の瞳をしていた男の人が、わたしの心に赤信号を送って来ていたのでしょうか？　分かりません。もうあのバラの花束は、長田幸良マネージャーが捨ててしまったようですし、弦さんも帰って来ない。弦さん。弦さん。弦マスター。早く戻って来て頂戴。お陰でわたしは、無事に控え室に辿り着けました。神よ、弦さんをお守り下さい。

　控え室の扉が、そっと開けられるのを、陶子は見た。福田弦が何も無かった様に入って来たのに続いて、幸良が救急箱を持って来ていた。弦は救急箱を見て渋い顔になったが、幸良はそこ迄気が付かないでいた。

「これで足りますかね。それともやっぱり、救急車を呼んだ方が良いでしょうかね、マスター」

「何を寝惚けているんだか。幸良。バカを言っていると首にするぞ、と確かに言っておいただろうが。バラの棘を刺したぐらいで、救急車なんか、呼べる筈がないだろうに。消毒薬と絆創膏で、お釣りが来るよ」

「馬鹿言わないで下さいっすよ。あのナ……」イフは、刃渡り十五センチもあったんですよ、マスターのオタンチン。

幸良は言いたかったが、弦の厳しい眴《めくば》せで止めた。マスターが、陶子に気を配っているのだ、と迄は分かった幸良だったが、弦の胸の内の、陶子への想いに迄は気が付かないでいた。弦が、余りにも普段通りの弦であったものだから。

「弦さん。弦さん。何を二人で言い合っているの？　何処か怪我でもしているの？　どこなの、見せて」

ああ、弦マスター、あなた、わたしに隠しているのね。隠さなければいけない程の、何があったの……。

陶子は、今にも泣き出してしまいそうだったが、弦は明るく、むしろ陽気に言っていた。

「怪我なんて、しているように見えるかい？　陶子君も何か、早とちりしているようだね。あの客なら、大人しいものだったのに、心配し過ぎだよ。ああ、そうか、こいつ（幸良のこと）がヘタレを言ったりしたから、乗せられてしまったんだね。何も無かったし、平気だから。そんな顔をしないで、カクテルでも飲んでくれれば良い。もうダンスタイムに入っているからね。店は暗くて、顔も良く見えない。君だと、分かったりしないよ」

そう言う弦の顔が、いつもより青白く見えた。陶子は立った。弦さん、あなたがそう言うのなら、わたしはそうするわ。騙される振りをするくらい、わたしにだって出来るのよ。だから……だから、早く手当てをして。何でも無かったのなら良いけど。わたしには、そうは思えないから、行く事にしますね。幸良さん、弦さんをお願いよ。

ああ、この世にはまるで二つの月があるようだわ。一つは、美しい夜の泉の、銀の月。澄んだ息と吐息と、森の木々の息が、満ち満ちている月。もう一つは、淀んだ暗い、赤い月。人の事等考えず、傷付けてでも、手に入れようとしている、月。どちらの月も、月であるのに。どちらの人も、人であるのに。境界は、どこに有るのか？　美しさと酷《むご》さの、息を奏する境界は……。

陶子は弦と、狂気の男の境界線を見ていた。神が、陶子とわたし達の神が、引き受けられた、その淵を。

彼が刺し貫かれたのは
わたし達の背きのためであり
彼が打ち砕かれたのは
わたし達の咎のためであった
彼の受けた懲らしめによって
わたし達に平和が与えられ
彼の受けた傷によって
わたし達はいやされた

カウンター席の隅に席った陶子に、何も知らないバーテンの上村は、

「珍しいお客様ですね。大歓迎しますすよ、おごりです」

と笑って言った。陶子も微笑みたかったが、上手く出来たとは思えなかった。それでも、努力する。

「マルガリータと言いたい所だけど。シェリーか何かを、適当に……。今夜は酔うかも知れないわ」

「酔わせるのが商売ですからね。では、シェリーを。それとミモザカクテルはいかがですかね、陶子さん。今夜の歌は格別でしたから、特別に……」

ありがとう。上村君。多分、今頃はマスターの怪我を、幸良さんが手当てをしてくれているのだと思うと、わたし、本当は、消えてしまいたいのよ。わたしの所為で、誰かの気が変になりかけて。わたしの所為で、弦さんが怪我をしたのかも知れない、なんて考えるのも辛いから。

ああ、神様。わたしの神よ。主イエス・キリスト。あなたが引き受け、担って下さった十字架を見上げても、人の心はどうして、こうも変わらないのでしょうか？「境界」が解らないなら、仕方ない。でも。誰かが誰かを傷付ける、という事は、はっきりとした悪だとしか思えない。けれど、人は、人を傷付け続けてきています。

あなたの十字架の、その後にもずっと。ずっと、あなたに背き続けて、あなたを傷付けているのです。わたし達の咎は、どこ迄も罪深い。

わたしに歌を歌わせて下さる神よ。どうか、教えて下さい。わたしの罪を。あなたが歌わせて下さる歌で、狂う人がいるなんて。わたしには、とても考えられないからです。それならば……あの男の人の悪は、何処からやって来たのでしょうか。陶子には解らなかったが、悪の存在を嫌悪した。「悪」そのものから来たような、狂気の力を……。

どこにいらっしゃるのでしょうか
わたしの造り主なる神

夜、歌を与えて下さる方
地の獣によって教え、
空の鳥によって
知恵を授けて下さる方は……

夕べに、あしたに、真昼に
わたしが嘆き呻けば、
主は
わたしの声を聞かれます。

夕べに、あしたに、真昼に
主は
わたしの声を聞かれます。

「ノワール」に向かう車の中でも、弦は運転に集中しているように見せて、自分の手の平の、血の滲んだ絆創膏を陶子に見せなかったし、陶子も敢えて「それ」を話題にしなかった。只、感謝の眼差しで、弦を見る。弦はそれで、満足だった。気の触れた男の手から、陶子を守ったのだ。

妻の野々花には、たった一つの事だけを隠して、今迄のように全てを話した。陶子への想いだけは、死んでも言えない。だから。心の中で、野々花に手を合わせながら、弦はその想いを、墓まで持って行くしかなかった。だが、隠し事は、それだけだった。

野々花には、全てを話すと心に決めていたのだったから……。

野々花はその男との遣り取りを弦から聞いている間、黙って唇を噛んでいた。そして、言ったのだった。

「危ないじゃないの、馬鹿なんだから。今度からは、警察を呼んでよね」

弦は頷いた。多忙な店の中での出来事だったのだ。「ブレス」の幸良はじきに忘れてくれるだろうし、陶子も多分、立ち直れる、と……。

陶子の胸の中の思いは、弦に伝わっていたから。

全てを神の御心として、受け入れられる強さと信頼を、わたしはまだ身に付けてはいない。迷い道に入ったら、自力で出ても来られない。けれど。けれども、強くありたい。今日一日の、神の、不可思議とも言える、陶子への接し方を想って、陶子は溜め息を吐いた。

夕べに、あしたに、真昼に
わたしが嘆き呻けば、

主は
　わたしの声を聞かれます。
陶子の祈りと願いは、夢の中でも歌われていた。

青山紫苑の夢は、誰のものとも異っていた。「其処」は、深く澄んでいて、けれど流れの激しい深い河か、海の底のようだった。紫苑は、その、水の中の世界では、青紫の花の姿になっていた。花なのに、見えるし、耳も口もある。けれども。花であるから、歩く事も走る事も出来ないで、湧き出て来ている水の中に立って、揺れているのだ。

紫苑は其処で、恋しい草子を見ていた。

恋しい草子。美しくて、清らかな草子。草子は、紫苑の紫色の花の近くで、蒼い清しい花になり、混じり気のない緑の衣を着て、手には白い小石と燭台を、持っているのだった。水の中なのに、草子の手の中の燭台には明るく灯が点り、もう一方の手の中の小石も、燃えているかのように白く、美しく光っているのだ。

紫苑は叫んだ。

「草子さん、どうして此処に？」

けれど、草子は振り向かなかった。

満たされて、夢見るように灯火を抱え、美しい小石を抱いて、緑の衣の裾を引いて行く。けれど……。草子の歩みが止まると、緑の衣は草子に巻き付き、灯火は揺らめいて細くなり、草子の手の中の小石も、色を失っていった。草子が切な気に呼んでいる。

「わたしの神よ。わたしの神よ。どこにいらっしゃるのですか？　わたしの心を盗んでおいて、隠れてしまわれたなんて……。わたしは、どこに行けば良いのか。教えて下さい。わたしは死にます」

紫苑は叫んでいた。

「僕が、まだいます。どうか死なないで」と。

それは、紫苑にとって夢というよりも現実の様だった。

四、紅雪（涙の色）

「だから。違いますってば、百合絵さん。僕達は見合いのような会食はしましたけどね。只、それだけです。それ以上の意味は無かった」

「そんな事、関係ないでしょ。紫苑君。ペンペン草よりか、物分かりが悪くなってしまったの？　あたしの父と母と、そちらの社長夫妻の付き添いでしたのが、見合いでないと言うのなら、何と言うのか聞かせて頂戴」

「……僕の両親達は同席していませんでしたし、お互いの釣書《つりしょ》の取り交わしも無かった。見合い擬《もど》きではありましたけど。確定したお見合いでも、なかった訳でしょう？　失望させて済みませんが、あの席は、見合いだとするとしても、略式で。今すぐ結納なんて、無理ですよ」

水島緑也は、紫苑にこう言っていたのだ……。

「川中所長の奥方と、ウチの奴が意外と親しかったらしくてね。それで、泣き付かれて弱っているんだよ。一人娘の百合絵君が、君に惚れているらしいから、一度自分にも会わせてくれ、とか何とか言われてさ。何、只会うだけだ。会って、一度食事でもすれば、気が済むと言っている」

何しろ浜田組は、ウチの得意先だし、事を拗らせたりしたくないんでね。ウチの奴も俺も、困っているんだよ。あの百合絵君というのはジャジャ馬で、惚れやすくて、冷めやすいのが欠点だそうだが。今は君にホの字で、川中所長の奥方を通じて、執こく君と会食をさせろとか、母君にも会ってみてくれとか言って、煩くて仕様がないんでね。ウチの奴も、頭を抱えているくらいなんだ。君も知っての通り、あいつは人が良いからな。どうだ、青山君。一度だけ会ってやってくれないかな。後はこっちに任せてくれて良いからさ。俺も煩くて、敵わない。見合いは嫌だって？　見合いなんかじゃないさ。そんな上等な物じゃない。只の真似事だ。だけど。それで気が済んでくれるのなら、万万歳だね。一度、そうして会って遣れば、大人しくなって、すぐに君にも飽きてくれるだろうさ。何せ相手は、気紛れなお嬢様なんだから……。

紫苑は、自分が騙されて、身動きの取れない罠に、嵌まり込んでしまった事を、悟っていた。

初めは、軽く考えていたのだ。百合絵の言動と水島の言葉は、どこにも矛盾が無いように見えていた。百合絵は口も回るが頭も良く、毒舌な所が、いかにも裏腹で冷めやすく見えていたし、水島も、惚《とぼ》けていたのだった。と、今になって、思い知らされていたからである。

今、水島は紫苑に、自家用車の朝晩の送迎も命じなくなって、距離を置くようになってしまっていたし、百合絵は「冷めやすい」どころか執こくて、「ストーカー」擬きに、紫苑の行く先々と自宅のアパートに、押し掛けて来ていた。「草子のためならば……」と、ほんの軽い気持で引き受けた、見合い擬きの話とは、紫苑を釣り上げて縄でグルグル巻きにする、クモの糸のような、計略だったのだった。

何を言っても百合絵には、紫苑の婉曲で、柔らかな拒絶は伝わらなかったので、この頃では紫苑は、かなりはっきりと物を言うようになっていた。それは、争い事を好まず、まして女性を傷付ける事など嫌いな紫苑にとって、苦痛であった。社長の水島が、紫苑を避けている事に対しても、紫苑の不信感が募っていたし、「あの日」以来、紫苑は草子に、会えていないのだ。草子が嘘を言う筈はなかったから、紫苑の心は一層騒いで、塞ぎ込むのだった。

草子さん。草子さん。御元気ですか？　僕が急にお宅に行けなくなってから、どうしていますか？　御元気なら、それで良い。でも、そうも思えない。

「ああ、もう！　だからァ。釣書が要るんなら、そう言ってくれれば良かったのよォ。御両親には、今から会っても遅くはないでしょ？　苔庭さん。あんたって本当に、先史時代の生き残りみたい」

そんな事ばかり言っていたから、今迄売れ残ってしまっていたんでしょ？　それが、あたしみたいな良い女に拾われるなんて。運の強い人って、皆、頭のどこかが緩いのかしら？　それとも、あんただけ特別なのかなァ、呆れちゃう。帚草さん。嫌よ。今夜は帰りたくないの。このアパートに泊まるわよ。女人禁制だなんて、変な人。黙っていたら、それで良いのに。酔って来ちゃ、いけないの？　それは悪うございましたね。枯木さん。

「これ以上、面倒は見切れません。百合絵さん。さあ、立って下さい。タクシーの拾える所迄、御送りしますから。酔いを覚まして、帰って下さい」

「嫌だ、と言っているのに。どうしても帰れ、と言うのなら、あの車で送って頂戴よ。ホラ、あの車。いつか運転していた社用車が、庭先に停めてあるでしょう？　社用車じゃなくて、社長の自家用車ですってえ？　馬鹿な人。そんな嘘を吐くのなら、もう絶対に帰らないから。お泊まりする、って母に電話する」

「……社長の車を勝手に使えませんから、困ります。それでは、こうしませんか、百合絵さん。タクシーが拾える所迄だけではなくて、タクシーで僕が、御宅まで送って行きますよ。それで。お寝《やす》みの挨拶もしてから、僕は又、アパートに帰って来るようにします。それなら、百合絵さんの、気も済むでしょう」

嫌な人。そんなんで、あたしの気が済む筈が無いでしょうに。それを言うのなら、お寝《やす》みのキスをして、だとか、キスの代りに抱き締めます、だとかと言えないの？　うーん。そうねえ。キスと抱っこと両方してよ。なら、考える。ああ、そうか。考える迄もなかったのよね、この唐変木になら、何を言っても、通じないもの。アレもダメ。コレもダメって、ダダを捏《こ》ねるだけなんだから。送ると言うのだから、送って貰えば良い。それで、グダグダ言わせない内に、キスを盗むの。ウン、それが一番良いのかもね。キスさえしちゃえば、こっちのものよ。こういう、初心なボクちゃんは、キスの味も知らないのに、決まっているもの。うんと濃厚なヤツを教えてあげれば、それでクラッとするでしょう。クラッとさせたら、もっとクラクラさせたげる。あたしはね、狙った獲物は逃さない……。そう考えて百合絵は、ニッと笑ったのだった。

「良いわよ。そんなに言うなら、今日の所は帰ってあげる。でも、家迄送って頂戴よ」

送りますとも、百合絵さん。社長の車は使えないけど、却ってその方が良い。二人きりになるよりは、タクシーの運転手の目を気にする事ですね。少しは、頭が醒めるでしょうから。紫苑には紫苑の、計算があった。

タクシーの中で百合絵は、執こく紫苑の腕に、腕をからめて来て止めなかった。紫苑は、初めの内は、そっとその手を外していたのだが。余りの執こさに辟易をして、とうとうかなり強く、捥ぎ取るようにして、百合絵の腕を外したのだった。紫苑のアパートから百合絵の家に行くためには、かなり大きな河を渡るのだけれど、それが丁度その橋の上での事だった。そこ迄されて、百合絵も諦めはしたらしい。けれど。紫苑に凭《もた》れかかるのを、止めようとはしなかったので。紫苑は仕方なく、窓外を一心に見詰めて、百合絵とは目を合わさないようにしていた。タクシーが、横町の角に立って、何処かを見詰めている、女性の姿を照らし出したのを、紫苑は見た。それは、一瞬の事だった。痩せ細り、やつれた、その人の姿はすぐに消えて、遠去かってしまった。闇の中に、消えた……。

　草子さん？　草子奥さんが、どうして今頃こんな所に？　紫苑は思って、タクシーを止めたかった。だが、百合絵が居る。まずこの女《ひと》を降ろさなければ……。紫苑は焦って、タクシーのドライバーに、「もっと急いで下さい」、と言ってしまいそうだったが。それは漸く、我慢した。百合絵は、天邪鬼なのだ。何も悟られてはならないし、悟らせてもいけない。だが。あれは、本当に恋しい草子さんだったのだろうか？　こんな夜更けに、あんなにもやつれて、誰にも頼る術も無いかの様にして、何処かを見詰めていた、あの女の人が？

　紫苑には、確信が持てなかった。草子と会えなくなってから、もう三ヶ月近くが経ってしまっているのだから。だからといって、人はたったの二、三ヶ月で、あんなにも激しく変われるものなのだろうか？

　違いますよね、草子さん。あなた恋しさの余りに、僕の心が勝手にあなたを、創り出したんだ。

　紫苑は川中百合絵の家にタクシーが着くと、自分は車から降りもしないで彼女に「お寝《やす》み」を言った。一刻も早く、あの橋からの道に立っていた、女性の所に戻って行ってみたかったのだった。勿論、百合絵は怒っていて、「バカ男」と心の中でののしる事を、忘れたりはしなかったけれども。

そして、勿論の事、紫苑が駆け戻った時には、草子に良く似ていた、例の女性の姿もなかった。紫苑はそれでも其処で、タクシーを停めて貰って、降りたのだった。

嘘でも良い。幻でも良い。草子に良く似たあの女《ひと》に、もう一度会って話がしてみたい。草子さん。草子さん。あなたは、何を見ていたのですか。こんな時間に、たった一人で寄る辺なく、あなたはどうしてこんな所に、立っていたりしたのでしょうか？　尋ねてみても、草子はもういない。

初めから、いなかったのだ、と紫苑は考え様としてみた。不幸な姿の草子を捜すよりは、初めから、草子がいなかった、と考える方が良い。

けれど。草子が見詰めていた辺りに、一軒の隠れ家の様な、古風な趣の民家が有った。サパークラブ「ノワール」と書かれた看板があるだけの、それこそ隠れ里の様な、古民家が……。

隠れ里、ノワール（夜）。紫苑は、フラフラとそちらに、歩いて行っていた。もしも草子が、恋しくてならなかった草子が、隠れているのなら、そんな店の様な気持がして……。馬鹿気ている、とは思わなかった。草子に会いたい。あの、気立ての優しい、美しい草子に、もう一度だけでも。そして、訊きたい。何故やつれているのか、と。草子は、決してそれ程弱い女《ひと》ではなかった筈なのだ。

見ずや君あすは散りなむ花だにも
力の限りひと時を咲く
力の限りひと時を咲く……。見ずや君。見ずや君。
その歌を紫苑は胸に、繰り返して思う。草子さん……と。

紫苑が、遠慮勝ちにそっと、クラブ「ノワール」の扉を開けた時に、丁度、陶子のその日最後のショーが始まろうとしていたのだった。

仄暗く落とされた照明。ショーの始まりを告げる陶子の、小さなタンバリンの鈴の音。暖かな、息づいているかのような闇の中に、一筋のスポットライトが当たり、そのライトの中には、美しい一人の女性が立っていた。黒いドレスの袖口と裾に、赤いチロリアンテープで縁取りを施し、たっぷりとした大きなショールで肩を包んでいたのだが、そのショールにも同じチロリアンテープの縁取りが施されている。そして、細く編まれた同じ色のテープで、女性は髪を押さえるかのようにして、額に一筋巻いていた。

草子さん！　草子さん？　草子さんが、何故此処に？　どうしてあんな姿で、ライトを浴びているのだろうか？　どうして先刻よりは、元気そうなのか？

「いらっしゃいませ。お客様。ノワールは、初めてでございますよね。お一人様でしょうか？　それとも、お待ち合わせでございましょうか？」

福田弦は、あの「バラの花束事件」以来、今迄よりももっと繊細に、用心深くなってい
た。特に、陶子が歌う時に一人でフラリと店に来て、燃える様な瞳で、陶子を見る客には
……。
「ああ、一人です。一人でも構いませんよね？　何だか今夜は酔いたくて。あの……今、
スポットライトが当たっている女性は、何という人で、何をするのでしょうか？　僕はこ
ういう所に、慣れていなくて。すみません」
酔いたいだって？　そう来たか。それなら、酔わせてやる迄さ。陶子君に手出しが出来
ないくらい、キツーイのを、幾らでも飲ませてやるよ、お客さん。
弦はニッコリと微笑って、見知らぬ客に訊く。
「強いのから弱いの迄、お酒が幾らでもありますのでね。酔うのには、丁度良い店でご
ざいますよ、お客様。ジンからブランデー、カルバドス迄、変わっていてキツくて、美味
しい酒が揃っています。どうなさいますか？　お客様。楽しむのは、お酒だけでしょう
か？　ショーもでしょうかね」
「ショー？　ショーがあるのなら、それを見たいです。それと、あの女《ひと》の名前と、何の
ショーかも知りたいのですが。お酒は何でも。変わっているカルバドスというのでも良い
ですけど。飲んだ事がないもので」
カルバドスだって！　弦は心の中でニヤリとしてしまった。カルバドスは、リンゴから

作られてはいるが、ジンと同じかそれよりも強い酒なのだ。

「ショーはすぐに、分かりますですよ。あの女性は、ウチの看板歌手です。どうぞ御贔屓に」

弦は、わざと陶子の名前を、口にしなかった。この、風変わりな一見の客が、本当に「酔いたい」だけで来たのか、陶子が目当てで来たのかが、分からなかったからなのだが。陶子が目当てで来たのなら「あれは誰か？」だとか「ショーとは何のショーなのか」等と訊く筈は無かったので、紫苑の本意を摑みかねてしまった。

ショーが始められている。陶子の歌う美しい、天使の様な柔らかな高い声が、「ノワール」の中を満たして行っていた。客達は、陶子の歌声に聴き惚れてしまっていて、暗く暖かかった海の波のような騒めきも、静まり返ってしまっていたのだった。

青山紫苑も、聴いていた。草子と思い込んだまま、草子とも言い切れない、その女《ひと》の歌声を……。

「それ」は、ポルトガルかスペイン辺りの、民謡の様だった。移ろって行って、ハンガリーかチリか、どこかのロマ（ジプシー）の、歌の様にも、なった。

「酔いたい」と言っていたくせに、紫苑は出されたカルバドスのグラスには、手も触れていなかった。只、只、聴いている。夢見心地どころか、魂までも、陶子の歌声に、吸い取られてしまった様にして。

陶子は歌いながら、いつもの様に、祈りの中にいた。

どこにいらっしゃるのでしょうか
わたしの造り主なる神
夜、歌を与えて下さる方
地の獣によって教え、
空の鳥によって
知恵を授けて下さる方は……

ああ、
夕べに、あしたに、真昼に
わたしが嘆き呻けば、
主は
わたしの声を聞かれます。

どこにいらっしゃるのでしょうか
わたしの造り主なる神

夜、歌を与えて下さる方……

ああ。草子。草子。あなたに一体、何が有ったの？　あなた、痩せてしまったわ。それに、時々どこかが、痛むような顔をしている。あなた、本当に大丈夫なの？　どうしてあなたの妹に、何も言わないままでいるのよ。あなたの神様は、聞いていてくれるのでしょう？　それならどうして、神に尋かないの？　あなたが変わったの？　草子。教えて。教えてよ。

哀切な、陶子の祈りは歌になって、翔んだ。天に在《まし》ます神に。陶子の心に居る方に。そして。今夜は、誰にも増して、弦に。紫苑の心の中に……。紫苑は、陶子の歌声の中に、草子を感じた。草子が、愛していて止まなかった、神への声も。カウンターテノールなのか、ソプラノなのかも、解らない。一人なのか、千人なのかも、分からない。

陶子の歌う声は、夜の海の上を航《い》く、天使達の歌う、歌声のようだった。紫苑を連れて舞い上り、舞い下りてきて、花の海に沈める……。

草子さん。草子さん。こんな美しい祈りをどこで。

紫苑は思っていて、陶子と弦達には気付かなかった。

どこにお隠れになったのですか？　愛する方よ、

わたしを取り残して嘆くにまかせて！
わたしを傷つけておいて、鹿のように
あなたは逃げてしまわれました
叫びながらわたしは
あなたを追って出て行きました。
でも、
あなたはもう、いらっしゃらなかった。

牧場を通って、かなたの丘へと
行く牧者たちよ、もしも運よく
わたしがこよなく愛する
お方に会うならば
どうか、彼に言って下さい。
わたしは恋しさの余りに、病んでいます、
苦しんでいます、死にます、と。

愛するあなた。

ああ。あなたは聞いていて下さる。
わたしの愛を探しながら、わたしは行きます。
あの山々を越え、かの岸辺を通って。
花もつまない。野獣も恐れない。
強い敵も、国境も越えて行きます。

ああ。どうか待っていて下さい、其処で。
ああ。どうか早く会いに来て下さい。此処に。
夜、歌を教えに来て下さる方、
今ではわたしに捜させる、恋しい方よ……

これは、陶子の心の叫びであった。愛するたった一人の妹の草子の様子が、変なのだ。どこがどうとは、言えないのだけれど。徐々に痩せていって不幸せそうになっていく。顔の色も青白くなり、時には辛そうに、足を引き摺って歩いているようにも、見えた。「それは」只、外側に見える事の一例に過ぎないのか？　不調だとか？　それとも、本当に、草子に「何か」が起きているのか？　いないのか？　陶子にはその答えが、一向に分からなかった。

愛して止まない神に聞くと、神は応えてくれる。

彼が刺し貫かれたのは
わたし達の背きのためであり
彼が打ち砕かれたのは
わたし達の咎のためであった
彼の受けた懲らしめによって
わたし達に平和が与えられ
彼の受けた傷によって
わたし達はいやされた

ああ。分かっています。分かっています。わたし達の神よ。でも、今のわたしの心の傷に、答えてはいて下さらない。あなたは、言われているのでしょうか？　自分で答えを探しなさい、と。「そこ」に真実があるのだ、と。

陶子の歌を、つまりは草子への祈りの心を、心で聴いていた紫苑は、いつしか泣いていたのだった。滂沱とした涙が、紫苑の頬を伝わっていて、カルバドスのグラスを持っていた、自分の指に落ちている。それで、紫苑は漸く我に返ったのだった。

涙で洗われてしまった、自分の顔を拭きはしたけれど。紫苑の心は、叫んで、止んでくれなかった。

「わたし、鬼っ子なのよ」と、草子は以前言っていたものだったのだ。年の近い妹弟は居るけれど、二人共わたしとは少しも似ていないんですもの。両親とも似ていないし、祖父母とも似ていない。わたしの様なのをきっと、鬼っ子と言うのでしょうね。春日の家は皆、日本美人か大和撫子や大和男子《おのこ》で、わたしのようなおヘチャはいないの。草子は、そのように言って、自分を笑っていた。

黒瞳勝ちの、大きな二重の瞳。細く、描いたように美しい眉。少しだけ面高で、色が白くて、細い首。紅く、透き通るような唇と、ぽったりとした花びらのような唇の間の白くて美しい歯並び。草子の顔は、日本人形というよりは、映画等で良く見る、西洋の貴婦人の様であった。

でも、此処に!!　紫苑は唇を噛みしめて、初めて見る異色の歌い手であり、美しくエキゾチックな面立ちの歌手の、陶子を見詰めて思った。

でも、此処に。見ず知らずの、赤の他人の筈の、あの歌手がいる！　草子さんと良く似過ぎていて、双児の姉妹か何かのような女《ひと》。衣装を変えれば、誰にも、どちらがどちらか、分からなくなる様な、そんな女《ひと》が……。

けれど草子は、双児の姉妹が居る等とは、ひと言も言っていた事がないのだ。ああ、それでも似ている。余りに、似通い過ぎている……。もし、もしもこの世に「秘密」が有るのだとすれば、草子さん。あなたとあの歌手の相似性だけです。あなたが彼女で、彼女があなたでなければならない。でも……。そんな事を僕は、信じられない。

さすがに紫苑は、水島緑也のように、頭から、草子と陶子を「同一人物である」、等と決めつけてしまう事迄は、出来ないでいたのだが……。会えなくなって何ケ月にもなる草子と、今、自分の目の前で歌っている陶子との区別の付け様が無くて。

心も体も、暗闇の国の河底か何処かに、沈められたようで。息も出来ないのだった。「苦しい」と、紫苑は思って謎の歌手を見詰めた。「草子」が、そんな紫苑を見ていた。歌いながら「草子」が、自分を見ていて尚、祈ってくれている？　草子さん……。紫苑は、永遠の光と闇の国に、行ってしまいそうだった。

なぜこの心を癒やして下さらないのか？
これを傷付けたのは
あなたですのに。
あなたはこれを盗み去られたのに
なぜこのように捨てておかれるのです？
なぜあなたは御自分のものにした

心を持って行かないのでしょうか？

陶子はスポットライトの明かりの中で歌いながら、滂沱とした涙を落としている、見知らない若い男を、見詰めていた。見た事もないのに、どこか懐かしく、心が切られるように痛いのは、どうしてなのだろう？　彼の、涙の所為なのか。それとも。自分を見詰めて、無言で愛を降らせてくる、恋心なのか、哀切さの所為なのかも、良く分からなかった。分かったのは只一つだけ……。その見知らぬ若い男は、多分、間違いなく、妹の草子を知っているのだろう、という事だけでしか、なかったのである。けど……。草子には、男など居なかった筈だった。夫の緑也以外の男など、草子には居なかった筈なのに……。陶子は歌った。

どうしてなのですか？　わたしの神よ。ぶどう樹よ。十字架のあなたの苦しみの陰から、あなたは、あの若くて誠実そうな男の人を連れて、この店に、わたしの近くに、やって来させました。彼は、誰ですか？　そして彼は、草子の何なのでしょうか？　あの男の人の誠実さが、草子を傷付けているのですか？　それとも彼が、緑也の心に火をつけているの？　草子を苦しめるために、灼印《やきいん》を押して。いいえ。そうは見えません。神よ。あの男《ひと》は、今此処でしているように、草子のために、泣いてくれているだけなのでしょう。ああ、ならばわたしはどうして、今迄彼を知らなかったのですか？　あなたはどうして、神よ。

草子の傍にいたのかも知れないあの男を、わたしから隠していられたのですか？　今になってわたしに彼を見せて下さるのは何故？　何故？

福田野々花と弦も、紫苑の涙を見ていたのだった。二人は思う。あの男の、陶子への眼差しと涙は一体、どれ位危険なのか、と。「バラの花」男程なのか、それ以上なのか？　涙は、美しい。けれど。厄介で、危険なのだ。特に、あのように若い男が、陶子を見詰めて流す涙は……。

先に動いたのは、野々花だった。

「あら。グラスの氷が溶けてしまって、味が薄くなってしまっているようですわね。どうしましょうか、お客様。新しい物を作らせますか。それとも、他の何かに変えましょうかしら？」

小さく囁く野々花に驚いた紫苑は、慌てて答えていた。小さな声で……。

「では、同じ物でお願いします。すみません。僕、こういう店は入った事が無くて。決まりも何も知らないんです。でも……もしできるなら、今歌っている女性《ひと》の名前を、教えて頂く訳には、いかないでしょうか？」

「人の名前を訊くのなら、まず、御自分の名前を、仰って頂きませんとね。酒場の歌手でも、それなりに、決まりがあるという事なんですよ」

その頃には、弦も傍に来ていたのだった。紫苑は少し赤くなり、名刺を出した。

「すみません。僕はこういう者です。水島建設に勤めている、青山紫苑と申しますけど」

ああ、それでなのか。弦と野々花は、納得をした。緑也の会社の社員が、どうしてこの「ノワール」に入って来たりしたのかは、分からなかったけれど。彼が、喰い入るようにして陶子を見ていた理由は、分かった。多分、この青山という青年は、社長夫人である「草子」を知っていて、緑也の様に、不審に思ったのに違いない。

だが。けど。と、弦と野々花は、同時に思ってしまっていた。それなら、あの涙は一体何なのだ？　自分が泣いている事にも気が付かないでいたらしい、純な、多分恋心の涙は、どこからどうして、降って来たのか？　幾ら見間違えていた、とは言っても、草子はれっきとした人妻で、しかも、青山の勤めている会社の、社長夫人なんだぞ。うん？　そうか。分かった。緑也の奴め。こんな若造に焼いていたとでも、いうのかねえ。馬鹿な奴だ。見てみろよ。このサンピンの小心振りをさ。阿呆緑也。奴さん、ウチの陶子君の歌にさえ、メロメロでいるんだ。お前さんの奥方に、告白なんかできやしないさ。マ、無害で、気の良い男らしいが。

「すみませんが、あの女《ひと》は何という方なのですか」

「瀬川君と言うんです。瀬川陶子君といいましてね。ウチの看板歌手なので、ヨロシク」

「陶子さん。陶子さんと言うんですか？　凄いですね。恐い様な歌心を、持っている人だ。僕は、歌など分かりもしないのに、泣いてしまっていたんですよ。理由なんて、ないのに。きっと、優しくて激しくて、そのくせ、心の淋しい人なのでしょう」

オットト。と、弦は思って、即座に紫苑への、侮蔑的な態度を、改めるしかなかったのだった。

紫苑と名乗った男の見方は、陶子の核心を突いていたからだった。普通見せない、女心の核心を突いていて、それで「泣いていた」と言うなんて。油断がならない、と弦は身構えたが、紫苑の方では又しても、陶子の歌に聴き入ってしまっている様だった。

紫苑は、思っていた。

陶子さん。あなたは、知っているのですか？　あなたに良く似た、もう一人のあなたがいる事を……と、涙にくれて。

ショーが終ってから、弦と野々花の二人から、あの、涙に濡れていた男《ひと》の素性を知らされた陶子は、紫苑が最後迄、店に残ってくれていたら良かったのに、と切実に思った。紫苑の名刺が、せめて欲しいとも思ったけれど。口には出せない。弦と野々花に、それでは「秘密」が洩れていってしまいそうだったから……。陶子が青山紫苑の名刺を欲しがる理由は、今ではもうどこにもないのだった。

陶子の歌を聴いて、泣いてくれていた、紫苑という青年とあの時、直接話せていなければ。そして、尋ねていなければ……。その、わたしに似ているという女の方は、近頃お元気なのでしょうか？　いつもと変わりなく、過ごしていられるようですか？　社長夫人ともなれば、神経を使う事が有ったりして、大変ですものねえ、とか何とかと。何でも良い。草子に関する事ならば。積もる雪のようにして、草子を知っている人達から、直に聞きたい。その中に、必ず有る筈なのだから。そう。草子がやつれてしまった理由や、とても、どこかが辛そうにしているように見える理由が。きっと、秘かに入っているか、隠れている筈なのだった。陶子は、青山紫苑と話せなくて、残念だった。

　紫苑は、翌朝目覚めてみると、枕元に百合絵がしんなりと、足をくずして坐っていたので、驚いて飛び起きてしまった。

「ユ……百合絵さん。一体どこからこの部屋に？」

「馬鹿な人ね。ドアからに決まっているじゃないの。フィアンセだと言ったら、管理人だか何だかのオバアチャマが、すぐに開けて入れてくれたのよ。有り難かったけど、不用心よねえ。人の話を、疑いもしないんですものね」

「疑われない様に、何か渡しでもしたんじゃないのですか」

　紫苑が、咎めるようにして訊くと、百合絵は笑った。

「バレちゃった？　そこ迄は気が回らない、と思っていたのに。大体ねえ、紫苑さん。

ワイロを使わせる、あなたが悪いのよ、石頭。いつも部屋の中には入れてくれないで、お休みなさい、とか、はいサヨウナラ、なんですもの。でも。こうして入ってみて分かったわ。色気も何も無いし、隠し事もないなんて。何て詰まらない、部屋なんでしょうねェ」

まあネ。意外な事も有ったわよ。あなたがクソ真面目な理由が、クリスチャンだっていう事だとか、寝酒を飲んで寝て、朝寝もついでにする人だとか、と色々とね。秘密は言えない程ケチな秘密だけど、人間臭くて良いのよね。もっとゴチャゴチャと有るのか、と思っていたのに。一安心よ。女もいないらしいし、女の写真も、女からの手紙やプレゼントの類いも、見つからなかった。借金も無かったし、男としては上等かな……。

紫苑は、来るべき日が来た、としか思わなかった。

こんな風に百合絵が勝手に、他人である自分の部屋に出入りするのであれば……。自分は近々に、アパートを引き払って、他のどこかに移り住むだけだ。それは、百合絵が強引に、紫苑の部屋を確認するために「送る」と言った時から、薄々覚悟をしていた事だった。紫苑は、思う。草子さんへの想いを、書き綴ったりせずにいて良かった。似顔である面影絵も、描いたりしないで、全てを、自分の胸の内に収っておいて、本当に良かったと……。そして思う。一日も早く、此処を引き払い、百合絵との距離を置ける所に行こう。そして勿論其処は、草子とあの、「ノワール」という店の近くが良い。そのためには、社長から預けられっ放しの形で、今自分のアパートに停めている高級車も、やはり即刻にでも、社長の家の車庫に、返すべきだと考える。上手く行けば……もし、上手く行けばだが、その時、草子にも会える筈……。

「何か食べに行きましょうよォ、ペンペン草さん」

「嫌、僕が適当に何か作りますよ」

紫苑は抵抗したが、結局のところ、百合絵に連れ出される事になってしまった。昨夜の、カルバドスという酒は相当に強い物だったらしいのだ。紫苑はクラクラする頭の中でも、草子と陶子の類似性を想い、二人と百合絵の、違いを思った。

紫苑は草子の好きな、歌の一節を想う。

どうかわたしのいらだちを
消して下さい。
ああ　どうかわたしの目は
あなたを見られますように。
あなたこそ、その光なのですから。
神よ。
わたしはあなたのためにだけ
わたしの目を取っておきたい。

あなたの現存《すがた》をわたしにあらわして下さい
あなたの美しさを見て、
わたしは息絶えますように。
あなたは知っていられます。
愛の病気は愛の現存《すがた》と
その顔を見るほかに
いやす術のないことを……

紫苑も又、愛の病気に罹っていたのだ。自分では知らなかったが。神の創造した、一人の女性の生きる姿に惹かれて、病を得ていた。「草子さん」だけを見ていたい。

青山紫苑は、まず百合絵に、その日の朝食を摂らされている時に、

「今のアパートは、もうすぐ契約期間が切れてしまうので、近々何処かに引っ越しますから」

と念を押す積りで、言っておいた。けれど、それも又、紫苑にとっては、計算外の、面倒事の、種になってしまったようだった。

「あのアパートを引き払うのなら、丁度良いわ。苔庭さん。ウチの庭に、誰も使ってい

ない離れが有るのよ。たまに来る来客用なんだけど、無用の長物も良い所なの。経費は掛かるし、手間も掛かって。仕様がないったら、なかったんだけど。ねえ、あんた。ウチに来なさいな。まだ結婚式は挙げていないけれど、どうせ結婚するんだし。あたしはそんなの、気にしないから。両親だって、気にしない」

「僕は気にしますよ、百合絵さん。第一、御両親が反対されるでしょうし、僕も嫌です。結婚式どころか、僕達はまだ結納も交わしていないんだし。只、見合いをしたというだけで、そんな事はできはしません」

「見合いしただけじゃなくて、こうしてお付き合いをしているじゃないの。結納？　何て古臭くてカビの生えた頭をしているの？　ヤダわ、本当にもう。このコチコチ頭の唐変木ってば。ウチの両親なら、あたしの良いようにさせてくれるから、心配しないの。良い？　逃げないでよ」

平安時代じゃあるまいし。妻問婚《つまどいこん》なんて、通用しないわ。ウチに住んで。別に婿だろうと何だろうと、構わないじゃないの。それが嫌なら、姓も変えなくて良いわよ。初めの内はね、それでも良い。女と男になるなんて、簡単なのに。変に理屈を言ったり、煩く順序を言わないでよね。頭が、クラクラしちゃうから。何なら今からもう一度、あのアパートに戻って、する事だけでもしちゃいましょうか？　あたしはそれで構わない。

「結納をしていないという事は、結婚する方向に話が進んでいない、という事なんですよ。困りましたね。普段の百合絵さんは、もう少し物分かりが良かったし、普通のお嬢さんなら、そこ迄口にしませんよ。僕は困ります。きちんと順序を踏まないと、先へ行けない」

「なら、その順序とやらを、踏んでくれれば良いじゃないのよ。あたしはいつでもオーケーなのに、出遅れて、モタモタしているのは、そっちの方でしょう？　それとも。コチコチ頭の振りをして、あんたの会社の女の子と、二股かけているっていうのが、本当だったの？　呆れて口も利けなかったのよ。やたらと気の強い女が、あんたに『張り付いている』って、聞いた時だってね。ペンペン草の振りなんかしていても、駄目よ。あたし、さっき見たもの。あんたの部屋には、女っ気のオの字も無かったじゃない。なのに、どうして断ったりできるのよ。あたしが苔庭で良いと言うのに、理由《わけ》分からない……」

朝食の席で諍う事程、気分の悪いものは他に余り無かった。紫苑は言ってしまいたかった。

それはそうでしょうね。百合絵さんが、何の理由も無く僕を好きだと言うように、僕も何の理由も無く、百合絵さんよりも好きな女性が居るんです。百合絵さんが、こんな僕で良いと思ってくれるのに、僕は嫌なんですから……。僕自身にだって、理由が分かる筈もない。でも、百合絵さん。あなたが思った事が必ず叶う程、世の中は、甘くないんです。特に……多分、男女の情の理《ことわり》は……。思うように、いかない。その辛さも苦さも、噛みしめてこその、愛でしょう。
紫苑の心は、切られるように痛かった。自分自身と百合絵の心を想って。百合絵とは、終ろう。

おお水晶のような泉よ
あなたはその銀《しろがね》の水面に
熱く求めているあの人の目を
わたしが胸のうちに、
おぼろ気に描いて抱く
愛しいあの瞳を
にわかに、あらわしてくれるなら!!

百合絵には、済まなかった。幾ら社長の水島緑也に「草子が泣き付かれて、困っている。一度で良いから相手方（川中夫人と草子が顔見知りで、娘の百合絵の嫁ぎ先を探している、ような事を言ってきていたらしかった）に会ってくれ」等と嘘八百を並べられて、丸め込まれたのだとしても。百合絵が、此処迄執着すると解っていたのだったなら、紫苑は絶対にあの日、「ただ一度だけの」見合いの真似事の席とやらに、顔を出してはいけなかったのだ。自分の所為で、百合絵を振り回してしまう事になった。自分自身も……。一度だけ会って食事をするという事が、百合絵を深く傷付けるとは、あの時、紫苑は考えなかった。頭が良くてさっぱりとしていた百合絵とは、ほんの少しだけ食事等をし、後は潔く謝ってしまえば終れる、と勘違いしたために……。男と女の間には、深くて大きな溝が有ったという事を、今回の件で紫苑は、嫌という程学んでいた。

「さようなら」を言う事だけでしか、償えない傷を、百合絵に抱かせたのなら、何度でも謝って、許して貰いたかった。紫苑は繰り返す。百合絵とは、終ろう。だが百合絵は紫苑の心を読んでいたようだった。捨てるのなら良いけど、捨てられるのなんて、真っ平御免よ。どんなに好きな奴だって、あんなペンペン草にだって、「さようなら」なんて、言わせたりはしない。「さようなら」と言えば、全てチャラになるの？　バカ紫苑。良い？あたしはそんな女じゃないの。そんなゴミのような別れ方は、絶対にしないから。覚えていると良いわ。いつか、きっと、仕返しをしてあげる。あんたの方から「悪かった。縒りを戻して下さい」、と言わせてみせる。女の意地は、恐いのよ。

枯れたペンペン草。唐変木。まずは、あたしのパパに言い付けてやる。それから、あの水島緑也という社長にもね。ン？　そうではないか。あの家では、奥さんの方が普通で、気も廻っていたみたいだから、言い付けるとしたら、彼女の方が良いのかも知れない。確か、草子という人だった。社長から叱られるよりも、彼女から小言を言ってとっちめて貰う方が、きっとバカ男には堪える筈だと思うからね。分かっているの？　バカ帚木。もしも、もしもよ。あんたがひと言でもあたしと「付き合うのを止める」なんて言ったとしたら、それは悲劇の始まりよ。口では言えない程、酷い目にあわせてあげるから、その積りでいなさいよね。分かった？　アンポンタン。

その日の朝食は、その様にして進み、終った。しかし紫苑は、百合絵に「酷くやっつけられ」たりしないで、済む事になったのだった。

それは、皮肉であり、簡単な事でもあった。

紫苑の決定的な「終り」を感じた百合絵が、まず紫苑よりも先に「さようなら」を言ってくれたから……。百合絵は、探した。紫苑よりも見栄えが良く、頭も良くてジョークも言え、お世辞も言えて、上昇志向が高く、百合絵を拒んだりしない、一松建設の浦島勇輝という、花の独身男性を……。そして思った。「ざまあ御覧遊ばせだわよ、バカ紫苑。あたしは、あたしを好きだと言ってくれる、こっちの勇輝君の方に乗り換える事に、もう決めちゃったからね。後でゴチャゴチャ言ったりしないでよ。財産目当て？　バカなのね、本当に。今時財産目当てでない男の方が、信用ならない。例えば、あんたが良い例よ……」

紫苑はその後、百合絵に振られる事を、きっと、神の恩寵か憐れみだと思って、感謝をする事になるだろう。でも、それはまだ今ではなかった。もう少し先の、ごく近い時になる筈のその日に、紫苑は百合絵の心に与えてしまった筈の傷についても、祈って、神に感謝するだろう。申し訳ありませんでした、と。

瀬川陶子の歌う、哀切な心の歌を聴いて、不覚にも紫苑が泣いてしまった翌朝、陶子は草子の家の近くに立っていた。そうしてさえいれば、運良く草子がゴミ出しか、買物のために家から出て来てくれそうな、そんな期待をして。

オートロックは通れないので、その外に。草子の居る水島家のマンションの玄関は、運良く開いてくれる事はなく、今では内側からの光が失われて、輝きを失くした草子の姿さえも、見られない。

急に、窶《やつ》れてしまうだなんて……。そんな事が、あなたの身に起きているとは、信じたくない。ねえ、お願いよ、草子。草子。たったひと目で良いから、元気な顔を見せて。わたしは、それで満足するから。わたしはそれで、喜んで帰れる。草子。ねえ、出て来て頂戴。そして、笑んでよ。天を見上げて。

だが、マンションは、無人の様に静まり返っていた。陶子は立ち去りかねて、心の中の神に祈る。

どこにお隠れになったのですか?
わたしの願いを知っているのに、あなたはどこに。

どこにお隠れになったのですか？
愛する方よ、
わたしを取り残して、嘆くにまかせて！
わたしを傷付けておいて、
鹿のように、
あなたは逃げてしまわれました。
叫びながらわたしは
あなたを追って出て行きました。
でも。あなたはもう、いらっしゃらなかった。

神よ、あなたは天にいまし、わたしは地上にいます。でも。あなたは、このわたしの傍にもいて下さる筈。何事にも時があり、天の下の出来事には全て、定められた時があるのは、知っております。ですから。尚のこと、心に傷が付いて行く。

神よ、草子に何があったのですか？　それとも、わたしの只の思い込みでしょうか？　教えて下さい。わたしは此処にいて、聞いていますから。

だが。陶子の耳に、心に応えてくれる、いつも優しい神の、微かな声は、今は、何一つ答えてくれないままだった。只、冬の終りの、厳しくて切れるような空気と風の中、遠い天上から歌う、天使達の歌の様な歌があるばかりなのだ。その歌は、歌っていた。

たった二、三ヶ月でそれ程に
病み窶《やつ》れてしまうような哀しみは、
天にも地にも一つしかない
それは、神を見失うこと
神を見失うか迷子になるかして、
彼を、愛する神を探し求めるという事
教えてあげて
「彼」はそこにいると……
病み疲れた人の傍にいる、
神御自身も彼女を探しているのだと……。

陶子はその、風か、天使達の歌う声が、草子の今を現しているのだ、と分かった。それで説明が付くのだ。草子の哀しみの……。

牧場を通って、かなたの丘へと

行く牧者たちよ、もしも運よく
わたしがこよなく愛する
お方に会うならば
どうか、彼に言って下さい
わたしは恋しさの余りに、病んでいます、
苦しんでいます、死にます、と。

草子の苦痛と迷いか、病気が、何であるのかを、陶子はまだ知っていなかった。只、漠然とした予兆を知って、草子のために祈るしか他に、なかったのだけれど。

もしも陶子が、草子が今置かれている、苦境というのか、苦痛というのか、その事をはっきりと分かっていたのなら、草子に言った筈だった。

「逃げるのよ。逃げなさい。其処にいてはいけない」と……。草子の苦痛は、草子を襲い。やがては、草子自身と緑也を、潰してしまう筈だった。

どんなに不可思議な事であっても、人の目には不条理で、理不尽な事であっても、神は時として、人間の上に、これを許したり、課したりする事があるのだ、という事を、陶子も草子も、知ってはいたが、避けられない。

それは、紫苑にとっても、同じことだった。

紫苑はその日、昨夜のカルバドスという酒のせいか、何か他の理由かによって、体調が酷く悪くなり、百合絵と別れた後で、社長の水島緑也に電話を入れていた。

そして、欠勤の許しを貰っていたのだった。だが、紫苑の目的はもう一つ、別に有った。

「社長。実はアパートの契約がじきに切れますので。他に、アパートを借りようと思っています。それでですね。社長の車を、御自宅の車庫に入れておいてはいけないでしょうか？　もうずっと、僕が預かりっ放しでいるので、気になっていたんです。良かったら、キーは奥さんにお返ししておきますので。いけませんか？」

「いけなくはないが」

と緑也は口籠った。

「具合いが悪いと言うのなら、車なんか後で良い」

「いえ。都合の良い事に、病院は御宅の近くの、松原内科外科総合病院なんですよ。それで、行きは社長の車で行って、帰りはタクシーにしよう、と思っているんですけど。それで良いでしょうか？　僕もこの頃は、滅多にそちらには行かないし、行く用事もなかったので、丁度良いかと……」

「それなら、そうしておいてくれ」と緑也は言った。

「只、車のキーをわざわざ草子に渡す必要は無い。ポストにでも放り込んでおいてくれれば、それで良い」とも。

「分かりました。それではそうさせて頂きます」

そのように答えながら、紫苑は微かな違和感を覚えていた。

ポストに、大切な車のキーを入れておけだって？　と。キーを受け取る位は、草子にとっては何でもない事の筈だったし、自分も草子に会えるのだ。紫苑は、やっとの事で考え付いた「車のキー返還作戦」を、簡単に止めたりする積りは、まるきり無かった。草子に、会いたい。会いたい。只、ひと目だけでも良いから、草子の姿を見たい、とひたすら思う。

紫苑の病は、急性の喉頭炎だった。注射をして貰い、薬を飲むと気分が随分良くなって、頭にかかっていたモヤや、喉の痛みや熱っぽさも、嘘のように軽くなっていたのだった。これなら、草子にも染《うつ》したりしないで済むだろう、と紫苑は考えて、気が楽になった。愛する草子に、染《うつ》したりしてしまう様ではいけないから、と心配していたので。その心配が無くなって、ホッとしたのだ。

午前十一時過ぎ頃、紫苑は水島の車を水島家の車庫に乗り入れていた。

そして。その同じ午前十一時過ぎには、水島家の車庫に入れられるセダンの高級車を、瀬川陶子も見ていたのだった。陶子は高層階と駐車場の間を、草子の家の周辺を、当ても無いのにさ迷っていたのだ。積もる思いに応える様に、チャンスがやって来た。陶子はその事を、深く神に感謝して、次には泣き出しそうになる事に、なった。昨夜、陶子の歌を聴いて、泣き続けていた青年が、車から降り立ってオートロックを入り、水島家のドアの横の、チャイムを押したのだ。低く抑えた声で二、三言遣り取りが有って、草子が姿を現したのだけれど……。

ああ、その草子の姿と言ったら!! 紫苑も驚いたらしく、咄嗟には言葉が出ないようだった。

「あの……ど……どうかしたのですか？ 草子さん。そんなに頰が腫れて、赤くなってしまっていて。熱でも有るんですか？ 只の風邪というより、その……お多福風邪か何かのように見えますけど。病院にはいらしたのですか？ まだでしたら、僕が付き添いますから。あの、近くの病院へ……」

草子は、病人らしくなかった。むしろ自分の病を恥じてでもいるようで、哀し気にさえ見えた。少なくとも、陶子の目にはそう映った。草子は、病気ではない。逆よ。逆よ……。果たして草子は紫苑の申し出に、困ったように、微笑んで見せようとしていた。赤く腫れ上った両の頰が、とても痛々しく見える。だが。紫苑は、草子の笑顔を見て安心してしまったようだった。

「本当に、もう何でもないの。嫌ね。こんな年になって、お多福風邪だなんて。恥ずかしいわ。紫苑さんに染《う》すといけないから、ウチにも上って貰えなくて。ごめんなさいね。

車のキーを頂いておけば良いの？」

「いえ。あの。僕も実は病院帰りなんですよ。だからどうぞ御心配なく。普段は丈夫なのに、鬼の霍乱《かくらん》みたいに、喉だけ変になってしまって。それよりも……。あの、僕よりも草子さんの方が、余程具合いが悪そうに見えます。僕、長居はしたりしませんから。コーヒーかお茶位は、奥さん……草子さんのために、淹れて行ってはいけないですかね？　ほんの少しだけでもお邪魔をして、いつもの御恩返しがしたいんです」

陶子は後ろ姿で、草子と紫苑の遣り取りを聞いていた。時折そっと振り返る事はあっても、すぐに向きを変えてしまうので、他人の目からは、近所の家に用事で来たか、マンションのコーナーの花木蓮の蕾か、椿の花でも見ているとしか、見えない筈だった。陶子も、そう望んで止まなかったし。紫苑の、掻き口説くような声音の中に、陶子はやはり涙の訴えを聴き分けていた。

この若い男の人は、本当に草子が心配なんだわ、と陶子が思ったのと、草子の声が泣いているかの様に震えて、

「それでは、少しだけ……。温かいコーヒーでも飲んで行って下さいな」

と言うのが聞こえてきたのは、同時であった。

「草子が泣いている」、とすぐに陶子には分かったし、多分青山紫苑にも、分かった筈だった。どうしたの？　草子。陶子は思った。あなた、何が悲しいの？　御主人の緑也と

いう男《ひと》には言えない事なのね。でも。その事を、必死に隠しているけれど、紫苑さんには、分かっても良いと思っている……。草子。彼は優しくて誠実な人みたい。とても繊細で、善良な所のある人みたいだけど……。夫には言えない事を、彼には言えるの？　いいえ。悟られても良いの？　気を付けて。草子。あなたの夫の、緑也という人。あの人は、常軌を逸している所があるのよ。だから、気を付けて。あの男《ひと》は、恐ろしい所があった。わたしは「それ」を、見ているの。目の前でね。嫌だ……。もしかしたら、草子。その赤い両頰の腫れは、あの、緑也という奴の、仕業か何かじゃないのでしょうね。あいつなら、遣りかねない気がしてきてしまった。でも！　まさか。まさか……。幾ら、頭も心も、腐っているように変だった、とはいっても……。自分の奥さんに、暴力を振るったりはしないわよね？　そこ迄腐ってはいないわよね、草子。でも……。それならどうしてあなた、急に家から出なくなってしまったりしたの？　月に一度の、妹とのショッピングや食事会も、止めてしまって。友人達とのお喋りも、しなくなったし。何よりも、教会にさえ、行かなくなってしまったじゃないの。良い年をした女が、急に家の中に引き籠もってしまう、なんていう事が、あるのかしら？　わたしには、無いとしか思えない。草子。わたしの大切な妹。本当は、何があったの？　泣いているかのように震えていた声は、紫苑さんの優しさに、触れたからでしょう？　異うの？　異うなら良い。それでもわたしは、あなたの泣いている声を聴いた、と思う。心が。体が泣いていた。

そう思えてくるのは、どうして？　天使達が、わたしの天使達が歌っているのよ、草子。

心の貧しい人達は幸いです
神の国は、あなた方のものだから
今、飢え渇いている人達は、幸いです
あなた方は、満たされる
今泣いている人達は、幸いです
あなた方は、慰められるようになる……

あなた方は、慰められるようになる。陶子の心は、涙で一杯になってしまったので。急いで其処から、離れて行った。はっきりとは、言えない。けれど。草子の変わり様は、とても普通の種類のものではなかった。それなのに、紫苑に心配を懸けまいとして、微笑んでみせていた、妹。
ねえ、草子。大丈夫よ。大丈夫。あなたには、天使達とマリア様と、わたし達の恋している「あの方」がいてくれるのだから。わたしも、居るわ。いざという時には、あなたのために名乗って出る積り。いつでも、あなたの味方でいるから。もしも、暴力を振るわれたりしているのなら……。わたしはあの、緑也という男を許したりしない。ねえ、草子。あなたには味方がいるのよ。でもそれは、きっと最後の手段になるでしょう。DVを受けているのなら、あの紫苑さんにでも良いから、そう言って。耐えなくて良いの。負けて良いのよ、草子。激しく騒めく陶子の胸の内には、神が教えてくれた、予感があった。草子はきっと、何があっても耐えようとする事だろう、と思う予感が……。

水島家のリビングに入った紫苑は、すぐに異変を感じ取っていた。きれい好きで、木の床を隅々迄磨き上げていた草子なのに、リビングとダイニングの床が、大分埃っぽい。ソファの上のファブリックの置き方も変だったし、全体に家の中が、くすんででも、いるようなのだ。

それに。何と言っても、草子の歩き方が変だった。左足を、少し引き摺るようにして、痛みから庇うようにして、歩いている。それは、草子の歩き方では無かった。思い遣り深くて、心根の優しい草子。笑顔を忘れないように、努めていた草子。家の内外を、出来る限りきれいに整えて、染み一つ残しておかないでいた草子。まるで、その心の中のように、生き生きと、控え目ではあったが、輝いていた草子。生気と喜びに溢れていた草子が、今はもうどこにも見えない。痛々しく足を引き摺って、それでもしっかりと立とうとし、笑んで、毅然と振る舞おうとしている、草子。痛々しい、草子……。

「あの……」

紫苑は言葉を失ってしまっていた。今、自分の目の前にいる女《ひと》が、あれ程に会いたかった、はんなりとしていて優しい、草子なのだろうか？　どうすれば、こんなにも変われるのか？　何があれば？

「アラ。嫌だわ。わたしったら、お客様を立たせっ放しにしたままでいて。席って頂戴、紫苑さん。今、美味しいコーヒーを淹れますから。運ぶのは、手伝ってね。二週間も前に打つけた足の怪我が、まだ良く治っていないみたいなの」

紫苑はいつも、草子が十字架と二体の天使像を飾っていた辺りを、ぼんやり見ていた。あの、愛らしかった二体の、天使像が、なかった。「テレサ」と「ローザ」と名づけられていた、小さく愛らしい天使の像が二体共、無い。

その代りに、其処には小さな聖書が有った。頁は開かれていて、たった今紫苑が訪ねて来る迄、読まれていたようにも見えた。

心の貧しい人達は幸いです
神の国は、あなた方のものだから

今、飢え渇いている人達は、幸いです

あなた方は、満たされる
今泣いている人達は、幸いです
あなた方は、慰められるようになる

人々に憎まれる時、
また人の子のために追い出されののしられ、
汚名を着せられる時、
あなた方は幸いです
その日は喜び踊りなさい
天の国には大きな報いがある
この人々の祖先も、
預言者も、同じ事をされたのです

紫苑には、後ろの方の言葉は良く分からなかったが、前の方の言葉なら、知っていた。〈心の貧しい人（頼るべき方は、神しか持っていない人）達は幸いです……。それは、哀しい言葉であった。それでいて、凛としていて、孤高でもあった。

徳孤ならず必ず隣あり

紫苑は、心の中で歌う。そして、見てはいけない物を見てしまったかのように、尚悲しくなった。

狐火よ鹿火よと山家がたりかな
狐火を残して祖谷《いや》の灯も消えぬ

草子の心の中に、儚い狐火が、潜んでいようとは……。草子の中の、消せない狐火……。一体、それは何だろうか？　ついこの間迄元気だった人が、心も体も引き裂かれているなんて。愛する人が、神にしか頼る人が無い程孤独で、無惨な状況でいる？　でも、その原因が、自分には少しも分からない……。違う。紫苑。分かっているだろう？　草子さんの家は荒れすさんでいて、草子さんは足を引き摺っている。彼女は、怪我をしているのだ。でも。それは、いつ、どこで、どうやって？　自分には知らせたくないその怪我の詳細を、どうして彼女は負ったりしたのだろうか？　もしかして「転んだ」なんて言う積りじゃないでしょうね、草子さん。先刻のように。只「打つけた」のなら、とっくの昔に治っているでしょうから。それでは？　それでは、その怪我は？

そこ迄考えてきて、紫苑は自分を嗤ってしまった。それこそ、何の根拠も無い。それでも、訊ねた。

「草子さんあの……その足は？」

「あら、これ？」

草子は物静かに笑って言ったものだった。

「二週間位前に、転んでしまって。大した事は無いと思ったからそのままにしていたの。そうしたら、何となくまだ痛むのよ。馬鹿みたいでしょ」

「いいえ。そんな。足の骨に罅《ひび》でも入っていたら大変ですよ。転倒と言っても、馬鹿にできません。整形外科に行って、調べて貰いましょうよ」

「嫌だわ。紫苑さん迄、ウチの人と同じ事を言うのね。骨なら大丈夫。わたし、神経も雑に作られているらしいの。余り痛くないのよ」

紫苑は草子の言葉に、騙されてしまっていた。少なくとも水島緑也は、草子の心配をしてくれているらしかったから。だから、気付かなかった。

久しぶりに、人の優しさに触れた草子の、心が震えて。今にも涙を、落としそうになっていた事に……。草子は、急いでキッチンを向いて言った。

「コーヒーは美味しく入った筈だけど。格好の良いウエイターさんがいませんの。紫苑さん、良かったらテーブルに運んで下さる？」

喜んで、と心から喜んで紫苑は答えたのだった。

でも。その前にもう一度見てしまった。

カウンターの上に有った、聖書の言葉を……。

心の貧しい人達は幸いです
神の国は、あなた方のものだから

今、飢え渇いている人達は、幸いです
あなた方は、満たされる

今泣いている人達は、幸いです
あなた方は、慰められるようになる

紫苑の心が、チクリと痛んだ。どうして？　どうして彼女は、この頁の言葉を読んでいたのだろうか？　と思って。が、それ以上草子の心に深入りする事を、紫苑は自分に許されない事だ、と思った。草子は、愛おしい。けれど。人の、妻なのだ。

もしもその時、紫苑がその様な世間一般の、常識の垣根を外して、あるいは垣根草の一枝にでもなって、草子の心に深く寄り添ってあげさえしたならば……。草子は涙で、物も言えなくなってしまった事だろう。肩を震わせて、泣き崩れてしまっていたのでは、ないのだろうか？　降り積んだ悲しみの重さに、打ちのめされてしまっていた心の幾らかを紫苑に預けて、只、泣く事ができただろうのに。紫苑の遠慮は、草子の心を立て直し、草子の遠慮は、紫苑の心を遠い所へ退けてしまった。この世の中に、勘違いは良くある。けれど、取り返せるものとそうでないものの異いを、紫苑も草子も知っていた筈だった。けど。二人の芝居は、勘違いの形のまま、終ってしまった。

良かった。泣かなくて。神様、ありがとうございます。突然泣き出されたりしたら、紫苑さんはきっと、困っていたでしょうから。

紫苑も思っていたのだった。

良かった。変な事を口走らなくて。僕の目には草子さんの怪我が、社長のＤＶに依る物だとしか、映らなかったから。草子さん。僕は、あなたが好きなのです。あなたの佇まい。あなたの生き方。多分、全部が好きなのです。だから。変な勘違いをしてしまう所だった。あなたが愛されているのなら、僕はそれで良い。僕はそれで、満足なのです。心の美しい、紅雪のような二人。

紫苑は、気付けなかったのだった。草子の笑顔に騙されて。荒れてすさんだ、家の中。可笑しな具合いに置かれていた、ファブリック。割られて、失くなってしまっていた天使像。左足を庇って、足を引き摺っていた、痛々しい女《ひと》。

それだけの「証拠」が在ったのに、紫苑は草子の、物静かな、いつもの口調と笑顔に、騙されてしまった。それは「騙されていたい」という願いの、裏返しなのではなかったのだろうか？　そうかも知れない。

紫苑は後々迄、「その時」の事を悔いたが、分からなかった。草子に「幸せでいて欲しい」と願った事が、逆に草子の孤独を燃やしていたなんて……。それにしても、何と上手に草子は、周りを騙していたのだろうか？　紫苑は、泣きたかった。

水島家の近くに在った児童公園で、陶子は紫苑を待っていた。もし「彼」の様子が変だったのなら、身分を明かして、草子の現況を訊いてみても良い、と迄思い詰めていたのだが、紫苑は笑顔で出て来て、帰って行った。

降りなずむ雪のような、陶子と紫苑と、草子の思い。

陶子は良く気を付けて見ていたのだけれど。草子の姿は見えなかったが、青山紫苑に、特に変わった様子は見られなかった。昨夜、あのショーの間中見せていた涙は、今はもう見られなかったし、むしろ安堵の顔色をしている。陶子は、それで、安心してしまったのだった。草子に変事が有ったのだとしても、「それ」は特別な、怖ろしい事ではないのだろう、と……。何故なら、あの若い男は草子の会社の社員で、水島緑也の部下であったらしかったのだから。水島建設の社員だというのなら、草子の日常も良く知っている筈であった。陶子は、安心し過ぎたのだ。心が張り詰めていた分、油断をしてしまった。陶子は、思い出すべきだった。「バラの花束ナイフ男」の、あの件を……。けれど。陶子はすっかり疲れてしまっていて、心身共にバラバラになる様な状態だったので、紫苑の安堵した顔と姿を見ただけで、自分も安心してしまった。

こうして草子は、皆を騙した。

家の中では、たった一人になった草子が、椅子にへたり込んでいて、テーブルに突っ伏して泣きじゃくりそうになり、辛うじて涙を堪えていたというのに。キッチンの洗い桶には、紫苑が運んでくれたカップとソーサー類が浸けられていたが、それは草子が望んだ事だった。これ以上、二人でいられない。紫苑との、何気のない当たり前の会話。思い遣り深い紫苑の、たった一つの言葉。その眼差し。草子は自分が、内部から崩れていくのを感じた。これ以上紫苑と一緒に居ると、嗚咽を漏らしてしまいそうになったので……。

「洗ってから帰ります」と言う紫苑に、無理に帰って貰ったのである。危なかった。危なかったわ、草子。でも、良く我慢したわね。誉めてあげる。

心の貧しい人達は幸いです
神の国は、あなた方のものだから

ああ。神様。良く耐えさせて下さいました。感謝します。

草子の祈りは、自分の事よりも自分の愛する者達の上に、神の憐れみを願っていた。

水島緑也はバー「美奈」のママ、奈保の部屋に泊まっていたが、退屈だった。何かが足りない。それが何かを、緑也は知っていた。柔らかい、細い草子の体を、蹴る快感。涙を堪えている草子が、堪え切れずに涙を落とすのを見ている時の、あの快感。緑也にとって奈保はもう、最高の女ではなくなっていた。最高なのは、「あいつ」だ。ソウという名の、強情で生意気な、あの女だ。

緑也の瞳の中に、小さい赤い光があった。そして、消える。奈保が、シャワーから戻ってきたからだった。

明日は久しぶりに、家に帰ろう。帰って、ソウを「壊す」のだ。その快感を思うと、緑也は心に黒い炎が燃える。黒い、暗い欲望が、炎のように燃えるのだ。

そんな事とは知らない陶子は、草子と同じように疲れ切って、ソファに体を投げ出し、預けていた。緑也の、暗い怨念のような怒りと執こさを知っていた陶子は、草子の変わり様を見て、即座に草子が水島緑也から、DVを受けているのではないか、と感づき、勘ぐってしまっていたものだから。

だから。水島家から紫苑が、あの若い誠実そうな男性が、笑顔で辞去して来た時には安心し、油断の余りに、全てを見落としてしまう所であったのだった。でも、異った。

そう、異った。どんなに「彼」が誠実そうであったとしても、やはりおかしい。急に、人目を避けるかの様にして、二、三ヶ月も引き籠もってしまった妹、草子。今日ひと目だけ、その姿を見られた時にも感じたけれど。急に痩せてしまい、それなのに青山紫苑には、微笑って見せていた。

「あの笑顔よ……」陶子は、そこにこだわっていた。草子は、あの笑顔で、紫苑を穏やかに包み込み、騙して、安心させて、帰してしまったのではないのだろうか？　わたしが、あの男性の笑顔に、騙されたように。草子は、わたし達全てを、偽物の仮面で包んでしまったのだろう。それは、何のために？　答えなら、決まっていた。

草子は、陶子が案じた通り、緑也から酷く扱われ、ＤＶを受けたりしているのではないのだろうか？　そして、それを隠している。周りの誰にも言わないで。草子は、秘密を抱いているのではないのか？　陶子は感じて悶々とした。

わたしが草子を想い、誰かを想い、忍んで嘆き呻く時、主はわたしの声を聞かれています。そして急いで駆け付け、慰めと励ましを送ってくれるのです。そうでなければ、無言の導きを……。わたしは導かれて、道を進みます。

　どこにいらっしゃるのでしょうか
　わたしの造り主なる神
　夜、歌を与えて下さる方

地の獣によって教え、
空の鳥によって
知恵を授けて下さる方は……

沈黙の導き程、心に優しく歌い掛けてくるものはなく、沈黙の導き程、心を拡げて、大きくしてくれるものもない。陶子はこの夜、神の沈黙の導きを受けて、泣きながら心を、この世界から天へと、飛翔させて行ったのだった。

天へ。天へ……。その天界の底から、灰色の雲の下から、真白《ましろ》の雪が降ってくる。白くて紅くて、悲しみのように、胸に積もる雪。陶子は想った。白なのに、何故紅い雪と呼ぶのか、と。蒼でもなく、緑でもなく、紅い雪。コウルイという、紅い涙のその様に……。ああ。こうして、一晩中を雪が降り、朝には辺りを、真紅に染めてくれているのかも知れない。

そして。その雪を染める涙は、草子のものなのか、わたしのなのか？　いいえ。もっと沢山の人々の、涙。日本中の、世界中の苦しむ人々の、血の涙なのかも知れない、と陶子は考えていて、息ができなくなりそうだった。初めてそのような、血の涙を、心の傷から降らして、この世界に積もらせたのは、きっと、十字架上のキリストに異いないのでは？と考えたから。

コーヒーを断つくらいでは、草子の心身の傷は、癒やされないのではないか、と怖くなる。睡眠時間を二時間か三時間、削ろうか？　それは、草子のための捧げ物に足りるだろうか。陶子には、分からなかった。幾ら捧げても、きっと足りないのでは？　と思われる。
その一方で、陶子の心に囁く方の声がしている……。

信じなさい。そして委ねなさい。
憐れみとゆるしは、
わたしの父とわたしのものだから……

そよ風が吹き
やさしい小夜《さよ》鳴鳥《なきどり》の声が聞こえるまで
森とそのうるわしさ
澄んだ静かな夜に、
焼きつくして、しかも苦しませない
炎が燃えるまで……
焼き尽くす炎に、委ねなさい
その、いつの日々にも、わたしは言おう

平安、と

その御声は静かで、ほとんど聞き取れない程だった。その御声は、草子の運命を予告していた。そして、陶子の運命も……。

焼きつくす炎に焼かれて……

焼きつくす炎……

草子の辿る道の険しさと、神の伴いが、陶子にどうして解っただろうか？　誰にも、解りはしないのが、神の道であった。そして。その道は、予想もしない場所へと、「その人」を連れて行ってくれるのだ。炎をくぐらせて、全く別人の、天使達の一人のようにしてくれる。けれど。その前に、「その人」は通らないといけないのだ。紅雪の中を這うようにして進み、燃え尽くす炎の中を通って、神の声に従う。春であり、夏であり、秋であって、冬の季節を。その人、もしくは彼女は、誰からも見放されているようにして、唯一の友の、神と歩むのだろう。只一つの、歌を歌って。その歌に、支えられて!!

彼が刺し貫かれたのは

わたし達の背きのためであり
彼が打ち砕かれたのは
わたし達の咎のためであった
彼の受けた懲らしめによって
わたし達に平和が与えられ
彼の受けた傷によって
わたし達はいやされた

神は陶子に、「苦しませない炎に焼かれて」、と草子の運命を予告してくれたのであるが。人には、神の御心は分からない。神の示して下さる道も、その御言葉も、分からない。後になってみて悟る事もあるが、悟れない事もある。
それは、陶子も同じであった。陶子に分かったのは唯、「神に委ねる」という事だけであったのだから。だから、委ねた。神様が、草子を見ていて下さるのだから、只、祈っていよう、と……。そうすれば、いつか来る。凍えた雪のような日々であったとしても、草子にきっと、春が来る。

青山紫苑はその頃、まだ起きていたのだった。

草子の笑顔に、隠されていたのかも知れない傷が、心を苛んでいて、離れて行ってくれなかったから。草子は「あの時」、どうして笑んでいられたのだろうか？「転んだ」なんて言わないでくれ、と言いながら、何故自分は、草子の「転んだ」に、簡単に引っ掛かってしまったりしたのだろうか。

もっと、詳しく尋ねられたのに、どうして心が、ブレーキを掛けるままに、なってしまったのだろうか？　紫苑の上にも、雪が降り積んでいた。紅い、紅い、涙の色の紅雪が、降る。

二週間以上も治らない怪我なんて、そんなにあったりするものでは、ないというのに。自分は、笑顔の仮面の下の、草子を見てあげられないで、ノコノコと帰って来てしまった。怪我なんて、誰でもするものだけど……。と、紫苑は思う。草子は「うっかり」、転倒等するタイプの人では無い筈だったのだ。

それに、あの聖書の箇所……。開かれていたままだった、あの箇所が、気になる。

あの箇所は、「今」笑っている人が、読み込んでいる場面では、なかった筈なのだ。「今」、泣いている人。今、苦しんでいる人。今、貧しさに、心の寂しさと哀しさに嘆いている人が、読み込んで……。神からの慰めを、頂く所だったのに。それなのに。見落とした。草子の笑顔の下の仮面に騙されて、引っ掛かりながらも、自分は、見逃してしまった。それに。それに、あの二体の天使像の事も。あの像達は一体、どこに消えたのだろうか？

紫苑は、自分を恨んでいた。もっと、草子の心に寄り添えたのに。詰まらない遠慮をして、永遠にその機会を、逃してしまったのでは、ないのだろうか……？
紫苑の心に、紅雪が降り積んで、溶けてくれない。自分は、愛する人の、苦境を見逃した？

心の貧しい人達は幸いです
神の国は、あなた方のものだから

今、飢え渇いている人達は、幸いです
あなた方は、満たされる

今泣いている人達は、幸いです
あなた方は、慰められるようになる

人々に憎まれる時、
また人の子のために追い出されののしられ、
汚名を着せられる時、

あなた方は幸いです
その日は喜び踊りなさい
天の国には大きな報いがある
この人々の祖先も、
預言者も、同じ事をされたのです

紫苑は、永遠に雪の中に消えてしまった、「今日」という日を悔んでいた。どんなに悔んでみたとしても、もう「今日」という日は帰らない。もしかしたら慰められたかも知れない、草子の涙の色も、最早帰って来ないのだ。

紫苑の悔いは、草子のためのものであり、百合絵のためのものであり、そして……。草子と瓜二つであった、陶子のためのものでもあったのだった。

何故なら紫苑は「今日」は、本当は、陶子にも会いに行こうと思っていた。余りにも良く似た草子と陶子。そこに「秘密」の匂いを嗅ぎつけたのは、水島緑也だけではなかったからだった。けれど、逃がした。草子の笑顔の持っていた「力」に釣られて、貴重な一日を無駄にしてしまったような、気持がするのだ。

見なさい。虐げられる人の涙を。

彼等を慰める人はない。
見よ。虐げる者の手にある力を。
彼等を慰める者もいない。

虐げる者も
虐げられる者も、慰められる事はない。
既に死んだ人だけが、
約束の平和に辿り着けるのだ
このどれも空しく、
生きてある限り風を追うようなものである。

紫苑は思い、祈りつつ泣いた。草子は、どこにいるのだろうか。虐げられる人の涙の色を、草子は知っている筈だった。そして。草子を虐げる者の「力」も、多分草子の上にあるのだ。生きてある限り？　ああ。そんな酷《むご》い事が、愛する人の上に降り積ったりしていませんように。紫苑は祈る。

五、十字架の木の下で（星になっても）

それぞれの涙の色の夜、紅雪の降り積んだ夜から、三年近くの月日が、流れて行っていた。

その間の月日の闇さと酷《むご》さとを、草子はもう、はっきりとは思い出せないでいる。忘れてしまいたい運命の苛酷さの中でも、草子が憶えていられたのは、ほんの少しの、数える程の事だけであったからだった。そのくせ草子は、その三年を、どのような想いで堪えてきたのか、という事については、まだ忘れ切ってはいなかった。忘れてしまうためには、余りにもはっきりと、傷が刻まれてしまっていたからなのだった。夫の水島緑也に打たれる事にも、他人からは見えない、体の全てを蹴りとばされて、怪我をする事にも慣れてしまって、もう悲しいとさえ思わない。

緑也の本格的な、落花狼藉とも言えるような、草子の心身への暴力による貪りは、三年程前のある夜から、急に激しくなったようだった。それ迄の緑也とは、人が変わった。

明日の露にことならぬ世を
何を貪る身の折りに

本当に、この世は明日の露にことならないのに。

草子は思う。緑也は、草子の心と体への、狼藉を止められなくなっていたのであった。「全てが、気に喰わない」緑也は、草子の全てに、貪る「折り」を見付けていたのだった。口の利き方も気に入らないし、歩く姿も気に喰わない。作って出された食事は勿論の事であったが、お茶の淹れ方一つ取っても、癇に障る。話す声も、仕草も気に入らないし、草子の眼差しのどれ一つとして、緑也の心を苛つかせないものはなくなってしまった。

だから緑也は、草子を遠慮会釈なく打ちのめし、蹴りとばし、所構わず殴打をせずにはいられないのだ……。

矢田の野や
浦のなぐれに鳴く千鳥

浦のなぐれ（余波）に鳴くしかない、無力な小鳥が草子であるように、緑也には見えていた。

だが。決してそうでは無かったのである。

草子は、あらゆる緑也の拷問に等しい乱暴に、余りの苦痛に呻き、涙を落としはしたが、それだけだった。かつては草子を「ソウ」と呼び、自分を「リョク」と呼ばせていた男は、今でも「それ」を草子に強いている。草子を「ソウ」と呼び続け、自分を「リョク」と呼ばせ続けながらも、暴力を止める事がない。罵詈雑言は、何の根拠もない誹謗と譖譖《そしり》となり、それは、緑也自身にも、止められないもののようであった。

「どこかからくる」もの。「何かから出る」もの。緑也は、ソウを傷付け、傷付けたい余りに、頭も心も、狂っているようだった。それでも、止められないのだ。極限まで傷付けると、手と足が、力まかせに飛んでくる。草子は、孤独で一人であった。緑也の暴力の激しさは、誰にも相談できる種類のものではない事を、草子は知っていたからだった。

「それ」が始まった、その日から今日迄……。

その日、草子は不用意に、緑也の眼前を横切ってしまっていた。まだ、緑也の暴力が酷くなる前の、ある夜の事であったのだが。

緑也は不気味に光る瞳で、草子を見詰めていて、言ったのだった。

「ソウ。お前の神様とやらは、この頃随分と偉くなったものだな。この俺様の前を、断りも無しに横切るのか。礼儀に欠けるぞ」

草子は、驚いて緑也を見てから、言った。

「黙って横切って、悪かったわ、リョク。でも……。あなたは人間で、神様とは違うのよ。わたしの神様は、あなたを許してくれるでしょうけど。理由も無いのに、キリストを侮辱するのは、良くない事だと、リョクも分かっているでしょう？　罰が当たるような事を、言わないで」

緑也は草子の言葉を、鼻先で嘲った。

「インサルティング（侮辱）されているのは、どちらかね？　ソウ。お前はそれだから、駄目なんだよ。神なんていうものは、人間が作ったものなんだ。つまり、敬われるべきなのは、俺様の方だ。人間の方が、余程偉いのさ。ン？　何だ、その顔は。文句が言えなくて、口惜しいのかね？　ソウ、お前の神の理屈からすると、お前や皆を作ってやったのは、俺だという事になるけどな。それで、合っているかね？　ソウ。邪教かぶれのクソ女め。ホラ、言ってみろよ。緑也様、あなたこそ、神様です、ってな。ホラ。ホラ。オラ、言うんだ、ソウ！」

草子は、その緑也の言葉を聞いていて、その瞳に光る、暗い赤い炎を、見ていた。緑也は、ゾッとするような顔で、嘲っていた。無意識に、草子の唇が、動いていたらしい。

「サタンだわ。そういう事を言うのが、サタンよ」

緑也。あなた、どうしてしまったの？　今迄のあなたも、散々そんなような事を、真顔で言ったりしていたものだけど……。でも、今夜のあなたとは、はっきりと異っていた。明らかに、異っていたのが、自分で分からない？　あなた、狂っている。今のあなたには、「何か」が取り憑いているみたい。瞳の闇が、燃えているのね。神様への敵意で？

それは駄目よ。わたしへの敵意や、侮辱なら良いの。それなら、わたし、慣れているから、怖くない。でも。今夜のあなたを見ていると、身震いがするの。鳥肌が立ってしまうようだわ。緑也？　緑也？

本当にどうにかなってしまったの？　恐いわ、わたし。

ああ。わたし達の神様、救けて下さい。

「わたし達の神様、助けて下さい」

緑也は、口にも出されなかった草子の願いを、上手に口真似をして、せせら嘲ったのだった。バカ女の、バカソウめ。お前の考える事なんてな、一言一句、こっちには分かっているんだよ。どうしてか、なんて訊くなよな。お前はいつも、同じ事しか考えない。同じ神にしか、祈らない。サタンだと？　フン。聞こえていたぞ。ソウ。そうか。俺はサタンか？　それならお前は、只の土塊だろうがよ。泥から創られた、と言うんだろう、お上品ぶった土の人形が！　おい。忘れるな。お前は「神様」としか言えない、情けない人形だ。バカ奴!!「キリスト」だと？　その名を呼ぶな。呼ぶな!!　胸が悪くなる。胸クソが悪くなるぞ。ソウ。キリスト（救世主）なんて、いないんだ。お前が縋る妄想だ!!　妄想に縋るお前は、人間以下でしかないね。人間なら、分かるからな。自分が誰かという事をさ。お前は、泥人形か？　嘲って腹が痛くなる。オラ！　聞けよ。尤も泥に、耳はないのか。耳も無く目も無く、口も無い。頭も無くて、只呼ぶんだろうがよ。神様、助けてってな。

「そうか。なら呼んでみろ。だがな、ソウ。お前の神は、その質問に答えられたのか？　黙っていたんだろうが、いつ迄も」

いいえ！　答えたわ！　答えたわ！　緑也。分かっているのでしょう？　其処迄知っているのなら！

「わたしがそうである」とお答えになったからこそキリストは、わたし達の神は、殺されたのよ。

「キリストと言うなと、言っただろうが。クソ女。俺に何にも分からないと思っているなら、大間違いだぞ、ソウ。お前の考えは、全部筒抜けなんだからな。ああ、確かにそんなような事は言ったみたいだ。だがな、相手にもされなかった、と知っているだろう。その上、あっち（ピラト）こっち（ヘロデ）に引き摺り廻されて、皆の良い見せ物になったんだっけな？　ン？　違ったか。ピエロが、ピエロと呼ばれていたのだから、こいつは面白くも何ともない」

止めて！　緑也。あなた、本当に何かに取り憑かれてしまっているみたいで、怖い。怖いわ。あなたはわたし達の神様の、あの究極に、どこ迄もお優しかった心迄、嘲笑うの？　どうしたの？　何に「呑み込まれて」しまったの？　あなたは、キリストについて、何も知らない筈じゃない。そのあなたが、神を憎んで罵れる、と言うの？　止めて！　今ならまだ間に合うから。緑也。あなたが恐い。瞳の奥の、その炎が!!　チロチロと燃えていて、まるで蛇の舌先みたいよ。冷たく動かない瞳の中で、何百匹もの「何か」が蠢いているのね。「それ」は何なの？　緑也。氷の様に冷たいのに、あなたは嬉しそうに、嘲っているみたい。

恐い。怖い。わたしまで、その口で噛もうとしないで。神は勝ったけれども、あなたの考えているような遣り方でではないわ。悪い思い違いよ。あなた、わざとわたしを嘲っているのね。わたしを、ではない。わたしの神のキリストを！　わたしの愛する、唯一人の方を！　わざと貶めて、楽しんでいるのが解るけど。あなたはいつ、どこで、そんな下卑た考えを、持つようになったの？　誰に植え付けられて、薄ら笑いが絶えなくなったの？　緑也。「それ」こそが悪しき者、サタンでしょう。

「リョクと呼べ、と何度言っても分からない奴には、口で言っても駄目なようだな。傍へ来い、ソウ。先日から、どちらが上かをはっきり教えて遣っているのに。頭の鈍い女は、体に教えて欲しいのか？　それなら、望み通りにしてやるがな。承知しておけ。ソウ！　今度、キリストと言ったら、お前もあいつと同じ目に、遭わせてやるからな。来いよ。ソウ。俺の可愛いソウ。来いよ。クソ」

だが。草子は一歩も、その場から動けなかった。

異様に輝いている緑也の目が、語っている。「逃げても駄目だぞ。すぐに捕まえてやるからな。自分で来いよ、ソウ。思い知らせてやる」

草子はそれでも、いつにも増してサタン染《じ》みた様子の緑也から、少しずつ後退りをして行こう、と試みてはみたのだが。足が、動かない。それ程に、緑也の狂気そのものであるような、常軌を逸した言動に、怖れを感じていたのだった。「神様、救けて。イエス様、救けて」と念じる。

主よ、わたしに耳を傾け、答えて下さい
わたしは貧しく、身を屈めています
わたしの魂をお守り下さい
わたしはあなたの慈しみに生きる者。
あなたの僕をお救い下さい
あなたはわたしの神
わたしはあなたに依り頼む者
主よ、憐れんで下さい
絶えることなくあなたを呼ぶわたしを。
あなたの僕の魂に喜びをお与え下さい
わたしの魂が慕うのは主よ、あなたなのです。

草子の祈りを、緑也はせせら嘲った。
「唱える所が違っているぞ。ソウ。分かっていないな。これから何が起きるか分かっていれば、違うと分かる」
それでも草子は、神への賛美を止められなかった。緑也が、何を言っているのかは解っていたが、草子は敢えて、緑也を無視するために祈る。

主よ、わたしを苦しめる者は
どこまで増えるのでしょうか。
多くの敵がわたしに立ち向かい
多くの敵がわたしに言います
「彼に神の救いなどあるものか」と。

主よ、それでも
あなたはわたしの盾、わたしの栄え、
わたしの頭を高くあげさせてくださる方。
主に向かって声をあげれば
聖なる山から答えて下さいます。

身を横たえて眠り

わたしはまた、目覚めます。
主が支えていて下さいますように。
いかに多くの敵に包囲されても、決して恐れませんように。

主よ、立ち上って下さい。
わたしの神よ、お救い下さい。
わたしの敵の顎を打ち
神に逆らう者の歯を砕いて下さい。

救いは主のもとにあります。
あなたの祝福が……あなたの民の上に、
あ……り……ま……す……よ……う……に……

「それも違うな。バカ女め。俺に逆らって、わざと神の負けを認める歌を、祈らない積りか」
「負けでは……ないわ。勝ったのよ！　神は勝ったの。あの、尊い勝利の歌を、あの、痛ましいイエス様の最後の宣言を、あなたに言ったりしない」

緑也は草子を捕まえて、身動きできない様に、彼女の体の上に体重をかけて押さえた。ケタケタと、獣のように歯を剝き出しにして、声を放って嘲笑している。余程、嬉しいのか？

「ああ。嬉しいさ。なア、ソウ。お前も嬉しくて、堪らんだろうが。歯を折って欲しいのなら、折ってやる。さて。ン？　どの歯が良いかな？　全部か？　それとも二、三本か？　嬉しくて、腕が鳴るぞ。歯が折れる程、殴れるなんてな。お前の望みだ。叶えてやるさ。口を喰いしばれよ、ソウ‼　可愛い女房の頼みなら、何でも聞き届けてやる」

草子は目を見開いて、緑也を見上げていた。

わたしは言いました。
「わたしの道を守ろう、舌で過ちを犯さぬように
神に逆らう者が目の前にいる。
わたしの口にくつわをはめておこう」
わたしは口を閉ざして沈黙し
あまりに黙していたので苦しみがつのる
心は内に熱し、呻いて火と燃えた。

御覧下さい、与えられたこの生涯は、
僅か、手の幅ほどのもの。
御前には、この人生も無に等しいのです
ああ、人は確かに立っているようでも、
すべて空しいもの
ああ、人はただ影のように移ろうもの。

主よ、それなら
何に望みをかけたらよいのでしょう。
わたしはあなたを待ち望みます。
あなただけを待ち望み、他には望みません。
わたしは黙し、口を開きません。
主よ、あなたが計らって下さるでしょう。

「それも違うぞ、ソウ!! 言ってみろ。オラ、言えってんだ。そうか。何も言わない積りでいたんだったな。それなら、言うな!! 言わなくても、同じだからな。ソウ。俺の、ソウ。何も言うなよ。今すぐに、望みの通りにしてやるからな。何も言うな！」
それでも、草子の、怖れに満ちた心の中には、まだ愛する神への、希望と信頼が、「彼」を呼び、求めていた。

わたしの神よ、わたしの神よ
なぜわたしをお見捨てになるのですか。
なぜわたしを遠く離れ、救おうとせず
呻きも言葉も聞いて下さらないのか。

わたしの神よ
昼は、呼び求めても答えて下さらない。
夜も、黙ることをお許しにならない。

「何だ。ちゃんと分かっているんじゃないか。だったらそいつをさっさと言えよな。お前は奴に捨てられたんだ」
捨てられたりなんか、してないわ。わたし!!
わたしのあの方は、理由が有って黙っていられるだけに、決まっているんですもの!!

緑也の中のサタン！　あんたの名前は、それで合っているのよね？　ならば、出て行って、彼から!!　緑也を好きにできたとしても、わたしを好きには、させないから。解っているでしょうよ、負けて、堕ちた天使長!!　解っているでしょう？　祈りの入り口で「待ち構えるモノ！」神こそが支配者で、神御一人が勝つ方よ。

ガツン！　バン！　バシ!!　ゴン!!　緑也はまだケタケタ嘲笑い続けていた。そのくせ、その瞳には、言いようのない憎悪が燃えている。

「良くも言ったな、ソウ!!」

ガツーン！　ガシ！

「良くも俺様を、待ち構えるモノだと、言ってくれたな！　異うと言えよ！　せめて、売った者位にしておけ」

ああ、神様。
どこにいらっしゃるのでしょうか
わたしの造り主なる神
夜、歌を与えて下さる方
地の獣によって教え、
空の鳥によって

知恵を授けて下さる方は
どうぞこの痛みに耐えさせて下さい
あなたが耐えた、そのように……
わたしの神よ
わたしの神よ
昼は、呼び求めても答えて下さらない。
夜も、黙ることをお許しにならない。

神様。ああ、どうぞこの痛みを与える緑也を、許して下さい。何も解っていないのですから。何も……。

「分かっているぞ。この生意気な、神の女めが！」

グシャ！　バシン！　ガツ！　ガ！　ガ！　ゴヅン！

タラリ、と熱い液体が、草子の口許から外に溢れ出て来た。少し塩味がかった味のする血が、草子の口内一杯に広がり、収まりきれなくて、溢れ出して来ていたのだった。痛みは、それよりずっと後に来た。まず、真紅の血潮と飛び散った「何か」。

「何か」は白く、草子の口内から飛び出て、辺りを染めた。赤い、赤い血潮の流れと一緒に……。

「それ」こそが、緑也の中のサタンと、緑也の憎悪が、求めていたものだったのだ。神の子の、歯……。草子の、歯……。哀れな草子の、折り取られて、抜け落ち、飛び出た歯は、前歯が三本だった。草子は、口中一杯に広がった血の味に、まず自分の愛した神、キリストの事を想っていた。イエスは無罪であったのに、利己的な祭司長達の、悪意の罠にかけられたのだ。そして。鉄の鎖の付けられた鞭で、死ぬ程鞭打たれ。頭骨に迄達するような、棘の生えた冠を、頭に巻き付けられていた。グルグルと!!

草子は、だから知っていた。鞭打ちの痛みと、棘冠の痛みを耐えるためには、愛する「あの方」は、歯を噛みしめて、彼の歯も、何本も折れていただろう、という事を!! 愛する御方の苦しみは、草子の胸の奥深く刻まれていた。だから、草子は言えたのだ。愛に!! 「主よ。あなたの御苦しみに比べたら、わたしの痛み等何でもありません。愛していま す。愛しています。心から。心の底から、愛しています」

彼が刺し貫かれたのは
わたし達の背きのためであり
彼が打ち砕かれたのは
わたし達の咎のためであった

彼の受けた懲らしめによって
わたし達に平和が与えられ
彼の受けた傷によって
わたし達はいやされた

彼が刺し貫かれたのは
わたし達の背きのためであり
彼が打ち砕かれたのは
わたし達の咎のためであった
彼の受けた懲らしめによって
わたし達に平和が与えられ
彼の受けた傷によって
わたし達はいやされた……

彼が……
刺し貫かれたのは……
わたし達の……

背きのためであり……

溢れ出して来て、止まってくれない血をハンカチとタオルで押さえて、草子はまず、飛び散ってしまった、自分の物だった白い歯を探した。折り取られて、抜け落ちた歯の在った所が痛んだが、草子は神への祈りで、それを堪えた。涙は、落とさなかった。涙より先に溢れてくるのは祈りであり、その祈りは、愛して止まない草子の神、キリスト・イエス御自身の方が、二千年も前に「愛の証」として堪え、耐え抜いて下さった時のものであった。今の草子には、その祈りと、愛する神である「ぶどう樹」への愛しか、思い浮かんで来ないのだ……。その他には、何も無い。「この程度で済ませて下さって、ありがとうございます、主よ」という感謝と、歌があるだけで……。その歌は、愛の祈りで賛歌だった。まだ、命は有る。まだ、命が有る、という……。

折り取られた歯を全て見付けると、草子は流し台に向かって、蹌踉めく足取りで、歩いて行った。洗面所は、使えない。もしも拾った歯を一本でも、流してしまったりしては、いけないからだった。後から来た痛みに苛まれながら、草子はまず、取れてしまった歯を洗い、それから、何度も口の中を濯いで、きれいにした。その頃には口の中だけでは無くて、緑也の中のサタン（草子はこれが、緑也一人の仕業であるとは、考えたくなかった）に打ち据えられた、顔中の傷も、酷く痛み出していた。

熱を持って、骨と肉とが、草子を責めている。草子は又も蹌踉めきながら、今度こそ洗面台に向かって行って、見た。折り取られた歯は、清潔な水の中に、浸けておいてから。痣は赤く、黒く、蒼く、傷の深さによって、異っていた。まるで、顔中に「血の花」が咲いたかのような、妻、ソウの顔を、緑也は口をダラリと開け、涎のようなモノを垂らしながら、ぼんやりと見ていた。その顔には、罪悪感はなかった。自分が、このリョクヤがやった事だとは、到底信じていないかのように。罪悪感もなく、満足感もなく、あるのは只の、嫌悪感だけなのだった。

「俺のソウが……」

と緑也は呻いた。

「醜女になった……」

「悪かった」でもなく、「痛むだろう」でもなく、

「婆あのような、醜女になっちまいやがった」

と呟いているのだった。

「こんな家に居るのは、嫌だ。ソウ。お前みたいな醜女は、俺のソウじゃない。嫌だ。真っ平御免だね」

それだけ言うと、緑也は何処かに出て行った。傷付けた草子を、見ていられなかった？そうかも知れない。そうではないのかも知れない。それは、サタンから一時的に解放さ

れた緑也の、本心だったのだろう。「此処に居たくない」、という。

前歯が三本も取れてしまった草子の顔は、本当に変になり、一気に老婆になったようでもあった。

そして。草子は知らなかった。こんな場合には、その歯を一体、どうすれば良いのかという事を。草子はその夜を、唯祈って過ごすよりなかった。痛みが余りに酷《ひど》くて、それに口が変で、眠れはしない。

夕べに、あしたに、真昼に
わたしが嘆き呻けば、
主は
わたしの声を聞かれます。

どうか教えて下さい
わたしの神よ
愛する方よ
わたしを打ちのめしたのは、
あの悪いケダモノ、サタンだと言って下さい

悪しきモノに取り憑かれた、
可哀想な人を救って下さい
そして　わたしを癒やして下さい
でも　わたしは、
あなたの御心ならば、このままに……
わたしは、あなたと共に痛みます
夕べに、あしたに、真昼に
あなたを想って呻き嘆けば、
主は
わたしの声を聞かれます。

草子は祈りながら、出て行った緑也を「憐れんで下さい」と神に嘆き、ひたすら朝を待っていた。

どこにいらっしゃるのでしょうか
わたしの造り主なる神
夜、歌を与えて下さる方は

地の獣によって教え、
空の鳥によって
知恵を授けて下さる方は……

草子はこうして、夜明けの気配をじっと待つ。

わたしの神よ
と、言う。「わたしの神よ、」それ以外に、言えない。

わたしの神よ、わたしの神よ
なぜわたしをお見捨てになるのですか。
なぜわたしを遠く離れ、救おうとせず
呻きも言葉も聞いて下さらないのか。

わたしの神よ
昼は、呼び求めても答えて下さらない。
夜も、黙ることをお許しにならない。

草子は知らなかった。神を呼び求める声で始まる、この尊い賛歌が、自分の物になる事を。神が、草子の祈りを聞きながら、「聞いている……」と心に解らせながら、黙すことを……。

翌朝、草子はこの全てに立ち会った。

とにかく、歯を付けて貰わなければならない、と朝、草子は急いで支度をした。「血の花畑」だったような顔中の痣を、何とか化粧で隠したかったが、とても隠しきれるものではなく。草子は仕方なく、帽子をかぶった。それで、急いで家を出たのだが、運の悪い事にエレベーターの手前で、右隣の夫婦の、早朝の出勤に、出会《でくわ》してしまったのだった。予想もしていなかったので、避けられもしない。挨拶はしたが、やはり背中から、

「あなた、アレ……水島さんの……」

「シッ。聞こえるよ」

という声が聞こえて来てしまうのは、止められなかった。無理もない事だ、と想いながらも草子は、恥ずかしさで、顔を上げていられなかった。噂そのものも怖いが、事実が先に告げてしまっていたのだから。「何か、有った」と……。

掛かり付けの大学病院の医師は、草子の顔をひと目見てから言った。

「一体、どうしたんですか？」

「あの……昨夜、家のドアに酷《ひど》く打つかってしまって……」

「それで、歯が取れた？　取れた歯は、お持ちになっているのでしょうね。でも、奥さん。こうなってしまっては、もう何をしても無駄なんです。幾ら歯が有っても、この歯はもう、死んでしまっていますから」

「あの……。でも、まだきれいで、取れた時のままですわ」

医師は、気の毒そうに言ったのだった。

「こういう時には、まず牛乳に歯を浸けて、夜中でも何でも、御近所の歯医者を叩き起こすしか、ないんですよ。それしか、方法が無かったんですけど。もう、手遅れですしね。もし、今度があったら、そうして下さい。まあ、又こんな事があったら、困りますけどね」

医師の言葉は、草子に沁みた。同情されている事が、彼の視線で、分かってしまう。草子は無知が、恥ずかしかった。

医師は、「このままでは、困るだろうから」と言って、早急に折れた歯の仮歯を作ると言ってくれ、実際その方向で治療が進められる事となった。消毒薬の匂い……。草子には分からない、医師の指示と、助手との間の、会話。

最後に医師は、草子に確認するようにして、訊いてきた。

「ああ……ええと。御宅のドアに打つかった、との事ですが、本当の所はどうなんでしょうかね？　御主人か誰かが関係なさっているのなら、仰って下さい。わたし達には、警察に届ける義務が、あるものですからね」

「いいえ！　そんな。先程申し上げた通りですわ」

警察に言う？　緑也が何をしたのか、しなかったのかを？　わたしが何をされたのか、どうかを、言うというのですか？　いいえ。神様。それは駄目です。緑也が謝るべきなのは、キリストであるイエス様にであって、警察にではありません。緑也の中に居た「モノ」が、悪い……。神よ。わたしには、緑也のことは、言えません。それに。わたしは、緑也の罪は、あなただけに対して犯されたものだ、と確信しています。主よ。

「まあ、奥さんがそう仰るなら、そうしましょう。ですが、今度だけですよ。お分かりですね？」

医師の言葉には、草子は頷いただけだった。

清潔にして持って来たのだから、すぐに元に戻して貰えるだろう、と考えていた、自分の甘さに対して、草子は悲しみ、恥じはしたけれど……。取り返せない事は、この世に山程あるものなのだ。それが、自分の身に起きてしまったのなら、仕方が無かった。

這うような歩みで、草子は自宅に戻って行った。タクシーに乗りたかったが、あれこれと尋かれたくなかったし、何も言いたくなかったから。自宅に辿り着いた時、草子の全身は痛みと熱で震えていた。主イエスに似て、叫んでいた。「神よ！　なぜ」と。

なぜ、わたしをお見捨てになったのですか。
なぜわたしを遠く離れ、救おうとせず
呻きも言葉も聞いて下さらないのか

わたしの神よ
昼は呼び求めても答えて下さらない
夜は黙ることをお許しにならない

讃歌で終る、この祈り。この讃歌のすぐ後で、草子は「いいえ」と言う。いいえ、神は聞いていていて下さる。

夕べに、あしたに、真昼に
わたしが嘆き呻けば、
主は
わたしの声を聞かれます。

これ程に、異なるように聞こえる祈り。でも、決して異わない……。詩編二十二番の祈りでは、神は、高らかに賛美されている筈だった。

昼は呼び求めても答えて下さらない
夜は黙ることをお許しにならない、

のではなく……。この、一見相反した祈りが、草子の心に交互に浮び上ってきて、泉の底から湧き上る水の泡のように、消えて行く。それは、草子が選んで、唱えているのではなかった。草子は只、神が祈るがままに、祈っているかのようなのだ。それで、尋く。

「神よ。どちらなのですか？」

どちらも……と、幽かに遠く、そのくせすぐ近くから答えてきては、消えてゆく、声にはならない、神の声。「御心」としか、言えない声は、草子の心に、どちらも……と告げてゆくよりも早く、消えて、行ってしまうのだった。

「待って下さい。待って……」

草子は嘆き、呻いていた。

一人ではないのだわ。わたし、一人ではないのですね。神よ。あなたが、わたしの全てを見ていて下さる。見て、聞いて下さるのなら、それで良いのに。許して下さい。救い主。

わたしはあなたのように、一打の、鞭打ちの痛みにすらも、耐えていません。

草子の顔の腫れが引いて行き、痣がある程度目立たなくなる迄に、十日程かかった。

そして。更に仮歯が本歯として入る迄には、半年近く、掛かってしまうことに、なるのだった。

その間、草子の中で祈るのは、誰だったのか……。

何事にも時があり、
天の下の出来事にはすべて、定められた時がある。
生まれる時、死ぬ時
植える時、植えたものを抜く時
殺す時、癒やす時
破壊する時、建てる時
泣く時、笑う時
嘆く時、踊る時
石を放つ時、石を集める時
抱擁の時、抱擁を遠ざける時
求める時、失う時

保つ時、放つ時
裂く時、縫う時
黙する時、語る時
愛する時、憎む時
戦いの時、平和の時……

これ等の祈りは、天使が歌ってくれていたようだ。

草子の中で、その半年近くの間の光になり、闇になって、これ等の祈り自体が、生活にもなっていた。黄色いノートは、埋められて行った。「時」と共に起きてくる、出来事によって……。

その半年近くの間を、草子はますます孤独に、過ごして行かなければ、ならなかった。その孤独は苛酷で、容赦なかった。草子の理性を苛み、心の底迄、切り裂いたからだ。

それは、ある日の事だった。草子が医師に掛かり始めてから、二ヶ月程も、経った頃の事だろうか？

草子は歯の所為で、上手く発音できなくなっていた。つまり、良く話せなくなってしまったのだった。前歯が、三本も折り取られてしまった草子の口許は、不自然に歪んだり、変な具合いに、シワが寄ったりするように、なってしまっていたのだった。大学病院の医

師は、

「上手く発音できなくなる患者は、ごく稀に居るが、慣れるより他にないでしょう」

と、言っていた。

「口許のシワも、こうなる人がいるのでしょうか？」

「そうですね。皆無である、とは言えませんが。もし気になるようであれば、美容外科の方を紹介しますがね。止めておいた方が良いか、と思います」

「それは、どういう理由でなのでしょうか？」

「まず第一に、保険が利きませんので大変です。何しろ毎週一度、注射を打ちに来ないといけませんのでね。その注射というのも、ボツリヌス菌の注入なのです。ボツリヌス菌ですよ。わたしは、余り薦められませんね。でも、どうしても、と仰るのなら、まず歯科神経科を受診してみて下さると良いです。でも、奥さん。このままで過ごしたとしても、何の不自由もありませんよ。治療の一環で出たのですから、誰の所為でもありませんしね。それに、人は慣れるものです」

「これ」が、御自分の娘さんや奥さんでも、先生はそう言えるのでしょうか？　一生、話が不自由で、顔が変であっても、やはり冷たく言えますか？　治療の一環だから、早く慣れろ、と？

草子は考えていたが、口には出さなかった。

ボツリヌス菌を、毎週自費で注射して貰いに来る程の余裕は無かったし、そんな変な菌を、体に入れたいとも、思わなかったからだった。だが……。話し方というのか、発声、発音の問題は、全然別のことになる。それは、治療の一環の何かというよりは、副作用に近かった。

困ったわ。このまま一生、言葉が不自由なんて……。

草子が考えていたのは、会計を済ませるために、下りのエレベーターに、乗っていた時の事だった、と思う。他には乗客は、一人の女性しかいなかった。それなのに。突然、草子の頭の中で「声」がした。

「死んじゃえば良いのよ。死んだ方がマシだわね。そんな顔と、体で生きていくなんて。トンマな女。自殺も出来ないの？　みっともない上に、意志薄弱なんだから。自殺なんて、簡単なんだよ。列車か車に飛び込めば、それでお終いなんだから……。神から禁止されている？　アハハ。笑っちゃう……」

草子は多分、蒼白になっていたのだ、と思う。「他人」の頭の中で喋れる人間が居るなんて……。そんな事を思ったり、信じたりする方が変なのだ。むしろ、自分の気が変になった、と考える方が、余程楽だった。けれど!!　ああ、けれど。現にその女は、草子を罵倒し、神を嘲り、笑っている。そして、草子を睨み付けていた。あの、緑也の、瞳の中にあったような、不気味に光る赤い瞳で……。

「あっちへ行って。退ってサタン。わたしから離れて、二度と近付いて来ないで頂戴」

草子の、心の中の叫びに、ソレはニタリとしてから、先に降りて行ったのだった。草子は震えていた。ソレは一、二歩行ってから、又振り返って、言ったのだ。

「お前だって、死んだ方が良いと思うだろうに。死んだ方が良い。死ねば、楽になって、何も感じなくなるからね。死になさいよ、早く」

メラメラと燃えていた、炎のような赤黒い光。草子は歩くのも忘れて、ソレが消えて行く姿を、見詰めていた。息が、できない。ソレの明確な殺意は、草子の中で木霊して、増幅されて行っていた。草子は思う。

「死なないわ。絶対に、死んだりしないから。脅しても無駄よ、サタン。わたしは死なない」

頭の中で、声がした。

アラ、そうなの？　そんな不自由な話し方じゃ、聞いているのも嫌になる。人ってさ、残酷なんだよ。現にアンタの主治医だって、そうだったじゃん。アンタ、騙されているんだよ。数は少しだって？　バカだね。アハハ。皆、そうなるんだ。皆、そうなるんだよ。話せない、シワシワの口にね。

「止めて、と言っているでしょう！　執こいわよ、サタン。消えて！　消えて！」

女の姿が、見えなくなった。けれど。草子の頭の中で、喋り続けている。

「皆、そうなるんだよ。アンタ、騙されているんだ……」

そんな事は無い、と思った。だけど。でも……。それならばあの医者は、どうしてあんなにも「副作用」について、詳しかったのかしら？　どうしてすぐに、打てば響くように、彼は即答できたりしたの？　数は……数はきっと、少なくないのに違いない？

「いけない！　草子。これこそが、誘惑するモノの、常套手段に決まっているでしょう？　惑わされないの！　揺れたりしたら、サタンが喜ぶだけなのだから。わたしは、神様から離れない。決して、決して、離れたりしない。主よ、どうか救けて下さい。悪しきモノの手に、わたしを落とさずにいて下さい。あなたの子供である者を、救けて……」

天におられるわたし達の父よ
み名が聖とされますように
み国が来ますように
天にみこころが行われるとおり
地にも行われますように
わたし達の日毎の糧を
今日もお与え下さい
わたし達の罪をおゆるし下さい

わたし達も人をゆるします
わたし達を誘惑に陥《おちい》らせず悪からお救い下さい

倒れそうになっていた草子だったが、やっとのことで、至近に有った椅子に席った。そして、ゆっくりと、何度も「主の祈り」を唱え続けた。「主の祈り」は、悪しきモノ達が、最も怖れる祈りであったからだった。深く息を吸い、心を整えて、唯一人である方である神に、愛して止まないキリストに祈っている内に、やっと草子は落ち着いてきた。悪しきモノ、汚れたモノから吐きかけられた毒は消えて行き、草子の中には、今はもう無くなっている。一心に、心を神に上げ、キリストの救けを願う祈りは、草子の魂も宥め、洗ってくれたようだった。草子は安らぎ、「ぶどう樹」であるキリスト、身代りの小羊である主イエスの腕の中に、信頼と希望を託して行った。

その日から、「主の祈り」は、草子のためのものになって行く。草子は、非常にしばしば、あの悪しきモノ達や、誘惑するモノの、憎悪に満ちた「戦い」に、襲われる様になった。その都度、力である神、キリストである神の御手の中に逃げ込み、籠城し、時には祈りの武具を身に纏い、あるいは祈りで、敵であるサタンと、戦わなければならなくなったからである。例えば、こんな風に。

「どう？　意気地無し。まだ生きてたの？　アハハハハ。お前の神とかは、結局お前を癒やしてくれなかった。初めから、そんな気が無かったんだよ。あんた、思い込みだけは激しい、一人芝居をしていたんだ」

「死ね。死ね。死んでしまえば、それが良く分かる。あんたの神は、あんたの事なんて気にしていない、とね。異う、って？　ケッケッケ。なら、やってみな」

「どっちが勝つかだなんて、分かり切った事を言って、俺達を怒らせるなよ。クソ女。勝つのは、俺だ。お前の大事なアイツは、その証拠に、何も出来ないで俺様に負けて。ホレ。三尺高い木の上にしか、居られない。奴は、負けて、十字架にいるのさ。十字架なんかを、当てにしても無駄だぞ。俺様は自由で、奴を殺した地獄の王だ。俺を見ろ！　俺に従え！　死ねばお前を解放してやる」

解放するですって？　何からわたしを解放できると言うのよ、サタン。自分自身を、地獄の火から解く事も、出来ないでいるくせに!!

悪しきモノ達！　汚れた霊よ！　消えて！　まやかしの言葉には、騙されたりしないわ。本当の神である力ある御方に、踏みつけられて逃げると良い。

天におられるわたし達の父よ
み名が聖とされますように
み国が来ますように

天にみこころが行われるとおり
地にも行われますように
わたし達の日毎の糧を
今日もお与え下さい
わたし達の罪をおゆるし下さい
わたし達も人をゆるします
わたし達を誘惑に陥らせず悪からお救い下さい

「黙れ!! 黙れ! 黙れえエエェッ。命が惜しくないのか」

「惜しいわ。主イエスの、お傍にいられるこのわたしの、この小さな命が、神のものだから!! 天におられるわたし達の父よ! 退け、サタン! 消えなさい」

「生意気な女め! ヤツの名を言うな。言うな!」

「言うわ。何度でも言って、何度でもキリストの御手にお縋りする。主イエス・キリスト。来て下さい。アーメン、主イエス。来て下さい!!」

そして、救けて下さい。いつものように。主イエスよ。この、執念深い悪しきモノ達、このケダモノ達と戦って、勝利した方よ。来て下さい。すぐに!!

ああ、美しい神よ。わたしの愛の全てである方。天の小羊。光であり、道である方よ。

来て、憐れんで、救って下さい。この、小さな人間、この小さなわたしを、お避けにならないで。いつもあなたは、救けて下さっています。いつもあなたは、戦って下さっています。こんなわたしの代りに、いつも。美しの神よ。愛する方。あなたがいて下さらなければ、世界は闇です。

闇の世界に、わたしを一人取り残さないでいて下さい。闇でも光でも、構わない。唯、あなたと一緒にいたい。


妻である草子が、孤独な戦いを強いられていた頃、夫であり、草子を傷付けて家を出て行った緑也は一体、どこでどうしていたのだろうか。

緑也は、「美奈」の奈保の所に、当然のことのように転がり込み、居坐り続けていたのだった。緑也は、元々奈保を好んでいたのだから、仕方が無いと、言う事は出来たのだが……。それでも尚、その居坐り方は、尋常であるとは、言えなかった。緑也も奈保も、その事がまるで分かっていなかった。楽しくやっていられれば、良かったのだ。

緑也と奈保の生活は、今では爛れきっていた。朝もなく、昼もなく、只、夜な夜な二人の間で持たれる性への、飽くなき欲望の、乱れに乱れた、爛れた生活……。それはそれで、この世の地獄だった。

そのような爛れきった日々の間に溜まっていったモノは、腐りきった膿だった。膿は黒く、悪臭を放つ。その悪臭が漂っている中で行われる、緑也と奈保の爛れた饗宴は、酒と性に染められていて、狂った炎のようだった。

「ソレ」が地獄であると、緑也は気付かない。それどころか、奈保の上げるけたたましい嬌声に、逆に満足していたのだったが……。

ある日緑也は、ふと気が付いたのだった。「何かが、足りないな……」と。その「何か」は、清らかで静かな、泉の水のような女であった筈だった。そうだ……。ソウが、いないじゃないか。この楽しい、酒盛りから外しておくのは、惜しくはないか？　ソウ。俺のソウも、呼び付けたい。そう考えた緑也が、自宅に電話をすると、草子が出た。確か、真夜中に近い時間に……。

「ファイ。水島でございファす」

ア音の音が、上手く発音できずに「ファ」になってしまっている。緑也は怒った。

「何だ、その話し方は！　ソウ。貴様、俺を馬鹿にしているのかよ？」

奈保は、酒を取りに行っていて、いなかった。

「ファら……ファなた。今頃ロウしたんですの？　いファ、ロこにいらっしゃるの。ファカになんか、していませんファ……。折れてしまった、ファの所為で……」

折れてしまった歯だと？　緑也はやっと思い出していた。そうだった。ソウの奴の歯は、まだ治っていないのか？　と。バカな女だな、ソウ。

大人しく言う事を聞いていれば、奈保のように可愛がってやったのに。歯っ欠け女だなんて、詰まらない。ああ。クソ。あいつを又、蹴りとばしてやりたかったのに。いつになったら、出来るんだ。

「歯がまだ治っていないのかよ、ソウ。そいつは惜しかったな。又、楽しくやろうと思っていたのに。ところでお前、ソウ。いつになったら治るんだ」

「いつって……。ファと、二、三ヶ月もすれば良いそうですけど。ファなた。それ迄、帰らないお積り？」

草子は、久しぶりに聞いた緑也の声の中の棘と毒とを、正確に聞き分けていた。緑也にはまだ、あの闇の力、悪しきモノ達が憑いているのだ。それなら、危険この上ない。草子は、祈った。緑也のために。神の憐れみが働いて、彼をゆるし、敵から解放して下さるように……と。緑也が緑也でいられるように、神の子として生きられますように……と。

けれど緑也は何も言わずに、草子への電話を切ってしまった。そして、考えていた。奈保ともう少し遊んでいれば、又、ソウの奴を甚振《いたぶ》りに、あの家に帰って行けるのだな、と。

だが、待てない。草子を甚振《いたぶ》りたい、という誘惑は、余りにも大きくて蠱惑《こわく》的で……。緑也の中の悪魔的な心を引き付けて、止まなかった。

それで……。緑也はその日の翌日から、二、三日に一度は、自宅で静かに暮らしていた「ソウ」の元に、戻るようになってしまった。奈保は知らない。客達に、媚と酒を売っていた間の事だったから……。奈保は妖しく色めいて、「美奈」の雰囲気も、ガラリと変わり、以前からいた古株のホステス達は、とっくに「美奈」から離れて行ってしまっていた。店は、魔境のようになり、男も女も客達も、妖しいものになっていたのだが……。奈保はその事を、危機と思わず、まるで昔から、魔窟であったかのようにして、平気でいたのだった。何もかもが変わった店に、名だけ残っている。

緑也はソウが、ますます気に喰わなくなっていた。まるで、別世界に住んでいるような、ソウ。昔話の、かぐや姫のように、月の代りに天空の光を、神だけを慕い求めているソウは、奈保とも緑也とも異っていて、変わらない。まるで、変わっていないのだ。真面に口が、利けなくなっているだけである事が、緑也の中にいるモノと、緑也自身の心に、憎悪を呼び起こして止まなくなった。緑也は、相変わらず草子を「ソウ」と呼びながら、草子が体を丸めて蹲踞《うずく》まり、防御のために、なす術が無くなる迄、打ち、蹴りとばしたのだった。情け容赦のないその暴虐ぶりは、いつも初めは、言葉で草子を傷付ける事から、始められた。緑也の口汚く、嘲笑をたっぷりと含んだ言葉で、侮辱されるのは、まず草子の愛する神であった。その次に草子自身が泥沼に落とされ、傷だらけになった。

「もう止めて。お願い、リョク」

と心の底から、苦痛を滲ませた「ソウ」が言うと、緑也の拳が、まず飛んできた。その後は、決まって緑也が疲れ切り、息切れがして満足する迄、打擲《ちょうちゃく》と蹴り、突き飛ばす等の、暴力が続くのである。

草子は、抵抗しなかった。只、「ファを打つのだけは、止めて……」と言い続けたが、その草子の心根の悲しさと優しさが、緑也に届くという事はなかった。

顔に又、傷が出来れば草子は、あの歯科医師に、緑也を庇うことも出来なくなるし、他人の目もある、というのに。緑也には、それも分からないのだ。草子は体をエビのように曲げ、丸くなる事でしか、緑也も自分も守れないでいた……。

緑也は、苦痛によって涙を、声も出さずに只、涙だけを落とし続ける「ソウ」を見る迄、満足しなかった。そして。満足すると、まるで「楽しかった」とでも言うようにして、出て行くのだった。

そんな日々が続き、それでも草子に、漸く本歯が入るという時期になった。草子の発音は、やや矯正されたのだったが。それでも、口許に残されていたシワは、どうしても消す事ができなかった。医師は告げた。

「奥さん。これで治療は全て終りましたよ。良かったですね。早く出来て。シワですか？　それならその内に、きれいになって行くだろう、と思いますのでね。ま、気長に待って頂くしか……」

本当に？　本当にそうですか、先生。わたしには解ります。このシワを治す事自体が、とても無理なのだろう、って。ボトックスをすすめられないのは、先生のプライドの所為なのだろう、と分かります。でも、仕方が無いと諦められるようになりました。先生は、失敗を認めたくないのですね。わたしの方は、ボトックスを受け続けるという、資金も気力も無いし、何よりもこれ以上、わたしの神様を悲しませたくもありませんもの。御存知ですか？　先生。わたしの愛する神様は、先生のためにも、わたしのためにも同じように、罪人達のために、死んで下さった方なのです。その時受けた、その方の傷に比べたら……。シワくらい、「我慢します」と申し上げられないと、いけないのです。そして、わたしはそうしたい。先生のミスであっても、そうでなくても、どうか許されますように。でも、これ以上、人を悲しませないでいて下さい。そうすれば、わたしの神様は、許して下さるでしょう。そして、わたしも救われる事でしょう。

鏡を見るたびに感じる、痛みから。食事の時には、もっと辛い。最後迄、調整が上手く行かなかったので、物を噛むのが痛くて、辛いのです。その時々に、主を想い、愛そうと思わなければ、生きられない程痛む程に、痛いのです……。先生、それもわたしは許して、主に、捧げます。「痛むたびに愛する」と言える、この心だけを。

彼が刺し貫かれたのは

わたし達の背きのためであり
彼が打ち砕かれたのは
わたし達の咎のためであった
彼の受けた懲らしめによって
わたし達に平和が与えられ
彼の受けた傷によって
わたし達はいやされた……

ああ、主よ。
聞いていて下さいますか？　この心を。

草子は、祈った。祈って。祈って。神に呼びかけた。

夕べに、あしたに、真昼に
あなたを想って嘆き呻けば、
主は
わたしの声を聞かれます。

そうです。神よ。聞いていて下さる方
どこにいらっしゃるのでしょうか
わたしの造り主なる神
夜、歌を与えて下さる方
地の獣によって教え、
空の鳥によって
知恵を授けて下さる方は……

わたしの神よ。わたしの神よ。
昼は、呼び求めても答えて下さらない
夜も、黙ることをお許しにならない

本当に？　本当にあなたは、この「今」に、この瞬間に、わたしを離れていらっしゃるのでしょうか。緑也に打たれている間にも、あなたはいない？

「わたしはここにいる」

主は、微かな木霊よりも、まだ遠くいらして、
「わたしはここにいる」
あなたとわたしは、共にいる、と、告げていられるようだった。
あの、嵐の湖で眠っていられた時より遠い。
それでいて、
あの、嵐の時の波風よりも近い。
わたしの神よ
なぜわたしをお見捨てになるのですか

なぜあなたは、と草子は呻いた。わたしをこうして捨てていられるのでしょうか？　答えて下さい。ひと言で良い。答えて下さい。恋しい方よ。答えて下さらないままに、わたしを捕えて燃やし尽くしてしまわれる……。

草子は緑也の前でも、歯の痛みは隠した。どれ程酷く打たれ、蹴られていても、緑也が与える痛みと、自分の体に神が植え付けられて行ったかのような、激しい苦痛を区別しようとして、努力していた。聖なる主である方からの苦痛は、草子を育てて隠れていたが、悪しきモノからの苦汁は、草子を甚振《いたぶ》った。神の息吹の中への成長と、悪への忍耐が、草子を少しずつ形造って行くのを、草子自身も感じる時はあったが、「確か」とは言えない

ままに、日が過ぎて行き、草子は「別の人」になる。

天におられるわたし達の父よ
み名が聖とされますように
み国が来ますように
天にみこころが行われるとおり
地にも行われますように
わたし達の日毎の糧を
今日もお与え下さい
わたし達の罪をおゆるし下さい
わたし達も人をゆるします
わたし達を誘惑に陥らせず悪からお救い下さい

このように、絶えず上げられている、草子の心の瞳は、しっかりと天上を向いていて、不動になった。そして。絶えず上げられていた草子の祈りは、草子を育てて別人に、「新しい人」にしてしまったのだった。草子は強められて、神の娘になるように招かれて、進んで行ったのだった。

茨の道を、十字架へ。十字架へ。愛する神へ、と……。十字架に招かれた、「神の子供」は進んで行く。

そうした或る夜、緑也がいつにも増して酔って帰って来た。酒に酔っていただけでは、勿論なかった。

緑也が「酔って」いたのは、悪徳と憎しみだったのだ。背徳という言葉も超えた、本物の悪徳に、その夜の緑也は、酔っていた。理由は、「そうなりたかった」から。

それで。緑也はまず、口汚い言葉と、憎悪に燃える目で、神を罵り、草子を詰《なじ》り始めた。いつものように、威嚇し、口とその心で神を凌辱し、草子を脅し、殴ったり蹴ったりしていたのだが……。

その夜の緑也には、もっと凶暴で残忍な、「何か」が取り憑いていたようだった。緑也は、涙を堪えている草子を突き飛ばし、トイレに引きずって行って、扉を開けた。そして、便座をも上げる。

「何をする積りなの、あなた……。リョク、止めて頂戴」

「止めてやりたくても、止められないんだよ、ソウ。俺様の中で、神が命令しているからな。ウン？　何をかだって？　決まっているさ。お前を殺せ、とな……」

そう言う緑也は、不気味な赤い瞳をしていた。そして。力まかせに、草子をトイレの中に、押し込もうと仕掛けたのだった。トイレという、不浄な場所の水で、溺れさせようとしている、と言うよりも。草子の体や、手足の骨を折り畳んで、トイレの水で流そうとでも、している様なのだ。

さすがに草子も、抵抗を試みるより他になかった。トイレの水で溺れるのも、手足を折られてトイレの中に詰め込まれるという事も、草子の神の名誉に、係わることだったからである。

メリメリという、音がしていた。トイレの上蓋に突っ張ろうとした、草子の両手の間から、その音はしていた。

まず、ゴリゴリッ。ズキッ。バリバリ。ベリッ。ボキン!! ガシャーン!! もの凄い音がして、トイレの蓋が壊れたようだった。それと共に、草子は右の背中に激しい痛みと、衝撃を覚えていたのであった。

「キャアーッ。あなた、リョク。もう止めて。止めて!」

「止めてたまるか!! ガガガアアッ。ソウ。もう少しなんだよォ! もう少しで、あの世に行かせてやるからな」

ドン!! ドン、ドン!! 突然激しく、ドアが叩かれた。水島家の騒ぎは、マンション中の噂の元になってしまっていたとはいえ、深夜の余りの騒音に、驚いた近隣の誰かが、一一〇番をしたらしかったのである。ドアが、叩かれている。

「開けなさい。警察だ」

「早く開けろ！　何をしている!!」

その物々しい怒鳴り声にも、驚いた事に、緑也はビクともしなかった。むしろ、静かと言えるような、愛想の良い、人の良さ気な顔と態度で、ドアを開けに立って行ったが……。後ろ手に水島家のドアはロックをされていて、誰も中には入れないようにしていたのだった。緑也は、揉み手でもしそうな愛想で、警察官達六人を迎えたのだった。警官が三人に、救急要員が、三人いたらしい。

「警察の方ですか？　イヤァ、済みませんですね。こんな夜中に。なあに、ちょっとした夫婦ゲンカが、少しエスカレート仕掛けた所だったんですが。丁度良かった。お手間を掛けて、申し訳ないです」

警官は、ニコリともしなかった。

「中に入らせて、お話を聞かせて貰わないと、帰りませんよ。さあ、どいて下さいよ」

「もの凄い音と、悲鳴が聞こえていたらしいじゃないか。近所迷惑も甚だしい。それで？　奥さんはどうして出て来ないんですかねェ？」

「ああ……妻なら余りにも恥ずかしくて、顔を出せないから、何とかお引き取りを願えないか、と言っていますのでね。勘弁してやってくれませんか」

「それじゃあ、どこからそんな音が出たんだよ？」

「ハア。物入れのドアが、壊れたんです。済みません。今夜は遅いので、余程大きな音になって、響きでもしてしまったんでしょうが。お手数かけてしまって……」

「奥さんが出て来たくないと言っても、駄目なんでね。せめて、声ぐらいは聞かせて貰わないと」

「奥さん！　出て来てくれませんかね。無事なら、無事な所を見せて貰わないと、帰れねえや」

草子は、緑也の変身ぶりに、只驚いていた。やっとの事でトイレの便座から引き抜いた体に、激痛が走っていたけれど、今外に出て行く訳には、行かなかった。それでは、何が有ったのかが、勘の良い警官達に、見抜かれてしまうだろう。草子は祈った。声が、出ますようにと。

「お騒がせして、申し訳ありませんでした。ファたしは、何ともありません。夫の言う通りです」

警官達も近隣の人達も、不満気らしかった。そして、草子に念を押してみてから、それでも緑也に、

「明日、調書を取らせて貰うからな。こっちが出張って来る前に、警察に来てくれ」と、念を押したのである。緑也はその警官にも、素直に、

「はい。分かりました」等と、言っていた。

皆が、口々に不満を言いながら帰って行ったらしかったが、草子はその、通報をしてく

れた人に感謝していた。神に、感謝を捧げていた。緑也の中に「何」が居たのだとしても、それは神様と緑也の中の「何か」の戦いの問題だった。人間界の、まして警察には、通用等しない。緑也は危うく、草子を殺しかけていたのだった、と分かっているのか。

草子は、背中の肋骨の骨が、折れていた。

神が、又もや勝利してくれたのだ。草子の傍にいて、「殺人」を止めた。そう分かった時には、草子は尚の事、神に感謝をしていたのだった。「もう少しで……」と、草子は祈る。

「もう少しで、緑也はあなたに対して、怖ろしい罪を犯してしまう所でした。それを止めて下さって、感謝しています。わたしの命は、あなたのもの。今はまだ、息をしています」

警官に、愛想を言うのに懲りたのか、緑也はしばらく姿を見せなくなった。そう。草子の肋骨の骨折が、治る頃迄は、ふっつりと姿を消していた。

折られた骨は、三本。怪我が治れば、又来る、と草子は悟った。その想いは、草子を苦しめ、一人を噛みしめさせたのだった。誰にも、言えない。神だけに、言える苦しみ。

一人とは、とてつもなく深い、孤独であった。その孤独を、草子は神と分け合った。人に言えない、その深い苦痛は、十字架の神だけが知っている。

草子は神を、絶えず必要としていたが、信仰の仲間も必要とした。それでも、知人達には言えない、その心痛を、どうして忍べば良いのだろうか？　草子は、教会のシスターや宣教師に電話を掛けてみたが、彼等は用心深くて。見知らぬ女からの電話は、打ち切られてしまった。適当に、慰めも言われないままに、教会は草子を閉め出した。それも、仕方がないのだろう。なるべきように、なっただけなのだ。昨今の教会には、「狼」からの電話や嫌がらせが、多く有る、と草子は聞いていて、諦めた。

自殺を防ぐ、という「命の電話」は、いつでも話し中で、役に立たなかった。妹にも教友にも相談できない草子が、相応の施設や警察の、自殺防止も兼ねている部署に救けを求めたところで「そちらの名前と電話番号、年齢、住所を言ってくれませんとね。対応できない」と言われるだけだった。草子は、死にたかったのでは無い。只、死にたい程に、神への信仰と希望、愛を語れる「誰か」が、必要であっただけなのだが。

神は、門を閉ざしてしまったようだった。

そして、その事も草子を傷付け、同時に強めた。

この頃草子は、背中の骨の痛みや、歯の痛みに言及しては、執こく神に「申し上げたい」とは、ほとんど思わなかった。言わなくても、解っていて下さる筈だ、ということを、草子は知っていたからである。

けれど。只、新しい苦痛、孤独について、神を呼んだ。

草子は歌った。唯ひと筋に神を求めて、その一日一日を。一日は長く、そして短くて、痛みは激しく、そして苦痛は、草子を隠した。この世の中から。それから、自分自身からも。

　こうした草子の神への信頼は、孤独である神、一人である方、十字架の主イエスへの、愛から来ていた。


　この頃、草子の孤独の巣に、近くいながら遠かった人達は、それぞれどうしていたのだろうか？

　さて、まずは福田弦と野々花夫妻の、心を煩わしていると言うよりは、頭痛と心痛の種になってしまっていた、瀬川陶子について言及してみよう。

　弦と野々花はその夜、「サパークラブ・ノワール」に居て、それぞれに客達の様子に、気を配っていたのだった。このところ弦も野々花も、心が痛い。彼等の一等大切な、陶子の様子が、おかしいのだ。

　陶子は勿論、仕事はきちんと熟《こな》してくれている。

　だが、元気が無いのだ。元気が無いのを通り越して、沈み込んでいるというのか、塞ぎ込んでさえ、いるようだった。食欲も無く、水も喉を通らないというように、明らかに痩せて行っている……。

　それでも、歌っているのだった。心の限り、命の限り。陶子の澄んだ、天上の天使の歌声で、歌う。

「ねえ、あなた。陶子ちゃん、どこか悪いのじゃないの？」

「俺も、それが心配なんだがねえ。野々花。あの子はホラ、俺達には一切何も話してくれないじゃないか。昔から、そうだった。今だけじゃなくてね」

それはそうだけど……と、野々花は考えていた。

こんなに人に心配させるなんて、仕様のない子ね。でも、仕方ない。「何も訊かない」という約束で、店に引っ張り込むようにして、入店して貰ったんだもの。でも、心配で、頭痛どころか、胃迄痛いわ。陶子ちゃん、何があなたを、そんなにしているの？　あの、「涙男」の青山さんの所為なのかしらね。異う、とは言わせないわよ、陶子ちゃん。

半年程前から、あなただけを目当てにして、この「ノワール」に通って来るようになった「泣き男」の青山紫苑さんと陶子ちゃんは、一度も口を利いてもいないのに、まるで精神が……。そう、心が双児みたいに似ているんじゃないの？　とても近いのでしょう？　分かるわよ、そんな事くらい。分かるわよ、見ているだけでね。

弦と野々花はその夜も来ていた至極変わった青年の、青山紫苑についても、悩まされていた。初めて紫苑が「ノワール」に迷い込んで来て、陶子を見詰めて、泣き溶けてしまう位に泣いた夜には、弦も野々花も、驚いてしまったものだった。

そして。それから後、特に半年前から、遠慮勝ちに店に来る紫苑を、バラ男（切りつけ魔！）の一族のように、警戒をしていたものだったが……。紫苑の態度が豹変をしたり、陶子に悪さをしようとする事は、決して無かったのだった。そして、大抵は前ばかり見ている。つまり、陶子自身を、というべきなのだが……。弦達には、良く分からない所を見ているようでも、あった。陶子を見ながら、陶子ではない、「誰か」を見ているようでもあり、陶子の歌声の中にいる、天使達を見て泣いているようでもあって……。つまり、結局はその変わった男、紫苑は、陶子の歌声で泣き、陶子自身か、他の誰かのために、必ず涙を流すのだった。「ノワール」に来るのは、泣くためだ、とでも言うようにして、泣く。その涙は、透明で澄んでいる、泉の中か小川から、溢れ出てくるようだった。そうしている間にも、涙の分だけ、紫苑も、痩せて行くようなのだ。確実に……。

どうしてだ？　と弦は思う。見ている限り、嫌、分かっている限り、陶子と紫苑は、視線さえ交わさず、絡ませず、口も利かないし、会釈の一つも、していない。それなのに、泣く。それなのに、不思議な事に陶子自身も、「その客」に限っては、弦達に質問もしなかったし、話題にした事も、一度もなかったのだった。これは、珍しい事だった。余りにも変わった客については、陶子も、弦と野々花の話題について、頷くくらいは、していたものだったのに。「泣き男」の話題については、陶子は何も反応しなかった。無反応の反応。

そうだ、それなんだよなァ、と弦は切なく思う。陶子は、弦の恋心を知っているのに、今迄ずっと、「無反応の反応」を、通して来ているのだったから……。あの紫苑という男も、無反応の反応、の天才であったとしたら、もうお手上げだ、という事になるのだろう。俺はフラれた、哀しいピエロだ。嫌、ピエロなんかじゃないな。野々花の夫だ……。

弦も野々花も、忘れていただけであったのだった。陶子にそっくりな、もう一人の女性がいた、という事を……。その女性は確か、草子と呼ばれていた事を……。弦も野々花も、草子を想い出さなかった。そして、弦はまだやはり、陶子が好きだった。

青山紫苑のようにして、手放しで熱い涙を流し、陶子に「好きだ」と、只一度でも良いから、言えたら良いのに、と願うくらいに。陶子がまだ、好きなのだった。決して、決して叶わない願い。叶うことのない恋心は、弦をも病ませてしまいそうだった。

だが……。弦は必死に、思い留まっていた。野々花のためにだけ、踏み止まっていられたのだ。それは、弦の心意気であり、生きるための「芯」のようなものだったから！　妻を泣かせない、というのが、弦の恋心の、最後の砦であって、弦はそれを守る積りだった。だから、泣けない。紫苑のようには。だから、泣かない。叶わない恋の痛手に苦しみはしても、陶子の前でも野々花の前でも、平気な振りを通している。それが、弦だった。

野々花は、四匹の猫達と戯れていて、弦の心の行く末に迄は、気を回していない。それこそが、野々花という女性の幸福なのだ、と誰が知るだろう。

只一人、「陶子だけが知っている」とは、弦も思わなかった。

けれど、陶子は勿論、知っていた。弦の苦痛と、紫苑の顔と姿をも……。唯、分からないのは、紫苑の涙の理由《わけ》だった。紫苑が、自分に「会いに」来ているのでは、無いらしい、という事迄は、分かった積りだった。紫苑は、草子の家に出入りをしている。陶子が泣きたい程に恋しい、双児の愛しい妹の家に、ある程度自由に、出入りが出来たというのに。何故彼は、「ノワール」に来て陶子に会い、天上からの歌声のような、カウンターテノールのような、七色の歌声を聴いて、泣き瘦《しび》れているのだろうか？　わたしの歌声を、聴くために彼は来るのでは無い。草子に、会いに行けば良いのに。「代用品」のわたしを見詰めて、泣いている。何故？　何故？「泣き男」のあなたは、何が望みで此処に来るのか、教えてよ。わたしはあなたが、羨ましいのに。

いつでも草子に会えるあなたが、羨ましいのに！

陶子の歌声の中に、敢えて優しい、恋の歌が入った。

紫苑は、すぐに陶子の心の変化に気付く。草子と陶子の関係を、全く知らない紫苑には、陶子の心模様だけが、草子を忍ぶ綱なのだ。

「異います！」と紫苑の心は叫んでいた。僕の方こそ、あなたにお尋きしたいのです。瀬川陶子さん？　それで間違い無かったですよね。

草子さんの居所を、教えて下さい。陶子さん。僕の大事な、命のような美しい女性が、この世界から、消えてしまったように、見えなくなった。陶子さん。僕はあの人の、行方を知りません。

僕の方こそ、訊きたいのです。あの人はどこにいるのでしょう？　僕の命である、あの美しい人は……。

紫苑が草子を完全に見失ってから、もう半年過ぎていた。

この三年間、紫苑は時々、草子の自宅付近を、当てもなく歩いていた。電話は、掛けられなかった。自分に、自分でも驚く程の恋心が、草子に対して有ったのだ、と知ってしまった以上は、紫苑には疾しい事が、できない。社長の水島緑也にも。あの、清楚な草子に対しても……。

そして草子は、天に昇ったか、地に隠れたかのようにして、紫苑の前に姿を現す事が、なくなってしまった。まるで、その姿を変えてしまったかのようにして。

もしもきょうからは広場に
もうわたしが見えず、見出されないならば
わたしは失われたのだ、と言って下さい。
わたしは愛に燃えて歩みながら、
自分を失うことを欲しました。
でも結局は、自分をもうけたのです。

この歌の通りに、陶子さん。天使達の歌姫と呼ばれている人。あなたに似た人は、消えてしまった。僕は失恋したのであって、彼女を見失いました。あなたが羨むことはないのです。ないのです……。

「ねえ、又泣いているわ。陶子ちゃんの、泣き男さん」

野々花の言葉に、弦も頷いた。羨ましかった。

「ああ。今夜は又、一段と盛大な、泣きっぷりだなァ」

陶子にも、良く分かっていた。陶子には弦と野々花ママや、仲間達がいてくれて、今では草子を想っているらしい、誠実そうな紫苑という人も、いるのだと。だから、大丈夫なのだ。

陶子は孤独なのではない。大丈夫。神もいてくれる。神こそは、伴《つ》れ立って歩いてくれる方なのだから。大丈夫。大丈夫。泣く事はないのよ、陶子。

草子もきっと、神の御手に伴われて、歩いているわ。

陶子は熱い涙を流し、青いノートに戻ってゆく。

深く、静かに祈りに沈み、救い主が、最初に一人きりになってしまった、オリーブ林の月光の中にと、降りて行ったのだった。嘆きの神の、お傍へと。

陶子は神に、祈って歌う。

六、シェオル（陰府《よみ》）の白いユリ

「サパークラブ・ノワール」に、青山紫苑が通ってきて涙するのには、理由があるのは誰にでも分かっていた。分からないのは、その理由なのだ。福田弦も野々花も、紫苑が恋していたのが、陶子に瓜二つの双児の姉妹、草子であるからなのだ、という事は、夢にも思っていなかった。あの、執着質というか、変質者に近かった水島緑也の、温和し気だった妻君の、草子の存在は、それ程薄かった？　否、異う。そうでは無かった。草子は、その「特質」の故に、誰からも忘れられやすかった、というだけなのである。自分の存在を、消し去ってしまい、只、周囲の人に気を配っていた草子。キリストによって、皆が幸せである事だけを願い、口を慎み、微笑んでいた女性、草子。草子は、弦と野々花から見る限り、水島緑也というロクデナシとは、釣り合わなかった。全く不似合いで、不釣り合いな夫婦の片割れを、二人が憶えていなくても、誰も責めたり出来ないだろう。

何故ならば、弦と野々花が草子に抱いた印象は、余りにも薄く（それも、草子自身が、そのように振る舞っていたものだったから）、陶子が「ノワール」に入店してくれた時に、少し驚いたくらいで、すぐに陶子中心の日々が、始まってしまっていたのだから……。

草子と陶子は、違っていた。草子は、人からも緑也からも自分を隠して、神と共にいて。

陶子は、毎夜、酔客達の目の前で、心底透明な歌声で歌い、祈りを届ける歌姫として、自分を歌の陰に隠して、生き通して来たのだったから。

そんな草子と陶子の「特質」の中に存在していた共通点を、青山紫苑は、一夜で見抜いてしまっていた。一人は隠れ住む修道女のようで、一人は歌で神を讃えているのだが……。二人共に、愛に仕えていて、愛の中でしか、生きられない。十字架を、抱き締めているように……。

我儘で浮気性で、自分勝手だった緑也に、憎しみよりも、哀しみに似た愛で尽くしていた草子の、物静かな微笑みの中に在った、確固とした愛情を、紫苑は見て、知って、愛した。

そして。その恋した人に良く似ている、もう一人の女性、多勢の酔客達の、一日一日の幸せを願って歌う歌姫の、隠れた悲しみと祈りに、草子を見付けた紫苑は、自分が泣き溶けてしまう迄、泣いている事にも、気が付かないでいたのだった。紫苑だけが、知っている、神の秘密のようなもの……。二人の、天使か白ユリに似た女性達の生き様《よう》には、たった一つの道しか見えなかった。その道は常時、神へと向かって進んでいる。

紫苑が陶子を見、その歌声を聴いて泣いてしまうのは、仕方のない事だったのだ。

紫苑は、草子とは別の意味で、陶子が好きで、哀れに感じていた。恋等では、無かった。只、哀れなのだ。誰からも本性《ほんせい》を隠して、懸命に、夜毎に祈りを、歌にしている陶子の心意気が……。その、陶子の心意気で、生かされている自分も……。陶子に出会えていなかったならば、と紫苑は考えて、ゾッとしてしまうのだった。

草子恋しさに、自分は狂ってしまっていたかも知れない。この、三年という長い長い孤独な日々を、到底過ぎ越しては、これなかったのに異いない。特に、全く草子に会えなくなった、半年間を……。

紫苑は百合絵を避けるために、アパートを引き払ったのだったが、それでも水島家の近くに住み続けていたかった、三年前……。百合絵はどこでどう調べたのか、紫苑の引っ越し先のアパートに現れたり、会社の近くで待ち伏せたりしていて、しばらくの間は、紫苑を「これでもか」という程苦しめたが、紫苑は自業自得だと思っていたので、ひたすら耐えるより他になかった。半年以上、紫苑は百合絵の毒舌や、侮辱に耐えて、過ごしたのだった。

只、ひたすらに謝り、百合絵の気持を宥める事にも、疲れきってしまった頃。何の気紛れなのか、百合絵の嫌がらせが、フイッと止まったのだった。百合絵も、そんな生活に疲れてしまった？

そうでは無くて百合絵は、紫苑よりもずっと条件の良い男を、見付けられただけだった。いつか、紫苑に対して「復讐してやる」と、自分自身に誓ったように。百合絵は新しい恋に、プライドをかけてのめり込み、自分を捨てた（としか、百合絵には思われなかった）

紫苑、という昔の男の事は、きれいさっぱりと忘れよう、と努力していたのだった。以来彼女は、紫苑の前には姿を現したりしないでいてくれた。

百合絵は、一方的だった恋に対して敵を取り、新しい恋人との日々に、青山紫苑という男を、埋めていった。紫苑は解放されて自由になり、罪悪感からも、解き放された。

そうなって初めて紫苑は、水島家の入っている高層ビルの周辺や、草子が通りそうな、スーパーや書店への道等を、歩き回れるようになった。草子が好きそうな、木の下陰のある並木道や、小さな公園等にも、足を伸ばしてみたりしたのだが……。彼が恋しく想う草子との、さり気ない再会は、なかなか巡って来なかった。

まるで、神様が意地悪をしているかの様にして……。

そうした中で紫苑は、草子がキリストを愛していた事を、日に日に強く感じるようになっていた。それで……。聖書を買い求めて読んだりしてみたが、その本は紫苑には難しかった。一人で読んでみても、その本の中の「イエス・キリスト」を、草子がどうしてあれ程大事にしている（ようなのか）のか迄の理解が、出来なかったのだ。

それで、次には教会の門を潜る事にしてみたのだったが……。初めの内は、教会の神聖さに触れて、却って足が勝手に、「其処」を通るまいとしているようだった。プロテスタントの教会だとか、無教会主義の教会に、紫苑は案内書を通して、行ってみたのだったが。やはり、「これだ!!」という程の思いには、到れないでいた。

そうして、半年程も経った頃だったろうか……。

嘆きの内に紫苑は、遠出をしてみていた所だった事を、良く覚えている。通りすがりの桜の樹の下に、とても小さな教会堂が、在ったのだった。

日曜日の午後の遅い時間だったから、集会はもう、とっくに終ってしまっていたのにも係わらず、その教会堂の門はまだ、開放されているようだった。紫苑は、迷っていた。

迷った挙句、帰途に就こうとして、其処を離れ、しばらく行ってから、誰かに呼ばれたかのように感じ、その小さな教会堂の方を見たのである。

そして、見付けた。懐かしい草子が、その教会堂の門から、そっと滑るようにして、出てくる所を！

「草子さん！　草子さん。僕は此処にいるのです。待って下さい。まだ、行かないで！」

紫苑の心の叫びは、草子に届く筈もなかった。

草子は、泣き腫らしたような瞳をしていたようだった。まるで宝か、何か大切な物を抱くようにして、物思いに沈み……。それでいながら、満足気に足を速めて、タクシーの拾える道の方に、行ってしまったのだから……。

草子さん。草子さん。と、青山紫苑は、譫言のように、恋しい人の名前を、呼んでいた。

あなたの神様は、此処にいるのですね、とも思う。だが……。何故草子は、自宅からこんなに離れた教会堂に、しかも集会時間でもない時に、隠れるようにして、来るのだろうか？　その理由は、分からなかったが、紫苑は草子の出て来た、教会堂の扉を開いたのだった。バラ窓は小さく、堂内はもう薄暗かったが、彼は見た。見て、頭を殴られたようになり、衝撃の余りに、思考力も失って、只々茫然として、其処に突っ立ったままになってしまった。

一歩も前に、進めなかった。しばらくの間は、何も考えられず、何も受け止められず、痺れたようになってしまっていたのである……。

御堂の中には、巨大な十字架が立てられており、其処に、等身大のキリスト像が、磔になっていた。その頭に巻かれた、凶々《まがまが》しい茨の冠と、十字架に打ち付けられた、両手と両足。槍で刺された、胸の傷……。何もかもがリアルで。

まるで。今にも瞳を開いて、自分を見そうな、悲壮で惨めで、愛そのものであるかのような神、キリストの御像が、其処に立っていて、紫苑に迫ってきていたのだ。紫苑は、息をするのも忘れていたように思う。それから、喘いだ。その、痛ましいキリストの御像を見詰めて、唯、喘いでいた。

「ああ。神様。ああ、神様」

と、彼は繰り返す。聖書を良く理解するのは、確かに大切な事なのだろうが……。こうして、例え人の手で造られたのだとしても、愛を込めて造られた、このような神の御像と直接に対峙する事が、何よりも大切なのであるのだろう、と彼は感じていた。「まるで……」と、彼は考えた。まるで、心を矢で射抜かれたようだ、と！　そうなのだ。紫苑は愛の神、苦しむ人の神に、射抜かれてしまった。矢というよりも、彼御自身に！　紫苑はそれで、理解をしたのだ。草子の、神に向けている、一途な愛の心を……。

彼が刺し貫かれたのは
わたし達の背きのためであり
彼が打ち砕かれたのは
わたし達の咎のためであった
彼の受けた懲らしめによって
わたし達に平和が与えられ
彼の受けた傷によって
わたし達はいやされた

青山紫苑は、この一つの尊い記述が理解できるようになると、美しい毛糸玉から糸を紡ぐようにして、他の所も理解できるように、とされて行ったのだった。それで。その日から彼も少しずつ、イエスへの愛を育て、歌うようになって行けた。正しくは「そうされた」、と言うべきなのだろうが。とにかく紫苑も、自分だけの神、愛に燃え立つ優しい神を、持つようになったのだ。草子や陶子と、同じようにして……。

紫苑はいつも、切に祈っていた。自分の中の草子への、甘く切ない恋心を、神が許して下さるように、と。それは、心の底からの、願いでもあった。

あわれみと許しは、
わたし達の神、主のものです。
あわれみと許しは、
わたし達の神、主のものです。

主よ。どうぞ憐れんで許して下さい。
人の妻である草子さんに向ける、
わたしの心の火を消さないでいて下さい。
彼女は、白いユリ。彼女は、清らかな乙女。
眺めているだけで幸福なのですから。

決して摘み取ろうとは、思いません。
只、このままあの人を、見守らせながら、生きさせて下さい。
生ある限り、愛したい……。

草子は人妻なのであり、乙女というには、もう年も行ってはいる。けれど。心が清くて若ければ、人はいつ迄経っても、乙女と青年なのでは、ないのだろうか？　紫苑の心も、まだ緑《あお》い。

夕べに、あしたに、真昼に
わたしが嘆き呻けば、
主は
わたしの声を聞かれます。

罪であっても、諦め切れない。只心に想うだけの恋なら、この世だけでなら、笑って済ませられるのに！　紫苑の心は、神に誠実だった。苦しんで。苦しんで。苦痛の余りに、神を呼ぶ。紫苑にも、分からなかった。何故、草子なのだろう？　女性達なら、他にも沢山いるのに、と……。

わたしにとって、驚くべきことが三つ。
知り得ぬことが四つある。
天にある鷲の道
岩の上の蛇の道
大海の中の船の道
男がおとめに向かう道。

紫苑の疑問に、答えてくれる答えは、神が知る。

あでやかな女は欺き、美しさは空しい。
主を畏れる女こそ、たたえられる。
彼女にその手の報いを与えなさい。
その業を町の城門でたたえなさい。

男がおとめに向かう道も、神のみが知っているのだろう。紫苑は、神を畏れる女を、選んだのだった。他の誰でもなく、神のみに心を上げる女を選び、その事について、片時も後悔しなかった。

教会堂から帰りかけていた、紫苑を呼び止めて、草子を見させて下さったのは、誰だったのだろうか？　紫苑は思い、感謝し続けるのだった。あの「声なき声」が、呼んでくれなかったなら……。紫苑はずっと、草子を探していただろう。

アパートを水島家の近くに借りた事もあって、それ迄の一年間にも、紫苑は草子を見掛けられたり、ごく偶《たま》には、道や本屋で、草子と挨拶を交わしたりする事も、あるにはあったのだが……。そういう時には、彼の傍に百合絵がいたり、草子の傍に妹の、風花が居たりして。ほんのひと時の、逢瀬とは言えない、只の擦れ違いのようなものだった。

それでも紫苑は、そんな時は幸福で一杯だったのだ。それすらも消え果てていた時間の後でのめぐり逢いは、紫苑に酔い痺《しび》れるような、幸福感を植え付けた。けれども紫苑はその幸運に、酔い痴《し》れてしまうような事は、してはならない、と心に決めていて、それを守った。

草子に会わせてくれたのが、神だったとしても、天使だったとしても、自分の願う心だったとしても、節度は守るべきだから。「酔ってはいけない」と自分に言いはするものの、幸福感と悲しみは、紫苑から滲み出て、草子に、周囲に伝染したものだった。それからの二人の、穏やかな、そして短い、笑顔の交歓には、神の話題が良く出てきていた。紫苑が分からなかった事々の多くに、草子は驚く程深い知識と洞察をもっていて、答えてくれた。

少しも偉ぶる事はなく、むしろ控え目に、ゆっくりと言葉を選んで、慎ましやかに……。窶《やつ》れていた女《ひと》と、それ程多く、会えた訳ではなかった。それ程沢山、二人で過ごせた訳でも、なかった。

出会うのは、教会の行き帰りの道筋や、小さな公園、桜並木のベンチの傍だったし、長くは居られなかった。「約束」をして会った事は、一度も無かったように思われる。只、会えた。その幸運に、その幸福に、紫苑はどれ程感謝をしただろうか。多分、涙と同じだけ。

そのようにして、青山紫苑の幸福な、けれども浮き足立ってはいない、二年間が過ぎていったのだった。青い実が、色付くように……。

では、その三年間の草子の気持は、どうだったのだろうか。毎日通って来ていた緑也の「運転手」の紫苑が、プツン、と切ったように家に来なくなると、初めの内は少し、物寂しく感じたものであった。紫苑は礼儀正しく、穏やかな性質でもあったので、何か寂しく感じられたのだ。

毎朝朝食を共に摂って、食後のコーヒーを飲み、たわいの無い話を、交わしたりしていたものだった。そんな紫苑が、プツリ、と鋏で「時」を切ったように来なくなり、草子との間も、疎遠になってしまったのだから。寂しく思われたのも、無理は無かった。けれど紫苑は元々は、緑也の会社の社員であって、夫のための「運転手」だったのだから。草子が、その事で激しく嘆いて泣く、等という事が無くても、当たり前の事だったのだろう。草子は紫苑という青年を、時々は懐かしく想い出しながらも、少しずつ忘れるようになっていた。

そんな時、思いも掛けなかった所で彼と再会し、思いも掛けずに、時々逢って、話をするようになったのだった。それも、信仰の話を！

神への愛と希望の話を、二人は良くした。紫苑は、キリストについて、聖書についての質問を口にし、草子は彼に、答えてあげられたのである。嬉しくない筈が、あるだろうか？　けれど。それであっても、紫苑はやはり、草子にとっては、緑也の部下であったし、少し年下の、今では同じ神を信じる、同志か、魂の友のようであったのだった。

お互いの魂が似ている、姉弟のような、二人。

そう思えば思う程、偶々逢えるのが楽しみな、大切な心の友が、紫苑だったのだ、と言えた。紫苑の望んでいるように、神は二人を逢わせてはくれたが、そういう理由で、神の御手の下、紫苑と草子は、別々に咲いていた。そして、神が送ってくれる風に、揺れていたのだった。草子が、酷く苦しむようになっても、それは変わらなかった。草子は緑也への、神の憐れみを祈り、願い続けながら、一人で苦しんだのである。たった一人で孤独の中で、苦役を受けた。その苦役は、愛するキリストのものだったから。キリストを、イエスを愛した草子は、自分の神の傷と苦痛についても、喜びと愛と同じように、愛していた。そして、受け入れていた。紫苑に出逢え、神に、共に心を上げられた事は、草子にとっての贈り物だった。その二年近くの時間は、魂の喜びだった。

だが。草子は気付いていたのだろうか？　紫苑の、何物にも代えられない、無上の喜びであった、という事に！　気付いては、いなかった。けれど、その穏やかな幸福の後に、「それ」が取り上げられた時、酷く残念には思う位の、心はあった。だから……。紫苑がいつも、泣く程に切なく、心を乱し、痛めたのだと知ったなら、心から申し訳なく思っただろう。

緑也に暴力を振るわれるようになって、紫苑にも、もう今迄のようには自由に、喜び、会えなくなった。会えば、緑也の暗闇が曝かれてしまうから。草子の願いは、緑也が神に責められ、人に責められるという事ではなく、その暗闇を清めて頂き、心から悔いて、神に帰る事だったのだ。「紫苑が、心配しているだろう」という事には、思いを馳せられはしたものの。そのようにして、どうしても草子は、年若い心の友に、会えなくなった……。

どこにお隠れになったのですか？
愛するかたよ、わたしを取り残して、嘆くにまかせて！
わたしを傷付けておいて、鹿のように

あなたは逃げてしまわれました。
叫びながらわたしはあなたを追って出て行きました。
でも、あなたは、もう、いらっしゃらなかった。

草子は、緑也に酷く痛め付けられて、苦痛に呻いていた時に、自分の神に会いたくて呼んだ……。

どこにいらっしゃるのですか？
愛する方よ、

と……。それがそのまま、紫苑と陶子の、草子を見失ってしまった哀切な時の、嘆きの歌であり、祈りであるとは知らないで、神を呼ぶ。何度も、何度も。その祈りはそのまま、神に聞かれていたが、三人の愛している神は、今はまだ沈黙しているままだった。神の沈黙は、それぞれの魂を焼き尽くした。

夕べに、あしたに、真昼に
わたしが嘆き呻けば、

主は
わたしの声を聞かれます。

どこにいらっしゃるのでしょうか
わたしの造り主なる神
夜、歌を与えて下さる方
地の獣によって教え、
空の鳥によって
知恵を授けて下さる方は……

その月日の間に歌われた、嘆きと賛美と孤独の歌は、草子と紫苑と陶子によって、それは美しい、悲しい三重奏となって、神に献げられていったのだった。だが。まだ時は来ていないのか？　神は黙して三人を抱いているままだった。愛おしい、子供達を抱くようにして……。

陶子は勿論、草子を見失う前の二年間を、草子について良く知っていた。紫苑よりも多く、紫苑よりも深く、唯、神にのみ劣って、知っていたのだ。

けれど、とうとう陶子にも、草子を見失う日が、来てしまったのだった。それは、草子が歯科医に通うように、なってからである。

人目を避ける草子の朝は早く、一方で、人々の心を慰め続けていた陶子の、夜は遅かった。その上草子は、帽子等で「変装」をし、抜けた歯によって変わってしまった顔を、なるたけ人には隠そうと努め続けた。神が、草子を助けてくれていた事もあって、陶子は愛する妹の姿を、その瞳に捕えられないでいた。何度かは、「草子なの？」と呼び掛けたくなる女性の、後ろ姿や横顔を、遠目に見はしたけれど……。けれど、「彼女」はいつも俯いていて、はっきりと顔が見えないのだ。例えチラリと見えたとしても、その皺の寄った口許は、あの美しかった、草子の物とは思われず……。足を少し引きずるようにして歩く、その人の後ろ姿も、草子の物とは思われなかった。それでも！　それでもその人は、痩せ細ってはいたものの、草子に良く似た面影と姿があり、草子の好む服装を、いつもしていたのだった。陶子は「草子なの？」と叫びたかった。けれども、「何か」が邪魔をしていた。あの、痩せ衰えて、哀し気な様子のあの人が、わたしの草子の筈が無い、という想い……。それから陶子は、紫苑のように、完全に草子を見失ってしまった。その頃にはもう、歯科医に通う草子も、いなくなってしまったのだから。

「何でなの？　草子。あなただったとしても、歯はまだ治り切っていなかったでしょうに……」

しかし、それはもう言っても詮無い繰り言だった。妹は、消えたのだ。

ああ、神様。わたしの神よ。聞いて下さい、この嘆きを。わたしは今、「泣き男」さんの心が、良く分かります。あの人もきっと、愛する人を失ったのでしょう。

陶子は何も聞かなくても、紫苑の心が解った。

陶子も草子も紫苑も、辛い神の沈黙を、只、祈る事で、信仰と希望と愛で、耐えていた。

神の沈黙程、辛いものは無い。

なぜこの心を癒やして下さらない？
これを傷付けたのはあなたですのに。
あなたはこれを盗み去られたのに、
なぜこのように捨てておかれるのですか？
なぜあなたは、盗んだものを、
もってゆかれないのでしょう？

神の沈黙は深く、その調べは、湖の底で眠っていた。

孤独の内に彼女は生きていた

孤独の内にもはや巣を置いた。
そして孤独の内に彼女を導くのは
彼女が愛しているかの人ただ一人
彼も又孤独の内に愛に傷付いて。

「彼も又孤独の内に愛に傷付いて……」
この歌は、深い、暗闇とも言える孤独、神御自身の孤独について語っていて、余りが無かった。
こうした歌と祈りの言葉に触れるたび、草子と陶子、紫苑の苦痛は、涙に変えられたのだった。その涙は、主イエス・キリストの祝福を、いつも思い起こさせてくれていた。もしも、例えこの世では、神の沈黙の中でしか生きられないとしても。次の世では、神の御手に抱かれて、御顔を仰ぎ見られるだろう、という希望を、余すところなく伝えてくれている。祝福を与え、草子達に抱かせ、刻みつけてくれて、生かした。三人はだから、主イエスの祝福のことばを、辛ければ辛い程抱き締めたのだ。特に、草子はそうだった。草子の無惨さは、希望を砕こうとする程の、苛酷さだった。希望を奪われたら、生きられない。

心の貧しい人々は、幸いです、

天の国は、その人達のものだから。
悲しむ人々は、幸いです、
その人達は慰められるから。
柔和な人々は、幸いです、
その人達は地（楽園）を受けつぐ。
義に飢え渇く人々は、幸いです、
その人達は満たされる。
憐れみ深い人々は、幸いです、
その人達は、憐れみを受ける。
心の清い人々は、幸いです、
その人達は、神を見る。
平和を実現する人々は、幸いです、
その人達は、神の子と呼ばれる。
義のために迫害される人々は、幸いです、
天の国は、その人達のものだから。

希望を求めて神を求めて嘆き呻いている、陶子と草子、紫苑の心に、神が点して下さる灯り。沈黙の中にあっても、送られてくる、愛する主イエスからの、メッセージ。わたし達も、草子と陶子、紫苑のようにして、いつもこの、愛に満たされたメッセージを、頂いているのだと思う。この、神の愛は、暗闇を照らしてくれる光なのだった。そして。草子には別のメッセージも。

彼はわたし達の患いを負い、
わたし達の病を担って下さった。

草子は折られた肋骨が、完全に癒える時が恐かった。前回は歯が折られ、治った頃に緑也が現れて、草子を手酷く扱い、肋骨を折って行ったのだから。歯にしても、肋骨にしても、癒える頃が何故、正確に緑也に分かるのだろうか？　それは、緑也に「アレ」が憑いているからでは、ないのだろうか？　普通の人間に、誰の怪我がいつ治るか等という事が、正確に分かる筈など無いのに。緑也には、分かるらしいのだ。何故？　緑也の心の隙間に、入り込んでいる「アレ」が囁くか、大声で唆すから？　そうなのだろう、と草子は恐れていた。普通であれば、どんなに「悪いモノ」に取り憑かれたとしても、いつかは理性が、勝つような気がする。

でも。どこにももう、理性等無いか、心の中が隙間だらけだったとしたら、どうなるのだろうか。草子は、それを考えるのが、怖かった。緑也の理性に、まだ残っているだろう人間性にかけて、神に緑也への憐れみを願っている草子には、夫である緑也が、完全に「ソレ」に乗っ取られてしまっている、と考えるのは、余りにも怖ろしい事であったのだ。けれども……。その兆候は、無惨にもはっきりと出ているように思われて、草子を苦しめた。

もしも今度、肋骨の骨折が治る時に、緑也が現れたとしたら？　そして、今迄よりももっと、凄まじい怪我を、草子に負わせようとして、襲いかかってくるような事になったとしたら……。緑也は、自分は、一体どうなってしまうのだろうか。今迄の怪我でさえ、神が草子に代って苦しみ、代って担って下さったからこそ、何とか癒えたのだ。これ以上の傷や患いを、緑也から受けたくない、と草子は祈って、一人で苦しんでいた。長い間、沈黙している主イエスに、祈って呻いていたのだった。神は至高で甘く、その沈黙は痛い。暗闇の中で唯一つ見える灯りだけが頼りのその道を、草子は歩いていた。痛みだけを伴に。

そうして遂に、草子が恐れていた、その日が来た。

草子は病院で検査のために入院していたのだが、その日、主治医が告げたのだった。

「まだ完全だとは言えませんが、良く我慢をしましたね。もうそろそろ、普通にしても大丈夫でしょう。しかし、三本も骨折をしたのだから、何事も慎重にして下さいよ。何でも、急いではいけません。ゆっくりと、焦らずにね」

草子は、病院の地下のタクシー乗場から、タクシーに乗って、自宅に帰った。神に感謝をしていたが、緑也への恐怖も、そっと打ち明けていた。

そして緑也は又しても、その日の夜には、草子に怪我をさせた事等、忘れたようにして（実際、彼は、全てを忘れてしまっていたのだった）、自宅に舞い戻って来たのだった。

緑也は、奈保との楽しい、けれど爛れ切った生活に飽きてきていて、又もや心性の清純な、草子と奈保とを、比べて、来たのだ。しかも、心の中の何かが、彼を唆していた。

「やれよ。あいつを、やってしまえ。惜しくはないのか？　新婚時代以来の、御無沙汰だからな」

何も遠慮はいるものか？　あの女は、新婚時代はネンネで、お前には物足りなかった、というだけの話さ。今はもう、しっかり熟《う》れている筈だろうからな。奈保よりも、旨いかも知れないぞ！

草子の恐怖に引き攣った顔色を見て、緑也（と、彼の中にいるソレ）は涎を垂らし、それをジュルル、と音を立てて吸って、飲み込んだのだった。

「よォ。奥さん。ソウ。久しぶりだったな。元気にしているようで、大いに結構。遊び回る隙があるようだから、俺とも楽しく遊ぼうや。なァ、ソウ。一番楽しい事ってなーんだ？　それはな、ベッドに行けば分かるぜ。俺が教えてやる」

「……べ、ベッドに、何ですって？」

草子は口が動かなかった。ベッドで何を教えると言うの？　止めて。

「緑也。そんな事は、わたし達夫婦の間では、もう無くなっている事でしょうに。それを、それを、そんな下卑た、ケダモノみたいな顔をして、今言うの？」

「無くしていたのは、お前が詰まらない女だったからだよ、ソウ。女っていうのは、本当はいつも欲情していて、アレが大好きなのに、お前はそうじゃなかったからな。スカすなよ。お前だって女だ。ベッドに行け」

「わたし……。わたしはもう、そういう事には、興味が無いの。わたしを放っておいて頂戴、あなた」

「リョクと呼べ、と言われているのも忘れたのかよ。この、うすら呆けの奥さんは。なァ、ソウ。来いよ。俺は上手いぞ。来れば、ヒイヒイ言わせてやるからな。嘘じゃねえぞ。ソウ。ソウ。ソウ。ソウちゃんよォ……」

そう言う緑也の瞳が、又しても暗黒色の赤に燃えているのを、草子は見た。「ソレ」が、睨んでいる。

「神様。ああ、神様！」

草子は、思わず口にしていた。

「神様だとォ？　ソウ。まだお前は、あんな作り話を信じているのか。このクソ女《あま》め！　神なら、俺様だと、昔あれ程言ったじゃないかよ。ン？　サタンだと？　この俺様が、サタンだと言うのか？　面白い。ケッケッ。面白過ぎて、胸クソが悪いぜ。良いから来い。本当の楽しみって奴を、教えてやる」

緑也は逃げようとした草子を捕まえて、いつもの通り、気の済む迄思う様打擲《ちょうちゃく》した。それから、ぐったりした草子を、レイプしようとしたのだった。緑也の中の「声」が、焚き付けている。「やれよ。やれ。やってしまえ、その女を」と。

力一杯押さえ付けられながらも嘆き、呻いて、草子は緑也から、何とか逃れようとしていた。治ったばかりの、肋骨が激しく痛んだが、今は構っていられなかった。ケダモノと化した男と、その中に巣喰っている「悪いモノ、サタン」にレイプをされるくらいなら、死んでしまった方が良かったからである。もがきにもがいて、打たれに打たれて、草子はやっとの思いで自室に逃げ込み、鍵を掛けた。

そのドアを、緑也はドンドンと叩き続ける。時には強く力まかせに叩き、時には弱くトントンと叩いて、

「ソウちゃん。開けて遊ぼうや。楽しい事だって、先刻《さっき》から言っているのに、まだ分からないのかね。クソ。トントン」

等と言って、草子の神経を逆撫でするのだった。

その間中、草子は緑也の魂と自分のために、神に祈っていたのである。涙が、溢れて来て、止まってくれない苦痛の中で。緑也は、救われるのだろうか？　わたしがどんなに祈っていても、主イエスはまだ、沈黙をしているばかりで、応えてくれない。だけど、信じたい。彼を救けて貰える、と……。
「ああ、主イエスよ。愛する方」と、草子は泣いた。

夕べに、あしたに、真昼に
わたしが嘆き呻けば、
主は
わたしの声を聞かれます。
そうです、主よ。
それは今です。それは今です。今なのです……。

そうして、どれ程経ったのか？　緑也と、あの「魔物」が諦めて、「美奈」に帰って行った時には、草子の心は泣き疲れていて、体中が激しく痛んでいた。
「ああ、神様。助けて下さって、感謝しています。緑也は、又来ると言って帰りましたが、どうかもう、彼を許して、清めて下さい。あなたを酷く冒涜させたり、侮辱して、罪を重ねさせないでいて下さい。あの悪いモノから、緑也を救い出して下さい。何も分かっていないのです。きっと、分かっていないのです」

例え「愛している」とは言えなくても、緑也は長年一緒に暮らしてきた人だった。例え彼が、特に善良では無かったとしても、夫であった事には、相違が無いのだ。そんな男《ひと》が、崩れて行く。喰い尽くされて、行ってしまう。地獄への、死の道を……。

草子は緑也の事で苦しむ余りに、自分も地獄を見ていたのだった。それは、苦痛以上の苦しみ。夫であった人の滅びを見、担う苦役を、神は草子に与えたのである。凄惨な、十字架という、名の苦しみを。自分のためにではなく、人のために苦しむ、哀しみと痛み。草子への神からの「分け前」は、一人で苦しむ事だった。命よりも愛している、キリスト・イエスに似て！

草子は歌う。草子の祈りは、唯神を呼んで歌になり、歌に呼ばれた……。

どうかあの方が、その口のくちづけをもって
わたしに口づけしてくださいますように。
教えて下さい、わたしの恋い慕う人
あなたはどこで群れを飼い

真昼には、どこで群れを憩わせているのでしょう。
牧童達が飼う群れのそばで
顔を覆って待たなくてもすむように。
ぶどうのお菓子でわたしを養い
りんごで力づけて下さい。
恋人よ
わたしは恋に病んでいますから。

恋しい人は言います。
「恋人よ、美しい人よ、
さあ、立って出ておいで。
ごらん、冬は去り、雨の季節は終った」と。

恋しいあの人はわたしのもの
わたしはあの人のもの
ユリの花の中で群れを飼っている人のもの

夕べの風が騒ぎ、影が闇にまぎれる前に
恋しい人よ、どうか
かもしかのように、若い雄鹿のように
深い山へ帰って来て下さい

夜毎、ふしどに恋い慕う人を求めても、
求めても、見つかりません。
起き出して町をめぐり
通りや広場をめぐって、
恋い慕う人を求めよう。

求めても、あの人は見つかりません。
求めても、あの人は見つかりません。
わたしが町を巡る夜警に、見つかりました。

深い山。深い谷。深い森。深い河。深い淵でもある、海の中……。草子はその全てを、愛する神を求めて、巡って歩いていた。緑也はケダモノと化してしまっているようで、何が何でも諦めなかった。

二、三日置きに緑也が、フラリと帰宅して来ると、草子は余計な議論をしないで、自室に逃げ込んで、扉の鍵を閉めるようにしていたのだったが……。そうしていても、「魔物」となり、獣となった緑也の声は、聞こえてしまった。緑也は、草子を打ち、殴れない代りに、寝室のドアを打ち、殴って蹴りつけるのだった。

それから、草子に見当はずれの議論を仕掛ける。

「ソウ。お前の神は、敵を愛せ、と言っていたのに、不信仰な女だな、お前は。俺を愛せよォ。敵どころか、お前の夫のリョクなんだぞ。お前の宗教でだって、妻は夫に従うんだろう」

「お前。偉そうに鍵付きの部屋に閉じ籠もったりしているが、そんな事をして良い、と誰が言ったのかね、ソウ。お前の隣人を愛せと言われているのに、あんまりじゃないかねえ。出て来て、顔を見せておくれよォ。裸になっていてくれれば、もっと良いんだがな。裸になって、俺と楽しく、やる事をやろうぜ。神に背くな、クソ女」

「お前の好きなイエスを殺したのは、誰だか知っているかい、ソウちゃん。それはな、神なんか殺しても平気な、この俺様だよ。まだ分からないのか。あいつは、俺にも負けるようなエセ神様なんだぞ。強いのは、あいつじゃなくて、奴を売った男だ」

「十字架なんて、痛くも痒くも無かったろうぜ。あいつが神だと言うのなら、その位は平気だった筈だし、自分で十字架から降りられた筈だ」

緑也の執拗な挑発は、時には草子の自制を突き抜けてきてしまった。それは、巧みな摩り替えだった。

「異うわ。あの方は、自分で十字架に上って下さったのよ。御自分で、わたし達の罪を担って下さった。降りようと思えば、いつでも降りられた、あの十字架の意味を冒瀆するなんて。あなた。いつからキリストについて、そんな風に語れるようになったというの？サタンが憑いていなければ、できない筈でしょう」

「奴の名前を言うな、と言っておいただろうが！このクサレ女め。サタンはお前だ。奴に尋いてみろ」

やっぱり、「あの魔物」サタンに取り憑かれて、今では全てを乗っ取られてしまったとでもいうの？緑也。ああ、神様。あの人を憐れんで、強力な「悪」そのものからでも、救い出して下さい。まだ、人間らしい所が、残っている筈ですから。きっと、きっと、残されている筈なのですから。だって！だって信じたい！あなたが、今でもわたしと居て下さるように、今でも緑也の、少しでも残った「心」を聞いて、助けてあげて下さると。

草子は長い間、キリストと二人きりになりたい時には、祈りの中で、彼が、血のような涙を流して祈られたという、オリーブの林に降りて行っていた。特に緑也が「狂ってからの」、この何年かは、苦しみの中で、満月に照らされたオリーブ園の、濡れた下草の中に額衝き、愛する神と苦しみを共にして、慰め、慰められていたのだったが……。緑也の狂ったような、隙間に付け入った「悪」から逃れる時や、その苦役を神に祈る時には、もうオリーブ園には行けなくなってしまった。ゴルゴタの丘の上の、十字架のイエスの下に身を寄せて行くしか、なくなった。イエスは、愛してくれたからこそ、死も引き受けて下さったのだ。十字架は、その徴。それならば自分も、と草子は心に思い定めて、主イエスの下、御母マリアの下に行って、緑也を「悪」から救って貰えるように、と祈ってきたのだった。それでも神は、沈黙していた。

「聞いていて下さる。それは、解るのに。何故なのですか？　わたしの神よ」

草子は祈り、呻いていた。

土の器を練り直すためですか？　それとも、もっと強く堅くと、火の炉に置いて、焼くためでしょうか？　答えて下さい、わたしの神よ。何故、一人にしておかれるのか？　何故あなたは、わたしの手を離さないのに、そのままにされる？　草子は、呻き、嘆きながらも、神に引かれて歩いて行った。絶望の淵に陥らないように、闇い道を……。絶望だけは、したくない。「それ」は希望に反するから。絶望が、例えやって来たとしたら、イエスに頼れば、希望に変えてくれる筈だった。

その、希望への信頼が、草子を保っていてくれたのだが。神は、沈黙したままだった。唯、草子の手を握っていてくれる事だけが、解る……。

このようにして、草子は耐えていたが、いつしかそれも、薄暮に変わった。緑也の地獄と「悪」に染まるまい、むしろ神に憐れんで頂きたいという願いも、苦しみの内に「悪」に汚染されて終ってしまうのか、と思う程に。「悪」が、付き纏うこの家から、緑也から離れたい、といつしか草子は願うようになっていった。行く当ては無かった。けれど、しばらく離れていられたら！　緑也の中に巣喰い、燃えている「悪」が、余りにも強力で執こかったせいもあったし、「ソレ」と戦う気力を、何とかして神から頂きたかった。自分が、もしも「アレ」の悪に、ケダモノのような、地獄の番犬のような、「悪そのものの悪」に負けたりしたら、どうなる？　草子は、神にお詫びの仕様がない、と思い詰めた。強く、気高くいたかったけれど、それが叶わないのなら、せめて愛する主イエスに倣って、雄々しくありたい。家を離れて、気力を頂いて、又戻ろう、と草子は願った。緑也から、一時身を退くのだ。

わたしは弱いが、
神は強い。
わたしが弱い時こそ、
神は強くあられると知っています。

そう心を決めると、草子はもう迷わなかった。自分の弱さの中でこそ、主イエスは強く働いて下さる筈だから。草子が弱いままでも、神は雄々しく美しい……。

草子がざっと身の廻りの物を旅行用ケースに詰めて、家を出ようとした瞬間に、その日はまだ昼間だというのに、緑也が姿を現したのだった。不気味に、ニタニタと嘲いながら、やって来た緑也の瞳は、憎悪に燃えて、赤々と光っていた。

どこにいらっしゃるのでしょうか
わたしの造り主なる神
夜、歌を与えて下さる方
地の獣によって教え、
空の鳥によって
知恵を授けて下さる方は……

ああ。神様、どうして緑也はこんな時に、姿を現したりできたのでしょうか？　やはり、あの「ケモノ」の所為ですか？　救けて下さい。あなたの子である、このわたしを。どうか「悪」には渡さないでいて下さい。あなたと二人、この場を去らせて……。

主イエスよ！
全てはあなたのためにあります。
わたしはあなたのもの
そしてあなたはわたしのもの
他の何かに渡すのならば
どうぞお連れ下さい。今こそ、
この生命の幕を閉じてでも！
でも、あなたは既に勝利をしています。
お救い下さい、この、名もない草ユリを！

夕べに、あしたに、真昼に
わたしが嘆き呻けば、
主は
わたしの声を聞かれます。

草子はじりじりと後退して行き、跳びかかろうとした緑也の手を、振り払おうとしたが、ひと足遅かった。緑也は草子の手から、旅行用のケースを奪い取り、それで、思う様草子を殴り続けた。肩から腰、両足と背中。顔と頭だけは、草子が腕で庇っていたので、それ程酷くは痛まなかったが……。

やっと治った肋骨には、又ヒビでも入ったような、激痛が走った。両足の腿や、足首の鈍痛。止め具が開いてしまい、部屋中に飛び散らかった、聖書と衣類と、洗面具。草子に浴びせかけられる、緑也の背徳と冒涜の言葉の数々は酷く、凄絶であった。それでも、それはまだ「序曲」だったのだ。本当の悲劇は、緑也の中の「モノ」が企み、緑也が望んでいた、草子の凌辱であった。緑也は、嘲う。

「ケッケケッケッ。これこそ男の、歓びなんだなァ、ソウ。もっと泣けよ。ホラ、喚け。お楽しみは、これからだ！」

そう叫んだ緑也は、草子の着衣に手をかけて、力一杯それ等を、引き裂こうとした。上着とブラウスのボタンが取れて、弾けて飛んだ。蒼白になった草子だったが、ボタンの一つが、緑也の目に当たったので、さすがに緑也は、草子を放した。思いがけない伏兵だったから……。

その隙に草子は、自室のドアを閉め切って、鍵を掛けられたのである。神の救け……。

草子の、蒼い顔。真っ蒼な顔色の草子は、蒼白いユリの花のようだった。体中が痛んでいて、動けない。でも、助けて頂けた。今日も、助けて頂いた！

ドアの向こう側では、緑也がいつものように口汚く神を呪い、ドアを蹴ったり叩いたりしていたが、草子は唯安堵をしていて、感謝して祈った。力まかせに叩き付けられた、硬く重い旅行ケースでの怪我は、素手や素足によって負わされたものよりも、数倍痛んでいたが、それも気にならない。

草子はむしろ、毒づいて帰って行った、緑也の哀れさだけが、心に掛かって泣いていた。彼が、救かりますように!!

ああ、神様。緑也の心と命を、助けてあげて下さい。どうしてあれ程に酷く、「魔物」に入りこまれてしまったのか？　それだけの隙が、緑也に有ったのだとしても、わたしは願います。恐ろしい「悪」から彼を救い出して、正気に戻らせてあげて下さい。わたしが祈っている事を、知る由もないあの人に！　そして、他の人々も守ってあげて欲しいのです。主イエスの、御手によって、守って欲しい。ああ、彼は知らない。あなたに愛される、幸福と平和を！　知らせてあげて。どうかあなたの愛の力で、悟らせて下さい。主イエスよ。今日も助けて下さって、ありがとう。ありがとう。ありがとう。わたしの愛する神。

主イエスよ、今日も御手に救われました。
今、わたしは疲れ果て、
激痛に身をよじりながら、耐えています。
君知るや？　と緑也に問いかけながら。

凄まじいこの痛み。
あなたは知っている！
でも。これも、許してあげて下さい。
救かって欲しい。只、それだけを祈っていますから。
清められて、欲しいのです。わたしは祈れます。
わたしの神よ。あなただけが知っていられる、この傷の数々。
治療の失敗で頭骨は変形し、
アゴが酷く痛み続けています。常に。
歯の根は全て押し潰されて、折れてしまった。
そのためか、心臓も痛み、潰瘍も深く……
痛みと出血、発熱で苦しんでいます。
吐いて、吐いて、吐いて、血を吐く。
傷が深過ぎて、治せないとのことでした。
物すら言えないこの身でも、
まだ痛みを感じて呻いています。けど……。
でも。それ等はもう良いのです。

わたしの神よ。愛するあなた。
わたしはあなたのもの
そしてあなたはわたしのもの
あなたが苦しみ、痛まれたから、それは良い。
むしろ、主イエスよ！
わたしのあなた
あなたの痛みに与《あずか》っているなら、それは幸い。
疲れ果て、労しているのも、それも幸い。

こよなく愛する方に似て……
いいえ、似せられてゆくのですから、やはり幸い。
愛に似て行く！　愛だけに望む！
それは幸いなのでしょう？
愛のために、あなたのために痛んで、
疲れ果てていられる今を、心から幸いと言えます。
ああ、主イエス！　神よ。
あなたは何と多く痛み、労してくれた事でしょう。

十字架で死なれる迄の、あなたの苦痛!!
公生涯に出られてからの、
あなたの苦役と幸いよ。
主よ！　ベツレヘムでお生まれになってからの、
あなたの苦しみと、愛に満たされた幸いよ！
わたしの神よ。わたし達全ての神よ。

ああ、あなたは苦しみに悶えて、
傷みに傷んで、疲れに疲れて……
それは全て、わたし達のためでした。
「成し遂げた」と言われて、死なれたあなた。
だから。わたしも言いたいのです。
今も、いつも、生涯の最後の日にも。
愛する神に「成しました」と、言いたいのです。
それで、生きます。辛くても、今を。
あなたを呼んで、喜び、感謝して生きる。
こんな日々の中でも、後でも、いつも、感謝したい。

明日を思わないで、今だけに生きたい。
あなたに倣って、唯、今だけを生きて、逝きます。
あなただけを、見ています
愛する方。主、イエス！
あなただけ。唯、あなただけ……。

草子は体を起こして、リビングに通じているドアを開いた。足の踏み場も無い程に家具と、旅行ケースの中味が散乱している室内は、無惨だった。片付けようとしてみたが、ケースの角やケースそのもので、力まかせに殴られた体中が、悲鳴をあげていて、動かない。


「明日にしよう」

草子は這うようにして、寝室に戻りかけたのだった。電話が呼んでいる。

「ファい。水島で……ございます」

「今晩は。青山紫苑です。済みません、電話なんかしてしまって……。草子さん？　大丈夫でしょうか？　あれからずっと又、お目に掛かれないので……心配になってしまって。御病気でもされているのか、と」

紫苑は、自分に課していた禁を、破るしかなかった。社長である緑也が、ロクに家にも寄り付かないでいるらしいのに、草子に会えない。草子は語りたがらないけれど、夫婦の間が、余程おかしくなっているのか。あるいは草子が、外にも出られない程に、あの教会の御堂にも来られない程に、弱り果てて、困っているのではないか、と思うと、心配でならない。その心配は紫苑を蝕み、自制心すらも、失わせる程だった。

だが、草子は答えた。神が、聞いていて下さるから。

「ファア、紫苑さん。お久し……振りですわね。御心配を……かけてしまったようで……ごめんなさい。ファたしは、大丈夫です。又、転んで少し、怪我をしただけ。又、歩けるように……なったら、出掛けて行けますファ。あの教会堂……で、お話ししましょうね」

なぜなのか、草子の言葉使いが、変だった。怪我が痛んでいるのか、無理をさせてしまっているのか？

紫苑には分からなかったが、訪ねて行っても良い状態ではない事だけが、分かったのだった。それで言う。出来るだけ明るく、想いを込めて……。

「それは大変ですね、草子さん。転んだだけだと、放っておいてはいけません。お医者には、行って来ましたか？　まだなら早く行って、診て貰って下さい。それで、早く良くなって下さいね。僕はあの教会堂の前に通って、待っていますから……」

お医者に等、行ってはいない。紫苑には、分かった。行っているならその姿を、自分は見付けていただろうから。ああ、神様。草子さんは、何を隠しているのです？　この僕にも言えないような、秘密を抱いて、今、あの部屋にいるのです。草子さんの「秘密」とは、一体何なのでしょうか？　分からない。

草子は紫苑の言葉と声音に含まれていた、暖かな思い遣りの心に触れて、涙を流している自分を、発見していた。ほんの少しの思い遣りが、手の平よりも暖かい。こうして、改めて草子は、自分の置かれている状況の侘しさと、孤独の深さに、驚いていたのだった。涙が溢れ続けて、止まらない。神への心とは別に。

どうして生きながらえていられるのか
ああ　わたしの生命よ、
お前の命のある所に生きていないで。
お前に放たれた矢は、
お前を死なすはずだったのに。
お前に抱かせた
愛する方についての想念《おもい》によって……

けれど又、草子は祈る。死よりも強い愛に抱かれて。

孤独の内に彼女は生きていた
孤独の内にもはや巣を置いた。
そして孤独の内に彼女を導くのは
彼女が愛しているかの人ただ一人
彼も又
孤独の内に愛に傷付いて。

草子は、緑也の暴虐と呪いに満ちた、荒れ果てているこの、ケモノとの「戦場」に、神と二人だけで、残らなければならない事を知り、承諾した。
一方、紫苑も心に神と草子を抱き、行き暮れた青年のような有り様で、歩いて行った。

孤独の内に彼女は生きていた
孤独の内にもはや巣を置いた。
そして孤独の内に彼女を導くのは
彼女が愛しているかの人ただ一人
かれも又

孤独の内に愛に傷付いて。

わたしの愛を探しながら、
わたしは行こう。
あの山々を越えて、かの岸辺を通って。
花もつむまい、野獣も恐れまい。
強い敵も、国境も越えて行こう。

紫苑が見上げていた、超高層マンションの傍を離れようとした時、一人の女性と瞳が合った。

「草子さん！」

紫苑は叫びかけて、声を飲んだ。草子と同じ顔と姿だったが、草子の筈がなかったから。

それにしても、と紫苑は思う。そっくりだ……。

「あなた、草子を良く知っているようね」

と、陶子は言った。陶子も、もう禁を破るしかない程に、追い詰められていたのだったから。

「良く、という程ではありません。でも、あなたと草子さんの違いは分かります。あなたは一体……」

誰なんですか？　声に出せない問いに、答えがあった。

「草子の双児の姉の、陶子です。あなたはいつも、ノワールに来ていて下さる方ですわよね？　お訊きしたいの。草子は、元気？　病気なの？」

「転んでしまった、と言っていました。骨にヒビでも入っているのか、骨折したのか迄は、分かりませんが。でも、大分痛んでいるようで、心配です」

初対面では無かったけれど、初めて口を利く者達の、会話ではなかった。挨拶も自己紹介も無く、唯、草子を中心にして会話が成り立っているのだから。紫苑の方が、先にそれに気が付いた。

「あの。立ち話も何ですから、どこかでお茶でも飲みながら、ゆっくりお話しできないでしょうか？」

陶子の方でも、そうしたかったのだけれども……。

「あなたが、秘密を守れるかどうかによるわ。わたしとあなたが、こうして話したという事も、これから話す内容の全てに関しても、誰にも黙っていられるかしら？　顔見知りになったという事すらも、洩らさないで。特にノワールでは、顔色にも出さない。それを守ってくれるなら」

「守ります。僕は、草子さんもあなたも、大事にしたいから。来るなどだけは、言わないで下さい。陶子さん。僕はあなたの歌心と、草子さんが好きなのです。誰も傷付けたくないし、迷惑をかける積りもありません」

紫苑の心を、神は陶子に伝えてくれた。

その夜、二人は必要な事の全てを話し、陶子は遅れて「ノワール」に出勤して行った。陶子の話は、紫苑に衝撃を与えたのだったが、草子の寂し気な様子や、振る舞いの多くに、光を当ててくれていた。紫苑はそれで、ますます草子が好きになってしまっていたのだった。もう一生、他の誰かを好きにはなれないだろう、もう一生、自分は一人で草子を胸に生きるだろう、と思うくらいに。紫苑の熱情は、静やかだった。微風に揺れている、白いユリのような女性に似て。

福田弦と野々花夫妻は、やっと出勤して来てくれた陶子を見詰めて、溜め息を吐いていた。陶子の顔色が、今夜も良く読めない。

嬉しいのか、悲しいのか、ごく普通であるのかすらも、解らないのだ。只、今夜の陶子の歌声は、このところずっと悲し気だった（と言うよりも、哀切だった）時に比べると、幾分マシに思われた。それだけが、弦の、野々花の慰めのようになってくれていた。

弦は野々花に隠れて、そっと息を吸う。

陶子君。陶子君。君の心は今も、白いユリのようだ。暗闇に咲く、白く儚いユリの花のように、君は揺れていて、香り高いよ……。

陶子は祈る。止めて。マスター。お願いだから。ママだけを見てよ。草子と紫苑さんと、わたし。わたし達が閉じ込められている、涙と雨の塔は、とても高いの。それは孤独なものなのよ。

そんな所に、あなたの大事な野々花ママを、連れて来ないで。あなた達には猫達と一緒に、せめて穏やかに暮らして、いつも幸せでいて欲しいの。忍ぶ恋など、マスターにはして欲しくない。まるで、冬の雨の季節に、高い塔から出られないでいるような、凍えた恋はしないで、マスター。

わたしなら、大丈夫。草子のために、孤独の塔に入れるし、紫苑さんという、同志も得られたの。あの子が、イスラエル生まれだと聞かされて、彼は吃驚していたわ。あの人ならきっと、あの偏執狂のようだった、緑也という旦那と草子の、緩衝材のような役目も、してくれるのに違いない。

ねえ、弦マスター。だからわたしはこれからも、神様と草子と、不幸な人達だけのために、生きて行く積り。変わっているでしょう？　笑ってくれても良いけれど。恋愛は、しないの。特にマスター、あなたとは、出来ない。野々花ママ、笑顔が似合っていて、良い人じゃない。ママに、地獄を見せないで。それが、願いよ、弦マスター。あなたが独り身だったら、異っていても。

陶子の心の声は、美しい歌声に乗せられて、福田弦の心に迫る。

弦は思った。

「苦しいなア、陶子君。俺は、心で君を想うだけでも、駄目なのかい？　もう少し。もう少しの間だけでも、許してくれよ」

その頃、家の片付けを諦めた草子は、せめて、と思っていた。せめて愛する、神を呼んでいたい、と。

しとしとと沁み入るような雨の夜中に、
痛みと孤独を友にして、高い塔の中
一人、起きております。只一人だけで……
愛する方よ　あなただけに会いたい

愛する神よ例え見えても見えなくても、
こんな夜にはあなただけが道伴《みちづ》れ。
心は叫んでいるのに、あなたは沈黙しています
黙っているけど、暖かい方
沁み入るような雨の塔。出口はどこに？

わたしは敵に囲まれて、出られないでいるのです。
あなたが御姿を見せてくれるなら！
あなたの御声が聞けるなら！
でも。無理強いは致しません。
あなたがいて下さる、ここがわたしの天国だから
痛みも悲しみも、雨と共に降らせましょう

ああ。懐かしい、春の野辺よ。
あなたとお母様のマリアと、わたしがいました。
恋しい人よ。
冬の雨の塔には、冷たく侘しい雪も降ります
どうか、わたしの心に来て下さい。
そして行きましょう。オリーブ林の樹の下に。
あなたの苦痛が、わたしの苦痛と一つになって……
ああ、愛する神よ。あなたが言ってくれるなら。
「わたし達は一つだ」と。どれ程待っている事か!!

それから一週間かけて、草子は全てを片付けた。

赤黒く、紫に、染められている傷の痛みのせいで、草子の動きは鈍かったが。一つ、又一つと片付いて行く家の中を見るのは、喜びであった。

その夜、草子は神が、共にいてくれるのを感じた。心が平安で満たされた時に、神を感じたのだ。それは、夜遅い時間で、誰もが寝ている時だった。

やっと来て下さったのですね愛しい方
それでは、行きましょう
オリーブ林の樹の下に
手に手を取り合って、参りましょう
まだ、体中が痛んでいますが。わたしの神よ。
あなたの苦痛はきっと、いや増しているでしょう。
ああ。あなたの苦痛が、わたしを抱きます
あなたの苦痛は、あの十字架の木の上に……
わたしは言います
もう、ここにはいられない。

あなたが苦しむ姿は、見ていられません。

先に行きましょう、愛する方
先に。先に。先に行って、共に進みましょう。
わたしはやっと、あなたとわたしの
居場所に着いた気がします。
世界の中でこの夜に、只一人目覚めているわたしと、
痛苦と労苦で、死なれたあなたと！
今はもう、二人だけなのですね。
あなたのお墓は、白く輝く岩の中でした
あなたも真白《ましろ》に、輝いています
苦役から、やっと解き放されて、安らいでいる。
わたし達の重荷を背負う苦役から、
やっと解かれて眠る、あなたがいる所！
もう苦しんではいない、そのお顔。イエスよ!!
わたしの神よ
あなたは今は静かで、安らかでいられる。

それならわたしも静かに、安らかにいましょう
激しい痛みにも身を任せて、ここで。
眠りましょう。愛おしのぶどう樹
只、身を横たえている。あなたのお傍で。
それだけで幸せなのです。
休みましょう、あなたとわたし。二人だけで。
わたしが寝所としたのは
あなたのお墓の中でした
そしてわたしが、生きる場所にしていたのは、
わたしの陰府《よみ》であったのです

暗くて静かで明かりもない所!
いいえ、そうではありません。
愛する人よ。あなたは陰府にも来てくれた
死よりも苦しい、孤独な沈黙のある所に。
嘆きと呻きの、淵の中にある国にいても、
わたしは怖くありません

あなたにとっては、わたしは今も神の娘です。
こんなにも、年老いてきたように見えても……
良く老いることは幸いです
あなたの御国に近付ける。
でも、神よ　あなたは御存知ですね
わたしはそれ程、良く生きられませんでした。

わたしの愛するあなたは言って下さる
「天にいる自分の姿を見てごらん。
そこではあなたは十五か二十歳。
神の娘で平安で、皆への愛を願って歌っている……」
何と優しいことばでしょうか
何という慰めに満ちた御心でしょう！
皆の幸福を願って、歌っているなんて。
至高であられる神様の前で
ケルビム達と一緒に、歌って祈れて、感謝する。
ああ、主イエスよ。

わたしの陰府は、もう暗くありません。
あなたがいて下さるのですから
そこであなたは、福音を説かれていました。

愛する人よ。
こんな憧れを持たせてくれる程に、優しい方。
そうなのですね。わたしは一人でありません。
例えこの世の中では一人に見えようと！
あなたの墓所でも、陰府でも、照らされている。
あなたがわたしの光です。
あなたがいてくれる！　それだけで幸せ。
それに、妹弟や紫苑さん達も、案じてくれる。
わたしはだから、いつものように
微笑って言いましょう
大丈夫。それ程苦痛でありません
大丈夫。それ程酷くありません。主ほどには！

後、どのくらい続くのでしょうか？
十字架を過ぎて、あなたとわたしの行く所。
墓所は白くて、静かです
わたしの居るのは陰府ですが、
愛する神が照らしていてくれる。
わたしの愛する方は、深い泉で陰府の中
嘆き呻いている人達の心にも、いて下さる。
大丈夫。わたしは一人でありません
大丈夫。わたしの涙は全て、あなたのもの。
わたしが縋って泣く日は、天に着いてからでしょう。

神が草子の手を取り、引いて行ってくれたのは、陰府の国だった。愛する神の陰府の中でだけ、草子は今は生きられる。
それが試練なのかどうかは、草子は知らない。例え嘆きと苦痛の中の、死のような場所でも、真の愛である、神と共にいるのだから。それなら「其処」は、安息の地であるだろう。そしてその安息は、手渡されたものだった。誰も草子から、それを取り上げられはしないだろう。

だが、緑也が……。緑也が又しても、帰宅したのは七日後の夜だった。草子にとってはもう、緑也に見えない程に崩れた様相で。怒号のように、雷鳴のように、嫌、むしろ地獄そのもののようにして、帰って来たのだ。自分の安息の地である、陰府にいた草子には、緑也の地獄と暗闇が、際立って見えた。もう完全に「ケモノ」に支配されている事と、その「悪」の醜悪さが、見ているだけで恐ろしい。緑也は今はもう、人の形をしているだけだった。心も魂も喰い荒らされているのに、平気なのだ。

「ソウよォオ。腹が減ったなァ。何か喰わせてくれよォ。お前の魂《ソウル》と体を喰いたい。ソウ。喰いたいぞう……」

草子はゾッとして、赤い瞳の緑也から、身を引いた。ジリジリと後退して行って、いつものように自室に逃げ込み、籠もろうとしたのだったが……。

緑也の方が、先だった。まるで、宙を飛んだみたいに（実際、緑也の足は、床から浮いていた）して、草子の先廻りをしてしまったのだ。

ポトリ、と涎が垂れる。ポト、ポト、ポト……。緑也の口から、垂れてきていた。

「ヴヒーヒッヒッヒ！　だ。バアーッ、ソウちゃん。俺を見てみろ！　誰よりも速いし、誰よりも強い。この俺様こそ、神だろうがよ。黙っていないで、お願いと言えよな。お願い、食べて、と」

草子は逃げ場を求めて、客間に入った。そして。其処で緑也に捕まってしまった。緑也は草子の全身を撫で回し、それから渾身の力を込めて、草子を押し倒したのだった。細く、柔らかな体に跨り、容赦なく草子の首を、両手で絞めにかかってくる。

止めて。緑也。苦しい。苦しいわ。息が詰まって、

「死にそうだろうが、ソウ。分かっているともさ。どうやってお前にお仕置きしようかと、ずっと考えていたんだがなァ。今、良く分かったぞ。殺してやる。殺せばお前は、永遠に俺の物だ」

それは異う！　それは異うわよ、緑也。例え殺されても、わたしはあなたのものにならない。ああ……。でも、息が。息が出来ない。苦しいわ。草子は呻く事も出来ずに、ジワジワと窒息させられていった。意識が徐々に、遠退いて行く。その間草子の脳裏に浮かんでいたのは、愛しい神がいてくれる、あの輝く白い墓所であり、暗くても暖かかった、涙が出る程懐かしい、自分の陰府であったのだ。

草子は何とかして目を開けて、自分を殺そうとしている緑也の、顔をひと目見た。ギラギラとして、燃えて光っている瞳。憎悪の余りにか快楽のためか、醜く歪んでいる顔。

「ウギャオオオ！　グオオオ！　ヴゴーッ」

多分、自分でも何を叫んでいるのか分からないままに、今の本能に従って、叫び続けて

いる「ケダモノ」のような、緑也の声と、その手の力!!
殺される!　本当に……。草子は緑也を見て思った。こんな、「ケダモノ」になり果ててしまった夫に殺されるのなら、それも仕方が無いだろう、とも。主であるキリスト・イエスも無惨に殺されて、あの墓所に入れられ、陰府に迄降られたのだから!　草子は思った。わたしも、それで良い、と。

意識が、途切れ始めてくる。もう、何も、考えられないし、考えたくない。ああ、主よ。もうすぐわたしは、あなたのお傍に参ります……。

しかし、もう一つの強い「声」が、草子を叱っていた。それは、草子の息の中の、最後の声だった。

「駄目よ!　草子。それだけは駄目!　そんな事になったら、緑也は人殺しになってしまう。神は許して下さっても、世間が許さないでしょう。ポリス達に捕まって、人からは避けられて。緑也は一生、妻殺しとして、生きるしかない。そんな事……駄目よ……。駄目よ……。止めさせないと……!」

でも……。どうしたら、そんな事ができるの?　苦し……い。息が、止まって……しまいそう。神様!!　神様!!　ああ、救けてあげて下さい。わたしには……もう何もできない。動くどころか、息も……出来……ない。救けてあげて。救けてあげて……。神よ!　神よ!!
わたし……の神よ!!　もしも緑也を、救けて下さるなら……。ああ、わたしは代りに、気が……狂ってしまって……も、構いません。

脳に血流が行かなくなった草子の意識と息は、そこで途切れた。草子は一時的に、死んだのだ。

死んだ草子の魂の叫びだけが、残響している……。

その草子の首を、緑也が尚も絞め続けていた時、「それ」が起こった。

「それ」は、神の光だった!!!

真昼の太陽の光よりも、明るく白い光の柱が、天から降りてきて、草子と緑也の体と魂を、包み込んでくれたのだ。

まるで二人を、天の国に引き上げるようにして……。

「神様！　救けてあげて！」と叫び続け、願い続けて死んだ草子の、願いに応えるようにして、その天からの光の柱は、「来た」のだった。

そして、その光の柱というのか、光の雲の中から、声がした。それこそが、草子が慕った方の声!!

「悪魔《サタン》よ退け！　娘よ、起きなさい。わたしが此処にいる。あなたの真心は、解っていた」

その途端に、緑也は雷に打たれたように仰け反って倒れ、気を失った。だが、完全に意識を失う前に、緑也は見て、聴いたと思った。その光の柱の真ん中に立つ、人の姿のような形をした、神々しく光り輝く方の姿を！　その、人の姿をした光は、何かか、誰かを抱き上げていて。「娘よ……」と、優しく呼び掛けている。光の人に抱かれた人影は、誰だったのか？　唯、聴こえて来たのは、囁くような女の声で、それはソウの声に、良く似ていたようだった。

「ああ！　わたしの神よ。感謝します。緑也……緑也を、救けて下さった。緑也……君知るや。君知るや。神の御ん手の計らいを……」

その幽玄な囁きは、遠い天の彼方から聴こえてきて、緑也はそこ迄その「声」を聞いていてから、気を失った。

草子は、違った神の恩恵を受けていた。

草子が見たのは、十字架上のキリストが、その血濡れの両手を草子に差しのべてくれ、それから得も言われない、深く優しく響く御声で、

「娘よ。来なさい。陰府にいた、わたしの哀れな白い花。いつ迄も、咲いていなさい。白く、清く、香り気高く、みんなのために……」

十字架上から降りられた主イエス・キリストの御姿が変わり、瞳も眩む程に、光り輝いた。そして、言われた。

「あなたは、シェオルに生きるだろう。だがその優しさで、いつかわたしの花嫁になる……。生きなさい。時が来る迄、生きなさい……」

眩い程の光の柱が、天に向かって消えかけた。
草子は嘆いた。ああ！　もう少し。もう少しの間だけでも、わたしの傍にいらして下さい。
主よ！　主よ！　わたしの救い主。わたし達の、贖い主。

ああ、愛する方よ。
あなたは光！
あなたは常に照り映えている闇！
シェオル（陰府）にいなさい、と言われるなら、
参ります。そこに。
喜んでそこで生きましょう
あなたの照り映えている、光と共に！
光は、あなたそのものですから……
わたしの魂はそのすべてをあげて
あなたにお仕えしていましょう。

あなたのみあとを慕って

おとめらは軽やかに道を行きます
火花に触れられ、
香り良いぶどう酒に酔って……
神の香油を吐きながら。
お連れ下さい、わたしも。
この命の尽きる時まで、あなたのみあとに……

ああ。あの方が、天に帰って行ってしまわれる！
あの方とわたしのシェオルに、消えて行かれる！

草子は行ってしまった、愛する神の御姿、御顔、その声と瞳、光り輝く御手とことばの数々を、繰り返し、繰り返しして想い、感謝と讃美と、神から切り離された痛みを、イエスに捧げていた。捧げても、捧げても、捧げきれないその想い！　熱く燃えて、そして涙に咽るような。愛する神の現存から離れ、今はその幻の光、幻の手の中に抱かれている切なさを、誰が知ってくれるだろうか？「あの方だけが！」と聖女達は歌い、「あの方だけが！」と天使達も歌ってくれていた。

夜が白白と明けてくる頃に、緑也はやっと失神から覚めて、身を起こしたのだった。何が何だか、とても理解できない、という顔だった。

草子も、辛うじて息をしていた。

草子の神が、命じた、その命令によって……。

草子は祈った。どのようにしても、治らなかった醜さも、愛すると。

それから十年が経った。緑也は変わった。草子の祈りに対して文句を言わなくなり、時々は口の中で「アーメン」と唱えもする様になったのだ。草子はあの辛かった日々が、緑也を変えるための神の御旨であったと知って、感謝で胸を熱くする。だが、それでも草子は神の望みで、今でも孤独に一人、シェオルに咲く白いユリでいるのだった。それは、もっと緑也を善くするためであり、自分と同じ様な苦汁と嘆き、孤独の中にいる人達のために、祈るためだった。草子は祈る。愛するキリストに憧れ、手を引かれて、自分自身ももっと神の近くに行ける様にと……。そして、言う。緑也。緑也。わたしはあなたを待っているの。君知るや。この十年のわたしの祈りと神の愛とを君知るや……と。

陶子はこの十年を、大切に抱いて過ごしたのだった。妹の草子の様子は、今では手に取るように解るように、神が計らってくれたから。

それには、青山紫苑という男性が、必要不可欠な存在だった。だからといって、二人は男女の仲にはなり得なかったのである。紫苑は、陶子を陶子として見てくれながら、陶子の向こうに、愛する草子の面影を見ていたし、一方で陶子は……。紫苑を欠く事の出来ない尊い信仰の仲間として見ていながら、草子に恋する人としても、見ていたからだった。

二人の間に、秘密は無かった。そして。二人の間を防げるものも、何も無かったのであった。二人共、生涯を神に捧げて、独身を通す積りでいたし、そこに、生きていかれる目的も、見出していたからだったに違いない。陶子と紫苑は、恋人同士としてではなく、神に恋する修道者同士のようにして、お互いの近くに住んで祈り、助け合っていた。

「それ」は、神の心にも適う事だったに、違いなかった。

二人の生活は穏やかで、平和なものだったから。

だからといって、陶子と紫苑に神の風が吹き、葛藤が一つも無かった、という訳ではなかった。

陶子は時々、草子を抱き締めて「妹よ！」と叫びたい想いを打ち消せなくなって涙した事だし。紫苑は草子の幸せにもっと「尽くしたい」と考えて、泣きたくなったりしたものだったからなのだ。

だが。草子には緑也がいて、緑也は今では彼なりに、草子を大事に思っているらしいので……。

そういう時には神の火花に打たれて、二人共、草子のようにシェオルに行った……。暗くても輝いている、キリスト・イエスのいる陰府に。
常に陶子の嘆きは、イエスを求めて愛し、止まない、心の炎のせいだった。そして又、常に陶子の限りない歓びは、イエスのみ想って生き、生かされている事だった。
それで。陶子と紫苑は、二つの世界に深く引き裂かれていながら、神の御手の中にいる。

夕べに、あしたに、真昼に
わたしが嘆き呻けば、
主は
わたしの声を聞かれます。

どこにいらっしゃるのでしょうか
わたしの造り主なる神
夜、歌を与えて下さる方
地の獣によって教え、
空の鳥によって
知恵を授けて下さる方は……

ああ、愛する神よ。あなたは賛えられますように。

天国とこの世界に、わたしの心を引き裂き、至福と痛愛を教えて下さる御方。

わたしはどのようにして、あなたを賛えて歌えるでしょう？　命で!!

この命と心、愛と希望の全てで、唯あなたを賛えて歌います。

あしたと昼と夜の歌を！

ひたすらに燃える、火花の歌を。

この、愛歌を。


陶子と草子の心の叫びは、紫苑の心の叫びで、痛みで、喜びでもあった。

そう遠くないだろういつの日か、緑也も知るようになり、生きて、持つようになる筈の、神への憧れの炎に焼かれる、歓びと痛みの強さ……。

紫苑は神のために、生涯を独身で通す事を選んだのだが、それを後悔していなかった。草子さえ幸せでいてくれるのならば、後には何の憂いも無かった。たった一人の女性を、心底愛せるように、導かれたのなら……。男と生まれた、甲斐があるのだ。例えその女性と、結ばれようと結ばれまいと、価値のある人生なのだ、と紫苑は神に感謝をしていた。それは、見事な覚悟であった、と言えるだろう。遅咲きの花を咲かせた青年は、今では見事な歌を歌っている。

草子さん、草子さん。君知るや、この想い。紫苑は緑々《あおあお》とした、ぶどう樹の枝になったのだ。

紫苑はそれで、満足だった。紫苑の祈りも、只一つ……。キリスト・イエスによって、愛する全ての人達が、幸せでいてくれますように。天国の門である十字架に、早く気付いてくれますように、という、愛に満ちていて痛切な、祈りであった。

草子のための、愛歌に加えて。

福田弦と野々花夫妻も、相応に年を取り、この十年余りを、共に過ごしていた。

弦は陶子を忘れられずにいたのだが、陶子には既に、青山紫苑という「恋人」が居るのだ。どんなに恋しくても。だから……。今迄よりももっと、心の奥底深くに、陶子を想う気持を収い込んでいる。まるで、大切な宝物のようにして、収う。弦はその事だけが、野々花への罪と知っていた。夫が妻に秘密の想いを持つのだから……。それで、祈る。まだ見ぬ神に、祈っている。その神が、陶子の神と察していたから。

許して下さい。

陶子君の神さま。

わたしは自分の罪を自覚しながら、それを捨てきれないで、抱いています。

罪ではありますが、許されたいのです。
野々花には、決して辛い思いをさせません。

あしたに、夕べに、真昼に
わたしが嘆き呻くとき、
神よ
あなたがわたしの声を聞いてくれますように。
そして、許してくれますように。
いつ迄も、知られまい。
野々花。野々花。君知るや、この願いを、君知るや。

すると、微かな歌声が、聞こえるような気持がするのだ。幻のように、歌う声……。

あわれみと、ゆるしは
わたし達の神、主のものです……
君知るや。罪深き男《ひと》、君知るや。
あわれみと、ゆるしは

わたし達の神、主のものです……

けれども……。野々花が本当に、弦の心の秘密を知らない、と一体誰が言えるのだろうか。十余年に渡って、秘《ひ》っそりと息づいてきた夫の心の中に「誰か」が居る、とするならば……。それは、他の誰でもない。瀬川陶子の他には、考えられない事だった。

野々花は思う。

それはねえ……。仕方の無い事かも知れないけど。だって。わたしだって陶子ちゃんを好きなんだし、嫌いになれない。あの子は、特別なんだから。だからといって、永遠にウチの弦の心に、彼女を住まわせていて良い、とは言えないでしょうよ。一応、わたしも弦の妻であるのだし。どうすれば良い？　その事は、吹き過ぎて行く風に似ている。いつかは弦も、諦める……。

だから野々花は、弦の心が「風に吹かれて」いる時には、猫達を抱き寄せて、そっと呟いてみるのだった。弦の心耳《しんじ》に、届くようにと願って。

「ねえ、あんた達。見てみてよ。あんた達のパパの心が、又、どこかの山の白い花を見ている」

と。そうはいっても野々花は、猫達と一緒に弦の戻る日を静かに待っている。そしてその日は近い事だろう……。

心の貧しい人々は、
幸いです。
天の国は、
その人達のものだから。

あわれみと、ゆるしは
わたし達の神、
主のものです。

【出典】

・『新共同訳聖書』より
・十字架のヨハネ著『霊の賛歌』より

著者プロフィール

坂口 麻里亜（さかぐち まりあ）

長野県上田市に生まれる。
長野県上田染谷丘高等学校卒業。
在学中より小説、シナリオ、自由詩の執筆多数。

［出版］
・二千五百年地球《テラ》への旅（鳥影社　2020年11月）
・もう一度会いたい　今はもういない君へ（文芸社　2021年12月）

君知るや　――シェオル（陰府《よみ》）の白いユリ

2022年11月15日　初版第１刷発行

著　者　坂口 麻里亜
発行者　瓜谷 綱延
発行所　株式会社文芸社
〒160-0022　東京都新宿区新宿1－10－1
電話　03-5369-3060（代表）
03-5369-2299（販売）

印刷所　株式会社暁印刷

ISBN978-4-286-24088-6